Ullstein Krimi

Ullstein Krimi
Lektorat: Georg Schmidt
Ullstein Buch Nr. 10459
im Verlag Ullstein GmbH,
Frankfurt/M – Berlin
Titel der amerikanischen
Originalausgabe:
The Grifters

Deutsche Erstausgabe

Umschlaggestaltung & Fotorealisation:
Welfhard Kraiker & Karin Szekessy

Printed in Germany 1987
Gesamtherstellung:
Ebner Ulm
ISBN 3 548 10459 2

August 1987

Vom selben Autor
in der Reihe der
Ullstein Bücher:

Der Mörder in mir (10170)
Getaway (10186)
1280 schwarze Seelen (10201)
Gefährliche Stadt (10241)
Nach Einbruch der Dunkelheit (10266)
Ein süßes Kind (10352)

CIP-Kurztitelaufnahme
der Deutschen Bibliothek

Thompson, Jim:
Die Abzocker / Jim Thompson. Übers.
von Jürgen Behrens. – Dt. Erstausg. –
Frankfurt/M; Berlin: Ullstein, 1987.
(Ullstein-Buch; Nr. 10459:
Ullstein-Krimi)
Einheitssacht.: The grifters <dt.>
ISBN 3-548-10459-2
NE: GT

Jim Thompson

Die Abzocker

Übersetzt von Jürgen Behrens

Ullstein Krimi

1

Als Roy Dillon aus dem Laden taumelte, war sein Gesicht von einem kränklichen Grün, und seine keuchenden Atemzüge hörten sich an, als ginge es mit ihm zu Ende. Ein harter Schlag in den Magen kann einen Mann in diesen Zustand bringen, und Dillon hatte einen mörderischen Hieb einstecken müssen. Nicht mit einer Faust, was schon schlimm genug gewesen wäre, sondern mit dem verdickten Ende eines schweren Schlagholzes.

Irgendwie schaffte er es bis zu seinem Wagen, und es gelang ihm, sich auf den Sitz gleiten zu lassen. Aber das war auch alles, wozu er noch fähig war. Er stöhnte auf, als seine Bauchmuskeln sich in der veränderten Stellung zusammenzogen; dann beugte er sich unter ersticktem Würgen aus dem Seitenfenster.

Einige Autos fuhren vorüber, als er auf die Straße kotzte, ihre Insassen mit grinsenden Gesichtern und mitfühlendem Stirnrunzeln oder angeekelt die Blicke abwendend. Doch Roy Dillon war zu krank, etwas davon zu bemerken oder darauf zu achten. Als endlich nichts mehr in seinem Magen war, fühlte er sich besser, jedoch nicht gut genug, um fahren zu können. Inzwischen war allerdings ein Streifenwagen hinter ihm an den Straßenrand gefahren – ein Wagen aus dem Sheriff-Büro, da er sich in einem der Counties und nicht in der City von Los Angeles befand – und ein Deputy in brauner Uniform forderte ihn auf, auszusteigen.

Zitternd und schwächlich leistete Dillon der Aufforderung Folge.

»Wohl einen zuviel geladen, Mister, wie?«

»Was?«

»Schon gut.« Der Cop hatte inzwischen gemerkt, daß er keine Schnapsfahne hatte. »Zeigen Sie doch mal Ihren Führerschein.«

Dillon zeigte ihn vor und ließ dabei »unabsichtlich« ein ganzes Sortiment von Kreditkarten mit rausrutschen. Das Mißtrauen verschwand aus dem Gesicht des Cops und machte ernster Besorgnis Platz.

»Sie machen einen ziemlichen kranken Eindruck, Mister Dillon. Können Sie mir sagen, was es ist?«

»Vermutlich mein Lunch. Ich hätt's besser wissen müssen. Aber ich hatte ein Sandwich mit Hühnersalat – und ich hab beim Essen gemerkt, daß es ein bißchen merkwürdig schmeckte – aber, na ja . . .

Er sprach den Satz nicht zu Ende und legte ein scheues, reumütiges Lächeln auf.

»Hm, hm, na ja«, der Cop nickte grimmig. »Das Zeug kann einen schaffen! Äh –«, zögernd musterte er ihn von oben bis unten – »sind Sie denn jetzt wieder in Ordnung, oder möchten Sie, daß wir Sie zu einem Arzt bringen?«

»O nein, es geht schon.«

»Wir haben einen Erste-Hilfe-Mann auf den nächsten Revier – kein Problem, Sie dort abzuliefern.«

Freundlich, aber bestimmt lehnte Roy ab. Jeder verlängerte Kontakt mit den Cops würde zu einer Eintragung in den Akten führen. Und jede Art Eintragung war bestenfalls überflüssig. Bisher war er noch nirgendwo aktenkundig geworden; die gelegentlichen Klemmen, in die er beim Abzocken hin und wieder geraten war, hatten noch nie die Bullen auf den Plan gerufen, und dabei wollte er es auch unbedingt belassen.

Der Deputy schlenderte zurück zum Streifenwagen, und er und sein Kollege fuhren davon. Roy winkte ihnen lächelnd zum Abschied und stieg wieder in seinen eigenen Wagen. Umständlich und etwas zögernd zündete er sich eine Zigarette an. Dann, als er überzeugt war, daß es ihm nicht wieder hochkommen würde, ließ er sich tief in die Polster des Vordersitzes zurücksinken.

Er war in einem Vorort von Los Angeles, in einem von denen, die sich trotz des Netzes wechselseitiger Abhängigkeiten und des Fehlens sichtbarer Grenzlinien gegen eine Eingemeindung stemmten. Von hier waren es fast fünfzig Kilometer bis zurück in die City, um diese Tageszeit sehr lange, mühselige fünfzig Kilometer. Er mußte sich erst in bessere Verfassung bringen als die, in der er jetzt war, mußte sich eine Weile ausruhen, bevor er sich in die Kolonnen des abendlichen Stoßverkehrs einreihen konnte. Wichtiger allerdings war noch, daß er noch einmal die Einzelheiten seines jüngsten Desasters rekonstruierte, solange sie ihm noch frisch im Gedächtnis waren.

Er schloß einen Moment die Augen. Er öffnete sie wieder, stellte sie auf die abwechselnd aufblinkenden Lichter der über allen Spuren der Fahrbahn angebrachten Signalanlage ein, und plötzlich, obwohl er unbeweglich im Wagen sitzengeblieben war, sah er sich wieder im Inneren des Ladens stehen. Neben der Sodafontäne nippte er an einer Limonade, während er unauffällig seine Umgebung musterte.

Sie unterschied sich kaum von tausend anderen kleinen Läden in Los Angeles, Geschäften mit demselben Mineralwassersiphon in verkleinertem Format, einer oder zwei Vitrinen mit Zigarren, Zigaretten und Süßigkeiten und überquellenden Ständern mit Zeitschriften, Paperbacks und Postkarten. Im Osten nannte man dergleichen Papier- oder Süßwarenläden. Hier hießen sie für gewöhnlich »Confectionarys« oder einfach »Fountains«.

Dillon war weit und breit der einzige Kunde. Mit ihm im Laden war nur noch der Verkäufer, ein massiger, leicht aufgeschwemmt aussehender junger Kerl von vielleicht neunzehn oder zwanzig Jahren. Während Dillon gemächlich austrank, beobachtete er den Jungen dabei, während er zerstoßenes Eis auf dem Grund des Kühlbehälters verteilte und seine Arbeit in einer paradoxen Mischung aus Eifer und Gleichgültigkeit verrichtete. Er wußte ganz genau, was getan werden mußte, so verriet sein Gesichtsausdruck, und zum Deibel, er würde kein Stück mehr tun als das. Nichts aus Angabe, nichts, womit er beeindrucken könnte. Der Sohn des Besitzers, entschied Dillon bei sich, als er sein Glas absetzte und sich vom Hocker gleiten ließ. Er schlenderte zur Registrierkasse hinüber, und der Bursche stellte sein abgesägtes Schlagholz ab, mit dem er Eis zerstoßen hatte. Sich die Hände an der Schürze abwischend, ging er hinter den Tresen zur Kasse.

»Zehn Cents«, sagte er.

»Und dann noch das Päckchen Pfefferminz da.«

»Zwanzig Cents.«

»Ah ja, zwanzig Cents.« Roy begann in seinen Taschen zu wühlen, während der Verkäufer ungeduldig herumhampelte. »Ich weiß doch, daß ich Kleingeld dabei hatte. Das muß doch irgendwo sein. Ich frag mich, wo zum Teufel . . .«

Ratlos schüttelte er den Kopf und zog seine Brieftasche. »Tut mir leid. Macht's Ihnen was aus, einen Zwanziger zu wechseln?«

Der Verkäufer riß ihm den Schein fast aus der Hand. Er knallte ihn auf die Ablage und blätterte das Wechselgeld aus dem Fach der Registrierkasse hin. Abwesend nahm Dillon es auf und grub weiter suchend in seinen Taschen herum.

»Also, ist das nicht zum Auswachsen? Ich meine, man weiß verdammt genau, daß man was dabei hat, aber –« Er brach ab und unter zufriedenem Schmunzeln wurden seine Augen weit. »Ha, da sind sie ja – zwei Dimes. Dann können Sie mir ja meinen Zwanziger zurückgeben, nicht?«

Der Verkäufer schnappte sich die beiden Münzen und schob ihm den Schein zurück. Dillon wandte sich beiläufig in Richtung Tür, blieb stehen, warf auf dem Weg nach draußen noch einen desinteressierten Blick über die Auslage mit Zeitschriften.

Damit hatte er zum zehnten Mal an diesem Tag den Trick mit den Zwanzigern abgezogen. Eine der drei Standardnummern aus dem Repertoire der kleinen Gauner. Die beiden anderen Maschen, die er noch drauf hatte, waren der *Smack* – benannt nach dem Geräusch, das ein Silberdollar macht, der auf die Theke geknallt wird – und der *Tat*, bei dem um Lagen gewürfelt wurde, beide für gewöhnlich bestens geeignet, jemanden kräftig abzulinken, aber nicht halb so glatt und sicher. Mancher Trottel ließ sich immer wieder mit diesem Zwanziger-Trick verladen, ohne den leisesten Verdacht zu schöpfen.

Dillon sah nicht, wie der Verkäufer um die Theke herumgeschlichen kam. Wie aus dem Boden geschossen stand der Kerl plötzlich vor ihm, mit wütend verzogener Fresse, und schwang den Schläger wie einen Rammbock.

»Du dreckiger Gauner«, heulte er vor Wut auf, »mistige Luden, die mich dauernd neppen und linken, und mein Alter fährt hinterher mit mir Schlitten!«

Das dicke Ende des Schlägers landete in Dillons Magen. Sogar der Verkäufer geriet ganz aus der Fassung, als er die Wirkung sah. »Mir können Sie jetzt nicht die Schuld geben Mister«, stammelte er. »Sie wollten es ja nicht anders, ich – ich geb Ihnen auf zwanzig Dollar raus, und dann lassen Sie sich die zwanzig zurückgeben – und – und« Seine selbstgerechte Empörung fiel in sich zusammen, und er plärrte: »A . . . – a . . . – aber Sie, Sie w-w-wissens selbst am besten, M-m-mister.«

Roy konnte an nichts als an diesen mörderischen Schmerz denken. Mit schwimmenden Augen blickte er zu dem Verkäufer hoch. Augen voll schmerzerfüllter Verwunderung. Dieser Blick machte den jungen Burschen vollends fertig.

»Es war einfach Ihr Fehler, Mister. S-sie haben den Fehler gemacht, und i-ich hab' 'nen Fehler gemacht – M-mister.« Entsetzt wich er zurück. »S-s-sehen Sie mich doch nicht s-s-so an!«

»Du hast mich umgebracht«, keuchte Dillon. »Du hast mich umgebracht, du verdammter Hund.«

»Nee, s-s-sagen S-s-sie nicht so was, bitte, Mister!«

»Ich verrecke«, keuchte Dillon. Und dann hatte er es irgendwie geschafft, aus dem Laden nach draußen zu kommen.

Und jetzt, als er in seinem Wagen saß und an den Vorfall zurückdachte, konnte er keinen Grund sehen, sich einen Fehler vorzuwerfen, nicht den kleinsten Schnitzer in seiner Technik. Es war einfach Pech gewesen. Er war einfach einem Hirnie in die Quere gekommen, und die waren schließlich unberechenbar.

Er hatte bestimmt recht. Und er hatte auch noch bei etwas anderem recht behalten, obwohl er es jetzt noch nicht wußte.

Als er jetzt im dichter werdenden Verkehr nach Los Angeles zurückfuhr, ständig auf die Bremse tretend, beschleunigend, immer wieder abbremsend und anfahrend – starb er mit jeder Minute, die verging, ein bißchen mehr.

Der Tod ließe sich vielleicht aufhalten, falls er rechtzeitig die richtige Pflege bekäme, andernfalls blieben ihm kaum mehr als drei Tage zu leben.

2

Roy Dillons Mutter stammte aus einer Familie verlumpter weißer Hinterwäldler. Sie war dreizehn, als sie einen dreißigjährigen Gleisbauarbeiter heiratete und knapp vierzehn, als sie mit Roy niederkam. Ungefähr einen Monat nach seiner Geburt erlitt ihr Mann einen Unfall, der sie zur Witwe machte. Dankenswerterweise waren die Umstände, die dazu führten, so gewesen, daß es ihr jetzt nach den Maßstäben der Gemeinde, in der sie lebte, sogar recht gut ging: Ganze zweihundert Dollar Unfallrente im Monat, die sie ganz allein für sich ausgeben konnte, was auch genau das war, was sie zu tun gedachte.

Ihre Familie, bei der sie gleich darauf Roy ablud, hatte ganz andere Vorstellungen. Sie behielten den Jungen drei Jahre lang und schafften es hin und wieder, ihrer Tochter ein paar Dollar aus den Rippen zu schneiden. Dann erschien eines Tages ihr Vater in der Stadt, Roy unter den einen Arm geklemmt, mit dem anderen eine Reitpeitsche schwingend. Und dann machte er sich daran, seiner lebenslangen Überzeugung Ausdruck zu verleihen, daß ein Mädel nie zu alt dafür ist, ein paar übergezogen zu bekommen. Da Lilly Dillons Charakter bereits lange vorher geformt worden war, konnte die Auspeitschung sie nur wenig ändern. Aber sie behielt Roy, weil ihr in dieser Angelegenheit gar keine Wahl blieb, und, eingeschüchtert von den düsteren Ankündigungen ihres Vaters, ein Auge auf sie zu halten, zog sie aus seiner Reichweite fort.

Sich in Baltimore niederlassend, fand sie schon bald eine lukrative und anspruchslose Anstellung als Animiermädchen, oder, um genau zu sein, »anspruchslos« war sie lediglich, insoweit es sie selbst anging. Lilly Dillon ließ sich von niemandem aufreißen; nein, jedenfalls nicht für ein paar Dollars und ein paar Drinks. Ihre sprichwörtliche Herzlosigkeit vergrämte oft die Kundschaft, nahm jedoch ihre Arbeitgeber günstig für sie ein und machte aufmerksam. Schließlich war die Welt doch voller Flittchen; Herumtreiberinnen, die für ein Grinsen oder einen Gin zu haben waren. Aber ein aufgewecktes Kind, eine Puppe, die nicht nur gut aussah und Klasse hatte, sondern zudem noch helle war – also, eine Kleine wie die war gut zu gebrauchen.

Und sie wurde gebraucht, ihre Fähigkeiten für zunehmend anspruchsvollere Jobs genutzt. Als leitende Hostess, als Anwerberin für eine Kette von Etablissements; als Spürhund, der Langfingern und mauschelnden Angestellen auf die Schliche kam; als Kurier, Verbindungsoffizier, Spitzel; als Eintreiberin, als Zahlmeisterin und so weiter, immer die Leiter hinauf . . . oder sollte man besser sagen: abwärts? Es kam ordentlich Geld herein, aber wenig von diesem warmen Regen blieb an ihrem Sohn hängen.

Eigentlich wollte sie ihn in eine Privatschule stecken, zuckte jedoch unangenehm berührt davor zurück, als man ihr die Preise nannte. Einige tausend Dollar pro Jahr plus einer Unmenge Extras, und das alles nur dafür, ein Kind zu hüten, nur um ein Kind aus Schwierigkeiten herauszuhalten. Also, für das viele Geld konnte sie sich bestimmt schon eine Nerzjacke kaufen.

Die glaubten wohl, sie könnten sie ausnehmen! entschied sie. Roy war zwar eine Plage, aber sie würde sich eben selbst um ihn kümmern müssen, und bei Gott, er sollte spuren und ihr keinen Ärger machen, sonst würde sie ihm die Haut bei lebendigem Leibe abziehen.

Natürlich war auch sie mit gewissen unausrottbaren Instinkten ausgestattet; zugegeben, etwas ausgehöhlt und verkümmert; aber immerhin hatte auch sie seltene Augenblicke, in denen sich ihr Gewissen rührte, und dann mußten ja auch gewisse Dinge getan werden, um den Anschein zu wahren: um Anzeigen wegen Vernachlässigung vorzubeugen und den Unannehmlichkeiten, die das im Gefolge haben konnte. Wie dem auch sei, ganz offensichtlich war alles, was sie tat – und das wußte Roy ganz instinktiv – nur zu ihrem eigenen Besten, und sie tat es entweder aus Angst oder um ihr Gewissen zu beruhigen.

Im großen und ganzen war ihre Einstellung die einer selbstsüchtigen älteren Schwester gegenüber einem lästigen kleinen Bruder. Sie stritten miteinander, sie machte sich einen bösen Spaß daraus, ihm wegzufressen, was sein Anteil gewesen wäre, während er sie in hilfloser Wut umtanzte.

»Du bist gemein, du bist so eine alte Drecksau!«

»Wirst du wohl aufhören, mich zu beschimpfen, du Rotzbengel« – sie schlug nach ihm. »Ich werd dir lernen!«

»Mir lernen, mir lernen, du hast ja nicht mal genug Grips, ordentlich zu sprechen! Es heißt *lehren.*«

»Hab ich doch. Ich hab gesagt *lehren.*«

Er war ein ausgezeichneter Schüler, und sein Benehmen war vorbildlich. Das Lernen fiel ihm leicht, und gutes Benehmen erschien ihm einfach als Gebot des gesunden Menschenverstandes. Warum sich Ärger einhandeln, wenn es zu nichts führte? Warum sinn- und zwecklos Zeit mit Nachsitzen vergeuden, wo man doch Zeitungen austragen, Besorgungen erledigen oder sich als Caddy ein bißchen Geld verdienen konnte? Zeit ist Geld, und Geld war schließlich das, worum die Welt sich drehte.

Als aufgewecktester und wohlerzogenster Junge seiner Klasse zog er natürlich Neid und Mißgunst der anderen auf sich. Doch ganz gleich, wie grausam und regelmäßig sie über ihn herfielen, Lilly hatte ihm nur hämischen Trost zu bieten.

»Nur *ein* Arm?« sagte sie gewöhnlich, wenn er ihr anklagend einen verrenkten und geschwollenen Arm entgegenstreckte.

Oder wenn ihm ein Zahn ausgeschlagen worden war: »Nur *ein* Zahn?«

Und wenn er gründlich verprügelt worden war, mit der finsteren Drohung, daß er noch mehr Keile beziehen würde, hieß es: »He, was plärrst du mir die Ohren voll? Klar, vielleicht bringen sie dich um, aber sie können dich schließlich nicht auffressen!«

Es war zwar seltsam, doch ihre schroffen Bemerkungen hatten für ihn auch etwas Beruhigendes. Auf der Oberfläche waren sie schlimmer als nichts, fügten der Kränkung noch die Beleidigung hinzu, doch darunter lag eine eiskalte, frösteln machende Logik, eine fatalistische »MACHS'S ODER FAHR ZUR HÖLLE-Philosophie, die sich auf alles und jedes anwenden ließ, die man aber nie vergessen würde.

Zwar empfand er für Lilly keine Zuneigung, doch er gelangte dahin, sie zu bewundern. Sie hatte ihm nie etwas anderes geboten als harte Zeiten, was so ungefähr das Maß an Großzügigkeit war, das sie für jedermann hatte. Aber sie war damit zurechtgekommen. Sie wußte sich immer selbst zu helfen.

Sie zeigte ihm nicht die geringste Schwäche, bis er dem Knabenalter entwuchs, zu einem hübschen, frisch und gesund aussehenden Jüngling mit kohlschwarzem Haar und weit auseinanderstehenden grauen Augen wurde. Da aber begann er zu seiner geheimen Belustigung eine feine Veränderung in ihrer Haltung wahrzunehmen, ein Sanfterwerden ihrer Stimme, wenn sie zu ihm sprach, einen schlecht verhehlten Hunger in ihren Augen, wann immer sie ihn anschaute. Und als er sie so sah und erkannte, was hinter dieser Veränderung lag, machte es ihm großes Vergnügen, sie aufzuziehen.

War etwas? Wollte sie, daß er eine Weile verschwände und sie allein lassen sollte?

»O nein Roy, wirklich, ich – ich bin gern mit dir zusammen.«

»Na komm schon, Lilly, du willst ja nur höflich sein! Ich geh dir gleich aus dem Weg.«

»Bitte, Liebling . . .« – Sie biß sich bei diesem ungewohnten Kosenamen auf die Lippen, er trieb ihr die Schamröte in ihr reizvolles Gesicht – »bitte, bleib bei mir. Ich bin doch immer noch . . . – ich bin doch d-deine Mutter.«

Aber nicht doch! Hatte sie denn alles vergessen? Sie hatte ihn doch stets als ihren kleinen Bruder durchgehen lassen, und es war jetzt zu spät, die Geschichte zu ändern.

»Ich werde gleich jetzt gehen, Lilly. Ich weiß schließlich, daß du das willst. Du möchtest nur nicht meine Gefühle verletzen.«

Er war schnell erwachsen geworden, was nur allzu natürlich war. Als er Ende Siebzehn war, kurz vor seinem achtzehnten Geburtstag, in jenem Frühjahr, als er seinen Abschluß an der High-School machte, war er so reif wie ein Mann in den Zwanzigern.

Am Abend nach seiner Abschlußprüfung teilte er Lilly mit, daß er ausziehen würde. Endgültig.

»Ausziehen? . . « Sie hatte es wohl erwartet, so vermutete er, doch hatte sie sich damit keineswegs abgefunden. »A-aber das kannst du doch nicht machen! Du mußt doch aufs College gehen.«

»Geht nicht, kein Geld.«

Sie lachte hilflos und nannte ihn töricht; vermied seine Blicke, wollte die Zurückweisung nicht hinnehmen, von der sie wußte, daß sie so sicher wie das Amen in der Kirche kommen würde.

»Natürlich hast du Geld, ich hab doch reichlich, und alles, was mir gehört, ist doch auch deins! Du –«

»Alles, was mir gehört, ist doch auch deins«, sagte Roy und zog anerkennend die Augenbrauen hoch. »Das gäbe einen guten Titel für ein Liedchen ab, Lilly.«

»Du könntest auf eine der wirklich guten Schulen gehen, Roy, nach Harvard oder Yale, du kannst es dir aussuchen. Deine Noten sind bestimmt gut genug, und mit meinem Geld – unserem Geld . . .«

»Also komm schon, Lilly. Du weißt doch ganz genau, daß du das Geld selbst brauchst! Hast du doch immer.«

Sie zuckte zurück, als hätte er sie geschlagen. In ihrem Gesicht arbeitete es, als würde ihr gleich schlecht werden. Das adrette Schneiderkostüm schien plötzlich schlaff an ihr zu hängen: eine grausame Lebensmoral, die ihr alles eingebracht und nichts gegeben hatte, und einen kurzen Augenblick lang hätte er fast nachgegeben. Fast bedauerte er sie schon.

Und dann hatte sie alles verdorben. Sie begann zu weinen, wie ein Kind zu flennen, was für Lilly Dillon eine Torheit, eine Riesendummheit war; und wie um dieser lächerlichen und ärgerlichen Darbietung noch die Krone aufzusetzen, rief sie melodramatisch aus:

»Sei nicht so gemein zu mir, Roy, bitte, bitte, nicht! D-du – d-du brichst mir das Herz . . .«

Roy lachte schallend. Er konnte nicht mehr an sich halten.

»Nur das *eine* Herz, Lilly?« sagte er.

3

Roy Dillon lebte in einem Hotel mit Namen *Grosvenor-Carlton*. Ein bombastischer Name, der von der Schäbigkeit dieser Herberge Lügen gestraft wurde. Sie prahlte mit einhundert Zimmern, einhundert Bädern, doch das war reinste Angeberei. In Wirklichkeit gab es nur achtzig Zimmer und fünfunddreißig Bäder, und darunter zählten noch die Baderäume auf den Fluren und die zwei Ruheräume unten in der Lobby, die schwerlich als Bäder durchgehen konnten.

Es war ein vierstöckiger Bau mit einer weißen Sandsteinfassade und einem kleinen Foyer mit Terrazzoboden. Die Angestellten waren ältliche Rentner, die überschwenglich dankbar dafür waren, für ein winziges Gehalt und ein mietfreies Zimmer arbeiten zu dürfen. Der schwarze Hotelpage, dessen Dienstabzeichen eine abgelegte Schaffnermütze war, diente zugleich als Hausmeister, Fahrstuhlführer und Mädchen für alles. Bei einer derartigen Führung des Hauses ließ der Service allerdings zu wünschen übrig. Doch wie der leutselig-joviale Eigentümer nicht müde wurde, hervorzuheben, konnte schließlich jeder, der es schrecklich eilig hatte, umgehend in eines der Hotels in Beverly Hills ziehen, wo er zweifellos ein hübsches kleines Zimmer für fünfzig Dollar am Tag beziehen konnte, anstatt das Minimum von fünfzig im Monat im *Grosvenor-Carlton* zu bezahlen.

Im großen und ganzen unterschied sich das *Grosvenor-Carlton* kaum von den zahllosen anderen Familien- und Durchreisehotels, die dicht an dicht entlang der West Seventh, des Santa Monica Boulevards und anderer Hauptverkehrsadern von Los Angeles aufgereiht sind; Herbergen für Rentnerehepaare, berufstätige Männer und Frauen, die eine Adresse in der Nähe ihres Arbeitsplatzes brauchten. Überwiegend handelte es sich bei diesen Einzelpersonen um Männer – Verkäufer, Angestellte mit weißen Kragen und dergleichen –, denn der Eigentümer hatte erhebliche Vorbehalte gegen alleinstehende Frauen.

»Sagen wir mal so, Mister Dillon«, meinte er im Laufe ihres ersten Gesprächs, »ich vermiete also an eine Frau und weise darauf hin, daß sie unbedingt ein Zimmer mit Bad nehmen muß. Ich besteh darauf, verstehen Sie, denn andernfalls wäre das Bad auf dem Flur andauernd besetzt, dauernd würden sie ihre Haare und ihre verdammten Klamotten waschen und alles mögliche, was ihnen sonst noch einfällt. Das Minimum also für ein Zimmer mit Bad beträgt siebzehn Dollar die Woche – fast achtzig Dollar im Monat also, einfach nur für einen Platz zum Schlafen und ohne Kochgelegenheit. Und jetzt sagen sie mir mal, wie viele von diesen Küken genug Knete machen, um achtzig im Monat für ein Schlafzimmer hinzublättern und all ihre Mahlzeiten in Restaurants einzunehmen, sich Sachen zu kaufen und diese Unmengen von Schminkkram, den sie sich in die Gesichter schmieren, die der liebe Gott ihnen gegeben hat und – und – . . . Sind Sie ein gottesfürchtiger Mann, Mister Dillon?«

Roy nickte ihm ermunternd zu; nicht um alles in der Welt hätte er jetzt den Hauswirt unterbrechen wollen. Menschen waren sein Geschäft. Auf Menschenkenntnis hielt er sich viel zugute. Und der einzige Weg, welche kennenzulernen, war der, ihnen zuzuhören.

»Also ja, das bin ich auch. Ich und meine verstorbene Frau – Gott hab sie selig –, wir sind zur selben Zeit der Kirche beigetreten. Das war vor siebenunddreißig Jahren, unten in Wichita Falls, Texas, wo ich mein erstes Hotel hatte. Und da habe ich angefangen, einiges über die jungen Dinger zu lernen. Sie verdienen einfach nicht genügend Geld für ein Leben im Hotel. Sehen Sie, und sie können sich's nur auf eine einzige Weise beschaffen: Indem sie ihr Dingsbums verkaufen, Sie wissen schon; ihr hübsches kleines Sparschwein hinhalten, das diese Vögelchen alle haben. Anfangs machen sie's nur hin und wieder mal, gerade mal oft genug, daß es bis zum Monatsende reicht. Aber bald schon haben sie die Bank volle vierundzwanzig Stunden am Tag geöffnet; warum auch nicht? Zum Teufel damit, so lautet ihre Einstellung dazu. Alles, was sie tun müssen, ist ja nur, diesen hübschen kleinen Schlitz aufzumachen, und schon kleckert das Geld heraus; und die kümmert das einen Scheiß, wenn der Ruf des Hotels dabei in die Binsen geht.

Oh, ich kann Ihnen einiges erzählen, Mister Dillon! Ich war überall in diesem unseren wunderbaren Land in der Hotelbranche, und ich kann Ihnen nur sagen, daß Nutten und Hotels spinnefeind sind. Es ist gegen alle Gebote Gottes, und es ist auch gegen die von Menschen gemachten Gesetze. Man sollte ja meinen, daß die Bullen alle Hände voll damit zu tun haben, die echten Kriminellen zu schnappen, anstatt bei uns nach Nutten herumzuschnüffeln, aber wie das Sprichwort so schön sagt: An den kleinsten Lappen wollen sich immer die meisten die Hände abwischen. So ist das eben, und ich werd nichts dagegen ausrichten können; immer ein bißchen vorbeugen, das ist mein Motto. Wenn man die Miezen draußen läßt, hält man sich die Nutten vom Hals, und man behält einen sauberen, ordentlichen Laden wie diesen hier, ohne daß ganze Horden von Cops hier herumschwirren. Wenn heutzutage ein Cop hier hereinkommt, dann weiß ich sofort, daß er ein neuer Mann ist, und ich sag ihm dann, er soll besser noch mal wiederkommen, nachdem er sich auf dem Revier erkundigt hat. Und er kommt bestimmt kein zweites Mal, Mister Dillon; mit Sicherheit kriegt er gesagt, daß es nicht nötig ist, weil dies ein Hotel ist und kein Nuttenpuff.«

»Ich bin froh, das zu hören, Mister Simms«, sagte Roy wahrheitsgemäß. »Ich habe immer Wert auf eine anständige Umgebung gelegt.«

»Richtig, so sollte es ein Mann auch halten«, sagte Simms. »Also, dann wollen wir mal sehen. Sie wollen eine Zweizimmer-Suite, das heißt, Wohn-, Schlafzimmer und Bad. Tatsache ist, daß die Nachfrage nach Suiten hier nicht sehr groß ist. 'ne Suite hab ich immer aufgeteilt in ein Zimmer mit Bad und eins ohne, aber . . .«

Er schloß eine Tür auf und führte seinen zukünftigen Mieter in ein geräumiges Schlafzimmer, dessen hohe Decke noch von der Vorkriegsbauweise zeugte. Die Verbindungstür öffnete sich in den nächsten Raum, ein genaues Gegenstück des ersten, nur daß hier kein Bad war. Er war der frühere Wohnraum, und Simms versicherte Roy, daß man ihn innerhalb kürzester Zeit wiederherstellen könnte.

»Na klar, wir nehmen einfach diese Schlafzimmereinrichtung raus, und dann kommen die Wohnzimmermöbel wieder rein. Alles im Handumdrehen – Tisch, Sofa, Sessel, eben alles innerhalb vernünftiger Grenzen, versteht sich. Manche Möbelstücke zählen zu den schönsten, die Sie je gesehen haben.«

Dillon erwiderte, daß er sie sich gern ansehen würde, und Simms führte ihn in den Abstellraum im Souterrain. Natürlich war das nun keineswegs das Feinste, was er je gesehen hatte, aber immerhin ganz solide und bequem; und er hatte wirklich schöne Sachen weder erwartet, noch verlangte ihn danach. Alles mußte bei ihm in einem bestimmten Rahmen bleiben, dem Bild eines jungen Mannes entsprechen, der ziemlich gut verdiente – gut, aber nicht zu gut – und der damit angenehm leben konnte.

Er fragte nach der Miete für diese Suite. Simms redet umständlich um den heißen Brei herum, wies auf die zweifache Notwendigkeit hin, sich eine erstklassige Kundschaft zu erhalten, denn bei Gott, darunter würde er es nie machen – und zugleich noch einen Gewinn zu erwirtschaften, was für einen gottesfürchtigen Mann in diesen Zeiten eine verflixt schwierige Sache wäre.

»Also, nehmen Sie nur mal einige von diesen Bauern, die wir hier haben. Ich meine, die *versuchen*, hier reinzukommen. Die legen sich doch mit einem gleich wegen 'ner ausgebrannten Glühbirne an, die kann man nie zufriedenstellen, verstehen Sie. Die sind wie Vielfraße, verstehen Sie. Je mehr sie kriegen, desto mehr wollen sie. Aber in diese Richtung rollen die Bälle vermutlich, und wie wir immer bei uns zuhause in Wichita Falls sagen: Wer keine Masten herumstehen haben mag, sollte besser erst gar nicht anfangen, Löcher zu graben. Ach, übrigens, Mister Dillon, hundertfünfundzwanzig im Monat.«

»Klingt ganz vernünftig.« Roy lächelte. »Ich nehm's.«

»Tut mir ja leid, Mister Dillon. Für Sie würde ich ja gerne ein bißchen nachlassen; ich will mir nicht nachsagen lassen, daß ich es für die richtige Art Mieter nicht ein bißchen billiger machen würde. Falls Sie mir jetzt garantieren würden, daß Sie mindestens drei Monate bleiben wollen, na ja, warum –«

»Mister Simms«, sagte Roy.

»– na ja, dann könnte ich Ihnen einen Sonderpreis machen. Ich geh bis auf, sagen wir –«

»Mister Simms«, sagte Dillon mit Entschiedenheit. »Ich miete für ein volles Jahr. Die erste und letzte Monatsmiete im voraus. Und hundertfünfundzwanzig Dollar im Monat sind mir recht.«

»Das – ja wirklich?« Der Besitzer des *Grosvenor Carlton* starrte ihn ungläubig an. »Sie mieten auf ein Jahr für hundertfünfundzwanzig Dollar und – und –«

»Abgemacht. Ich halt nichts vom Herumziehen. Ich mache Gewinn bei meinen Geschäften und erwarte dasselbe auch bei anderen.«

Simms keuchte, er schnappte nach Luft. Seine fette Wampe schwabbelte in seinen Hosen, und sein Gesicht bis weit hinauf in die Stirnglatze rötete sich vor freudiger Zufriedenheit. Er, so erklärte er, ja *er* wäre ein scharfer und erfahrener Beobachter der menschlichen Natur. Bauern könnte er schon meilenweit riechen, und einen Gentleman erkenne er sofort; in Roy Dillon hätte er gleich den feinen Mann gewittert.

»Und klug sind Sie obendrein«, nickte er weise. »Sie wissen, daß es einfach schlecht fürs Geschäft ist, wenn man da feilscht, wo es ums Wohnen geht. Zum Teufel auch, was springt schon dabei raus, wenn man ein Hotel um ein paar Dollar runterhandeln will – Leute eben, denen man jeden Tag über den Weg laufen wird – wenn man wegen nichts und wieder nichts andere verprellt und verärgert?«

»Sie haben absolut recht«, sagte Dillon warm.

Simms meinte, da könne man aber Gift drauf nehmen, daß er recht hätte. Angenommen, zum Beispiel, es käme mal von irgendwo eine Anfrage über einen Gast so vom Typ Bauernlümmel. Was könnte man dann wohl ehrlicherweise über ihn sagen, außer daß er halt hier wohnt, und daß es einfache Christenpflicht wäre, nichts Nachteiliges über den Mann zu sagen? Doch wenn es um einen *Gentleman* ginge, über den Erkundigungen eingezogen würden, nun, dann wäre es seine Pflicht und Schuldigkeit, genau das und nichts anderes zu sagen. Schließlich hätte er ja nicht nur ein *Zimmer* hier im Hotel, nein, schließlich *lebte* er dort. Ein Mensch von Charakter nämlich und tadellosem Benehmen, ganz offensichlich, der ein ganzes Jahr gemietet hat und . . .

Dillon nickte und lächelte und ließ ihn weiterschwafeln. Das *Grosvenor-Carlton* war das sechste Hotel, das er seit seiner Ankunft aus Chicago näher in Augenschein genommen hatte. Alle hatten ihm eine Unterkunft angeboten, die dieser hier vergleichbar und genauso billig oder billiger noch als das war, wofür er sich jetzt entschieden hatte, denn es gibt ein chronisches Überangebot an Zimmern in den kleineren Hotels von Los Angeles. Doch gegen alle bisherigen hatte er vage, undefinierbare Vorbehalte gehabt. Irgendwie sahen sie alle nicht richtig aus. Sie vermittelten nicht das richtige Gefühl. Einzig das *Grosvenor-Carlton* und Simms machten den richtigen Eindruck und erschienen ihm rundum passend.

»Da wäre noch eins«, sagte Simms gerade. »Das ist jetzt Ihr

Zuhause, verstehen Sie. So mieten, wie Sie das jetzt tun, ist genauso, als hätten Sie eine Wohnung oder ein Haus. Es ist Ihre Burg, wie das Gesetz sehr richtig sagt, und falls Sie den Wunsch haben sollten, einen Gast zu empfangen, Sie wissen schon, einen weiblichen Gast – warum nicht? Das Recht dazu hätten Sie allemal.«

»Danke, daß Sie mir das sagen«, erwiderte Roy mit ernstem Nicken. »Im Augenblick gibt's da zwar niemanden, aber gewöhnlich schließe ich überall Freundschaften, wo ich gerade bin.«

»Selbstredend. Ein Bursche mit so anständigem Aussehen wie Sie muß einfach nette Damenbekanntschaften haben, und ich könnte wetten, daß die auch Klasse haben. Keine so Schlampen, die gleich 'nen Aufruhr machen, wenn sie nur durchs Foyer wackeln.«

»Das wird nie passieren«, versicherte ihm Dillon. »Ich bin sehr, sehr wählerisch in meinen Freundschaften, Mister Simms. Besonders, was junge Damen angeht.«

Vorsichtig war er allerdings. Während der vier Jahre, die er dann schließlich in diesem Hotel zur Miete gewohnt hatte, war nur ein einziger weiblicher Besucher aufgetaucht, eine geschiedene Frau Mitte Dreißig, und einfach alles an ihr – Aussehen, Kleidung und Auftreten – war absolut zufriedenstellend gewesen, sogar für den argwöhnischen Mister Simms. Der einzige Fehler, den er an ihr feststellen konnte, war der, daß sie nicht oft genug kam, denn auch Moira Langtry war wählerisch. Wäre alles nur nach ihrem Willen gegangen – etwas, das Dillon ihr aus Gründen diplomatischer Taktik nicht zugestehen konnte –, hätte sie ihre Schritte wohl nie in das *Grosvenor-Carlton* gesetzt. Immerhin hatte sie eine sehr hübsche eigene Wohnung mit einem Schlafzimmer, zwei Bädern und einer gutbestückten Bar. Falls er sie wirklich zu sehen wünschte – und sie begann schon, daran zu zweifeln, daß er das tat –, warum konnte er dann nicht zu ihr kommen?

»Also, warum kannst du nicht?« fragte sie, während er im Bett saß und mit ihr telefonierte. »Es ist für dich auch nicht weiter als für mich.«

»Aber du bist um so vieles jünger, Liebes. Eine jugendfrische Maid wie du kann sich doch schon mal leisten, einen taprigen alten Mann etwas aufzuheitern.«

»Mit Schmeichelei kommen Sie bei mir nicht weiter, Mister.«

Sie war geschmeichelt. »Ich bin fünf Jahre älter, und das spür' ich in allen Knochen.«

Dillon grinste. Fünf Jahre älter? Teufel, es waren zehn und kein Tag weniger. »Tatsache ist, daß mir das Wetter ein bißchen zu schaffen macht«, erklärte er. »Nein, nein, nichts Ansteckendes. Ich bin letzte Nacht ungeschickt über einen Stuhl gestolpert, und der versetzte mir einen häßlichen Hieb in den Magen.«

»Na ja ... ich glaub schon, daß ich kommen könnte ...«

»Braves Mädchen. Ich würd' gleich die Luft anhalten, wenn ich nicht jetzt schon japsen müßte.«

»Soso. Dann laß mal hören!«

»Keuch, keuch«, sagte er.

»Du Ärmster«, sagte sie. »Moira macht sich auf den Weg, so schnell sie kann.«

Offenbar hatte sie sich gerade zum Ausgehen zurecht gemacht, als er sie anrief, denn nach einer knappen Stunde war sie schon da. Oder vielleicht schien es ihm auch nur so. Er war aufgestanden und hatte vorsorglich schon die Tür für sie geöffnet, und als er zurück ins Bett ging, hatte er sich merkwürdig müde und schwach gefühlt. Also hatte er die Augen zugemacht, war wohl etwas eingedöst, und als er sie scheinbar nur wenig später öffnete, war sie gerade ins Zimmer gekommen – oder besser, hereingewirbelt auf ihren winzigen, hochhackigen Schuhen; eine zierlich-mollige, doch rundum knackige Frauensperson mit glänzendem schwarzem Haar und unverwandt starrenden, dunklen, brennenden Augen.

Kaum hatte sie die Schwelle überschritten, verhielt sie den Schritt. Selbstsicher zwar, doch in der Haltung einer Bittstellerin. Sie posierte wie eines jener unverschämt einladenden, arroganten Mannequins. Dann griff sie tastend hinter sich und erwischte schließlich den Zimmerschlüssel. Mit leisem Klicken schloß sie die Tür.

Roy vergaß ganz, an ihr Alter zu denken.

Sie war alt genug, diese Moira Langtry.

Sie war jung genug.

Seine träge, schweigende Bewunderung nahm sie als Aufforderung, und mit einer schwungvollen kleinen Körperdrehung ließ sie das Hermelincape von einer Schulter gleiten. Dann durchquerte sie mit sacht schwingenden Hüften langsam das Zimmer; das kleine Kinn vorgereckt; scheinbar vorwärts gezogen von dem üppigen Ungleichgewicht unter der knappen weißen Bluse.

Sie blieb, die Beine fest gegen sein Bett gepreßt, stehen, und als er zu ihr aufschaute, konnte er über den Umrissen ihrer Brüste nur ihre Nasenspitze sehen.

Mit gestrecktem Finger stupste er sie erst in die eine, dann in die andere.

»Ihr versteckt euch«, sagte er. »Kommt raus, kommt vor, wo immer ihr sein mögt.«

Graziös ließ sie sich auf die Knie sinken, die dunklen Augen tauchten brennend in sein Gesicht ein.

»Du Ekel«, sagte sie tonlos, und das zarte Gewebe ihrer Bluse schimmerte matt, als sie hauchte: »Ich hasse dich.«

»Die Zwillinge scheinen unruhig«, sagte er. »Vielleicht sollten wir sie besser ins Bett bringen.«

»Weißt du, was ich jetzt mit dir tun werde? Ich ersticke dich.«

Er sagte: »Tod, wo ist dein Stachel?« Und dann blieb er notgedrungen eine Weile still. Nach einer unglaublich sanften, süß duftenden Ewigkeit erlaubte sie ihm, wieder zu Atem zu kommen. Drängend flüsterte er:

»Du riechst gut, Moira, wie eine läufige Hündin in einem Treibhaus.«

»Darling, was für reizende Dinge du sagst!«

»Aber vielleicht bist du es nicht, die so gut riecht . . .«

»Doch, ich, das hast du doch gerade gesagt!«

»Es könnten auch deine Kleider sein.«

»Das bin ich, soll ich's dir beweisen?«

Er wollte, und sie räumte den letzten Zweifel aus.

4

Während seiner ersten Zeit in Los Angeles hatte sich Roy Dillons Interesse an Frauen sittsam auf das Notwendigste beschränkt. Er war einundzwanzig, ein ältlicher Einundzwanzigjähriger. Seine Neigungen für das andere Geschlecht waren so stark wie bei jedem anderen Mann; und vielleicht wegen der hinter ihm liegenden Erfolge flammten sie oft sogar noch stärker auf. Doch er ließ es ruhig angehen, wie man so sagt. Er hatte sich ausführlich und sorgfältig umgetan, bevor er Los Angeles als ständige Operationsbasis wählte, und sein Kapital war auf weniger als tausend Dollar zusammengeschrumpft.

Das war natürlich eine Menge Geld, aber anders als bei den hochkarätigen Kriminellen, deren umsichtige Standortwahl womöglich bis zu einhunderttausend Dollar verschlingen mochte, konnte ein Abzocker buchstäblich von Erdnüssen leben. Doch Roy Dillon, obwohl er sich weiter an die schmale Spur hielt, wich vom gewohnten Schema ab.

Jetzt, mit einundzwanzig, hatte er die schnelle Tour, das Anmachen und Absahnen, satt. Er wußte, daß pausenloses »Abräumen« – das Springen von einer Stadt zur nächsten, bevor der Boden zu heiß wurde – selbst bei einem sparsamen Mann dazu führen konnte, daß die Gewinne aus seinen Volltreffern dabei gleich wieder draufgingen. Er mochte also noch so hart und oft und vorsichtig arbeiten wie er wollte und konnte, trotzdem spürte er doch stets das Rudel Wölfe im Nacken, das ihm ans Leder wollte.

Roy hatte solche Männer schon erlebt.

Einmal, auf einer Reise in einem Sonderzug, der von Denver abgegangen war, war er in eine Clique hineingeraten, ein Team von ganz armen Teufeln, die so abgebrannt waren, daß sie mit dem wenigen, das ihnen geblieben war, eine Gemeinschaftskasse bilden mußten.

Sie arbeiteten mit einem Kartentrick. Dem Geber hatten sie die Rolle des »Klugscheißers« zugewiesen, den die anderen nach Kräften ausnehmen würden. Während er den Kopf abwandte, um mit den beiden Kumpanen herumzustreiten – wobei er die drei Karten in der Innenhand hielt –, hatte die »Vertrauensperson«, der Untermann, blitzschnell eine Markierung auf die oberste Karte gekritzelt und Roy dabei heftig zugeblinzelt.

»Nimm ihn hoch, Kumpel!« Sein Bühnengeflüster war lächerlich laut. »Setz den größten Schein, den du hast.«

»Den Fünfziger oder den Hunderter?« flüsterte Roy zurück.

»Den Hunderter, schnell!«

»Kann ich auch fünfhundert setzen?«

»Also, äh, nee . . . Du fängst besser mit einem Hunderter an.«

Die so entgegenkommend geöffnete Hand des Gebers ermüdete langsam. Den anderen Zockern gingen die Argumente aus. Sie konnten seine Aufmerksamkeit nicht länger »unauffällig« ablenken. Doch Roy machte mit seinem grausamen Spiel weiter.

»Wie hoch ist die markierte Karte?«

»Ein As, verdammt. Die anderen beiden sind Zweien. Also –«

»Schlägt denn ein As die Zweien?«

»Ob ein . . . – verdammt, ja, nun setz doch schon!«

Die anderen Reisenden im Salonwagen bekamen das Spiel langsam mit und fingen an zu grinsen. Umständlich zog Roy seine Brieftasche und nahm einen Hunderter heraus. Der Geber blätterte eine Menge zerknitterter Ein- und Fünfdollarnoten hin. Dann mischte er, ließ das markierte As verschwinden, legte eine markierte Zwei obenauf und tauschte eine der Zweien gegen ein unmarkiertes As aus – das heißt, unmarkiert war es nur für das bloße Auge.

Und dann kam der Showdown. Die drei Karten wurden, Gesicht nach unten, auf den Tisch geknallt. Roy musterte sie blinzelnd. »Ich kann nicht gut sehen«, klagte er, »ich leih mir mal Ihre Brille aus.« Und mit einem Ruck riß er dem Geber seine »Lesehilfe« von der Nase.

Durch das getönte Glas hindurch konnte er natürlich prompt das As identifizieren und strich das Geld ein.

Unter dem Gejohle der anderen Fahrgäste hastete der Mob aus dem Salonwagen. In der nächsten Ortschaft, einem öden Kaff mit schlammiger Hauptstraße, sprangen sie aus dem Zug. Wahrscheinlich hatten sie keine Mittel mehr, um weiterzufahren.

Als der Zug sich in Bewegung setzte, sah Roy sie noch auf dem menschenleeren Bahnsteig stehen, mit hängenden Schultern, auf den bleichen, mageren Gesichtern kalte, nackte Angst. Und in der gemütlichen Wärme des Salonwagens fröstelte ihn.

Das Frösteln galt auch ihm selbst.

Das war's also, wohin einen das schnelle Zuschlagen und Abräumen bringen konnte, wohin es einen unweigerlich brachte. Das, oder noch weit Schlimmeres als dies, war das Schicksal des Wurzellosen, von Männern, denen Wurzeln mehr als Fesseln denn als fester Halt galten. Und die kriminellen Typen ganz weit oben waren dagegen ebensowenig immun wie die verhältnismäßig bescheideneren kleinen Gauner. Eigentlich war ihr Schicksal oft noch schlimmer. Selbstmord . . . Drogensucht und Delirium. Ein großes Haus führen und ins Irrenhaus geführt werden.

Sich ganz oben halten und immer das große Geld machen müssen war immer ein Kopf-an-Kopf-Rennen. Ein einziges vermasseltes Geschäft, und schon gerieten sie ins Schleudern.

Das aber sollte einem Roy Dillon nie passieren.

Während seines ersten Jahres in Los Angeles hielt er die Hände absolut sauber. Ein unabhängiger Großhändler, der an den Kleinhandel weiterverkaufte. Und als er wieder in die Welt des Abzockens zurücktauchte, blieb er ein Händler. Das war er auch jetzt noch. Er hatte einen Kreditrahmen und ein Bankkonto. Er war buchstäblich mit Hunderten von Menschen bekannt, die ihm einen tadellosen Charakter bescheinigen würden.

Manchmal mußte er sie tatsächlich auch darum angehen, und zwar, wenn die Gefahr bestand, daß Verdachtsgründe sich häuften und er riskierte, polizeibekannt zu werden. Aber natürlich suchte er seine Opfer nie ein zweites Mal heim; übrigens verhielt er sich zurückhaltend und betätigte sich nicht allzuoft. Seine geschützte Stellung verlieh ihm Selbstsicherheit. Absicherung und Selbstsicherheit hatten ihn mit der Zeit zu hoher Könnerschaft geführt.

Um dies alles zu erreichen, hatte er für Frauen nur sehr wenig Zeit erübrigen können. Es waren kaum mehr als belanglose, flüchtige Begegnungen, wie jeder junge Mann sie hat. Erst jetzt, gegen Ende seines dritten Jahres, hatte er damit begonnen, nach einem bestimmten Frauentyp Ausschau zu halten. Nach jemandem, der nicht nur höchst begehrenswert war, sondern auch gewillt, sich auf die einzige Art von Vereinbarung einzulassen – oder besser noch, sie gar vorzuziehen –, die er bereit war, anzubieten.

Dann begegnete er ihr, Moira Langtry, und zwar in der Kirche.

Es war eine dieser Zusammenkünfte von Verrückten, wie sie an der Westküste besonders gut zu gedeihen scheinen. Der Oberclown war ein Yogi oder Swami oder dergleichen. Während die Zuhörerschaft wie hypnotisiert an seinen Lippen hing, schwafelte er unablässig von den höchsten Weisheiten des Ostens, ohne sich auch je nur um die Erklärung dafür zu bemühen, warum besagte Weisheit die höchsten Ziffern der Welt bei Krankheiten, die kürzeste Lebenserwartung und die höchste Analphabetenquote zuließ.

Roy war leicht verblüfft, jemanden wie Moira Langtry unter den Anwesenden zu finden. Sie war einfach nicht der Typ hierfür. Er bemerkte ihr Erstaunen, als sie ihn anblickte. Doch er hatte durchaus Gründe, hier zu sein. Es war eine ganze unschuldige Weise, die Zeit totzuschlagen. Billiger als Kino und doppelt so komisch. Und obgleich er derzeit gute Geschäfte machte, war er doch nie blind für Möglichkeiten, noch lukrativere anzubahnen. Und manchmal konnten einem Versammlungen wie diese ja auch Anregungen geben.

Die Zuhörerschaft bestand fast ausnahmslos aus ältlichen Tanten, meistens betuchte alte Schachteln, Witwen in reifen Jahren und alte Jungfern: Frauen, die ein unbestimmtes Jucken verspürten, gegen das ein bißchen Kratzen, gegen das ein bißchen Pulver vielleicht helfen konnte . . . Also . . man weiß ja nie, nicht wahr?

Man konnte die Augen ein bißchen offenhalten, ohne daß man sich viel vergeben mußte.

Der Clown war mit seiner Nummer zu Ende. Körbchen wurden herumgereicht zum Einsammeln der Spende für das »Allerheiligste«.

Moira warf ihren Programmzettel in einem davon und ging hinaus. Grinsend folgte ihr Dillon nach.

Sie stand ziellos im Vorraum herum und streifte sich umständlich ihre Handschuhe über. Als er sich ihr näherte, blickte sie ihm mit freundlicher Zurückhaltung entgegen.

»Also so was«, sagte er. »Was hat ein hübsches Mädchen wie Sie bloß an einem Ort wie diesem verloren?«

»Oh, wissen Sie«, sie lachte leicht, »ich bin nur auf ein Glas Yoghurt hier hereingekommen.«

Kopfschüttelnd meinte er: »Nur gut, daß ich Ihnen keinen Martini angeboten habe.«

»Das wäre aber nicht schlecht. Nur würde ich's nicht unter einem doppelten Scotch machen.«

Den gingen sie dann auch gemeinsam trinken.

Sie waren dann sehr zügig zu dem Punkt gelangt, an dem sie jetzt angekommen waren, oder den sie seit damals ziemlich häufig angesteuert hatten.

Später dann – und heute ganz besonders wieder – spürte er, daß sie die Sache etwas forcieren wollte.

Es gab nach seiner Meinung nur eine Art, damit umzugehen: leicht und locker. Niemand konnte gleichzeitg lachen und ernsthaft sein.

Er ließ seine Hand über ihren Körper wandern und verhielt bei ihrem Bauchnabel. »Weißt du was?« sagte er. »Wenn du hier eine Rosine reinsteckst, könntest du als Plätzchen gehen.«

»Laß das«, sagte sie, nahm seine Hand und schob sie aufs Bett.

»Oder du könntest einen Kreis darum malen und so tun, als wärst du ein Pfannkuchen.«

»Ich fange schon an, mich wie ein Pfannkuchen zu fühlen«, sagte sie, »und zwar an der Stelle genau in der Mitte.«

Sie setzte sich auf, schwang ihre Beine vom Bett und holte sich eine Zigarette vom Zeitungsständer. Als sie sie angezündet hatte, schnappte er sie ihr einfach weg, und sie nahm sich eine andere.

»Roy«, sagte sie, »schau mich an!«

»Oh, ich seh dich andauernd an. Das kannst du mir glauben!«

»Oh, ich bitte dich, hör auf. Ist – ist das denn alles, was zwischen uns ist, Roy? Soll es immer nur das bleiben, und sonst nichts weiter? Ich will nicht drauf herumreiten, verstehst du. Aber sollte es für uns nicht noch ein bißchen mehr geben?«

»Wie wäre das denn wohl noch zu überbieten? Sollen wir uns gegenseitig die Fußsohlen kitzeln?«

Schweigend blickte sie auf ihn hinab. Die brennenden Augen, die jetzt lackschwarz waren, starrten wie durch einen unsichtbaren Schleier. Ohne den Kopf zu drehen, streckte sie eine Hand vor und drückte langsam ihre Zigarette aus.

»Das sollte witzig sein«, sagte er, »ich habe ein Lachen erwartet.«

»Oh, ich lache gleich los, Liebling«, sagte sie. »Glaub mir, wirklich.« Sie langte nach unten, griff nach einem Strumpf und begann, ihn sich überzuziehen. Ein bißchen besorgt drehte er sie zu sich herum, so daß sie in sein Gesicht sehen mußte.

»Worauf willst du hinaus, Moira? Heirat?«

»Das hab ich nicht gesagt.«

»Aber ich frage dich.«

Sie zog die Stirn kraus, zögerte und schüttelte dann den Kopf. »Nein, ich glaube nicht. Ich bin ein sehr praktisch denkendes kleines Mädchen und glaub nicht daran, daß ich mehr bekäme, als ich jetzt habe. Das mag merkwürdig klingen für einen Streichholzverkäufer wie dich, oder was immer du bist.«

Jetzt war er auf der Hut, aber er spielte weiter mit ihr. »Würdest du mir bitte den Erste-Hilfe-Kasten bringen? Ich glaube, man hat mir eben eins mit der Tatze versetzt.«

»Keine Bange, die Kleinen sind alle schon geimpft.«

»Tatsache ist, daß das mit den Streichhölzern nur so nebenher läuft. Mein Hauptgeschäft ist das Betreiben eines Puffs.«

»Schön, ich dachte schon, es wäre etwas, weswegen du dich schämen müßtest.« Dann schnitt sie ihm schroff das Wort ab und brachte ihn wieder auf den Punkt zurück. »Aber du siehst, worauf ich hinaus will, Roy. Wir wissen nichts voneinander. Wir sind keine Freunde, wir sind nicht mal gute Bekannte. Seit wir uns kennen, geht's immer nur hopp ins Bett, gleich ab ins Bett.«

»Du hast gesagt, du wolltest nicht drauf rumreiten.«

»Tu ich auch nicht. Ist mir auch sehr wichtig. Aber ich hab nicht das Gefühl, daß es so aufhören sollte, wie es angefangen hat. Das ist, wie wenn man versucht, von Mostrichbroten zu leben.«

»Und du möchtest Pastete?«

»Steak. Etwas Nahrhaftes. Ach, zum Teufel, Roy.«

Sie schüttelte unwillig den Kopf. »Ich weiß auch nicht. Vielleicht steht das gar nicht auf der Karte. Vielleicht bin ich im falschen Restaurant.«

»Madame seien zu grausam! Pierre wird siesch in die Suhpe ertränken!«

»Pierre ist wurscht«, sagte sie, »ob Madame lebt oder tot ist. Er hat ihr das ziemlich klar gemacht.«

Mit einer gewissen Endgültigkeit in ihren Bewegungen stand sie auf. Er packte sie und zog sie zurück aufs Bett und drückte ihren Körper gegen seinen. Er streichelte sie sanft, er glättete ihr Haar und küßte sie auf die Lippen.

»Hmm ja«, sagte er, »ja, ich bin sicher. Das Geschäft ist endgültig. Umtausch ausgeschlossen.«

»Geht das schon wieder los?« sagte sie. »Immer gleich ab in den Weltraum, bevor wir noch ein Bein auf die Erde kriegen.«

»Ich würde denken, daß ich mich ziemlich angestrengt habe, dich zu finden. Eine sehr süße kleine Schnepfe. Vielleicht gibt's im Gebüsch noch hübschere Vögelchen. Aber vielleicht wieder auch nicht und –«

»– und ein Vögelchen im Bett ist besser als ein Busch oder sonst was. Ich fürchte, ich versau dir deinen Monolog, Roy.«

»Warte.« Er hielt sie fest. »Ich versuche, dir etwas klarzumachen: Daß ich dich gern hab und daß ich faul bin. Ich will nicht weitersuchen. Also zeig mir das Preisschild, und ich seh zu, ob ich kaufen kann.«

»Das hört sich schon besser an. Mir ist da eine Idee gekommen, die uns beiden vielleicht etwas bringt.«

»Womit sollen wir also anfangen? Ein paar schöne Abende in der Stadt? Ein Abstecher nach Las Vegas?«

»Hmm, nein, das wohl nicht. Übrigens könntest du dir das auch gar nicht leisten.«

»Mach dich auf eine Überraschung gefaßt«, sagte er. »Ich würde dich nicht mal die Hinreise selbst bezahlen lassen.«

»Also komm, Roy . . .« Sie zerzauste ihm zärtlich das Haar. »Das wäre nicht das, was mir vorschwebt. Ein Haufen Girls, Flitterkram und alles unter Glas. Wenn wir beide irgendwo hingehen, dann müßte das irgendwo weit hinterm Ende der Straße sein. Du weißt schon, ruhig und gemütlich, so daß wir auch mal in Ruhe miteinander reden können.«

»Gut. In La Jolla muß es um diese Zeit sehr schön sein.«

»La Jolla ist schön zu jeder Jahreszeit. Aber bist du sicher, daß du dir das leisten –«

»Halt dich zurück«, warnte er sie. »Noch ein Wort, und du hast den rötesten Hintern von ganz La Jolla. Die Leute werden denken, es wäre ein zweiter Sonnenuntergang.«

»Ha, wer hat denn vor dir schon Angst?«

»Und verschwinde schleunigst von hier, hörst du? Geh und kriech zurück in deinen Abwässerkanal! Erst pumpst du mich völlig leer und bringst mich dazu, meine letzten Ersparnisse zu verschleudern, und jetzt willst du mich auch noch totquatschen.«

Sie lachte zärtlich und machte sich los. Als sie angezogen war, kniete sie sich noch einmal zu einem Abschiedskuß neben sein Bett.

»Bist du sicher, daß mit dir alles in Ordnung ist, Roy?« Sie strich ihm das Haar aus der Stirn. »Du siehst ziemlich blaß aus.«

»Mein Gott«, stöhnte er. »Haut diese Frau denn nie ab? Sie läßt mich eine Extraschicht fahren, und dann sagt sie noch, daß ich blaß aussehe.«

Mit einem verschmitzten Lächeln im Gesicht ging sie. Sie war sehr mit sich zufrieden.

Roy stand müde auf und machte sich auf wackligen Beinen auf den Weg ins Badezimmer. Erschöpft ließ er sich dann zurück aufs Bett sinken, jetzt zum ersten Mal selbst ein bißchen besorgt. Was mochte wohl die Ursache hierfür sein? Diese seltsame, überwältigende Müdigkeit? Bestimmt nicht Moira; soviel war er gewohnt. Auch nicht die Tatsache, daß er während der letzten drei Tage nur sehr wenig gegessen hatte. Es gab oft Tage, an denen er sich nicht hungrig fühlte, und das heute war einer von ihnen. Was er auch aß, es kam ihm wieder hoch, und das zusammen mit einer bräunlich verfärbten Flüssigkeit, was er auch wieder seltsam fand, weil er außer Eiscreme und Milch nichts zu sich genommen hatte.

Stirnrunzelnd setzte er sich auf und musterte sich. Da war die schwach purpur-gelbe Quetschung an seinem Magen. Aber sie tat nicht mehr weh – es sei denn, er drückte fest drauf. Er hatte keine Schmerzen mehr seit dem Tag gehabt, an dem ihn dieser Hieb getroffen hatte.

Was dann . . .? Er zuckte hilflos die Schultern und legte sich wieder zurück. Das war auch wieder so eine Sache, vermutete er. Er fühlte sich nicht krank. Wenn ein Mann krank war, fühlte er sich doch auch krank?

Er legte die Kopfkissen übereinander und brachte sich in eine halb sitzende Stellung. So schien es besser zu sein. Doch trotz seiner Müdigkeit war er unruhig. Mit einiger Mühe langte er nach seinen Hosen, die auf einem Stuhl lagen, und kramte einen Vierteldollar aus der Uhrentasche.

Oberflächlich betrachtet sah er aus wie jeder andere Vierteldollar, doch das stimmte nicht ganz. Die Seite mit der Zahl war abgenutzt, die Kopfseite nicht. Er hielt ihn zwischen den Kuppen von Daumen und

Zeigefinger, und obwohl nur noch der Rand zu sehen war, konnte er mit seinem Fingerspitzengefühl beide Seiten auseinanderhalten.

Er schnippte die Münze in die Luft, fing sie auf und ließ sie mit einem lauten *smack* auf den Rücken seiner anderen Hand klatschen – denn dies war der *Smack*, eine der Spielarten davon, einer der drei Standardtricks der Abzocker.

Zahl, murmelte er, und es kam Zahl.

Er flippte die Münze noch einmal hoch und verlangte Kopf. Tatsächlich war Kopf oben.

Er ging dazu über, bei jeder Ansage die Augen geschlossen zu halten, um sicherzugehen, daß er nicht unbewußt mogelte. Auf und nieder flog die Münze. Seine Innenhand schlug mit täuschend lautem Klatschen auf den Handrücken seiner linken.

Kopf ... Zahl ... Kopf, Kopf ...

Dann war es mit dem *Smack* vorüber.

Die Augen fielen ihm zu und blieben geschlossen.

Es war kurz nach Mittag. Als er sie wieder öffnete, drang schummeriges Licht ins Zimmer, und das Telefon klingelte. Er schaute sich wild um, erkannte nicht, wo er war, wußte nicht, was wo war. Er war gefangen in einer Welt, die zugleich seltsam und furchterregend war. Als er langsam das Bewußtsein wiedererlangte, nahm er den Hörer ab.

»Ja«, sagte er; und dann: »Was, wie? Wie war das noch mal?« Denn was der Angestellte ihm gesagt hatte, ergab überhaupt keinen Sinn.

»Eine Besucherin, Mister Dillon. Eine sehr attraktive junge Dame. Sie sagt –« ein zurückhaltendes, leises Lachen – »sie sagt, sie ist Ihre Mutter!«

5

Im Alter von siebzehn, knapp achtzehn Jahren, war Roy Dillon von zuhause weggegangen. Er hatte nur die Sachen mitgenommen, die er auf dem Leib trug – Sachen, die er selbst gekauft und bezahlt hatte. Das wenige Geld, das er bei sich trug, steckte in seinen Taschen, und auch das hatte er selbst verdient.

Von Lilly wollte er nichts fordern. Sie hatte ihm nichts gegeben, als er es gebraucht hätte, als er zu klein gewesen war, es sich selbst zu beschaffen. Und er wollte sie jetzt mit so großer Verspätung auch nicht mehr bemühen.

Während der ersten sechs Monate, die er fortgewesen war, hatte er keinerlei Kontakt zu ihr gehabt. Um Weihnachten herum schickte er ihr dann eine Karte und zum Muttertag die nächste. Beide waren von kitschig-sentimentaler Machart, triefend von lauer Süßlichkeit. Doch die zweite hatte alles übertroffen. Herzen und Blümchen und fette kleine Engelchen schwärmten in irrwitziger Verzückung in alle Richtungen. Die goldgeprägte Grußbotschaft war der lieben, alten Mutter gewidmet, und tränenreich war dann von Gute-Nacht-Küssen, Tellerchen mit ofenwarmem Gebäck und Becherchen mit heißer Milch die Rede gewesen. Wenn der kleine Junge vom Spielen heimkehrt.

Man hätte denken können, daß die liebe, alte Mutter (Gott segne ihr Silberhaar!) die Besitzerin einer Mischung aus Molkerei und Bäckerladen wäre, die keine anderen Kunden bedient als ihr eigenes kleines Kerlchen (auf seinem nagelneuen Fahrrad).

Er hatte so hemmungslos lachen müssen, als er sie abschickte, daß er sich beinahe in der Adresse vertan hätte. Aber hinterher waren ihm doch einige ernüchternde Gedanken gekommen. Richtete die wilde Komik sich nicht vielleicht gegen ihn selbst? Vielleicht zeigte er, indem er sie so verhöhnte, sein eigenes tiefes Verletztsein, gab damit zu, daß sie härter und lebenstüchtiger war als er? Das konnte natürlich nicht sein. Er hatte alles eingesteckt, was sie ihm zugemutet hatte. Und es hatte bei ihm keine Narben hinterlassen. Er sollte sich besser davor hüten, den Anschein zu erwecken, als ob das Gegenteil der Fall wäre.

Er blieb also auch danach noch mit ihr in Verbindung, zu Weihnachten und an ihren Geburtstagen und so weiter. Aber er war seither immer sehr förmlich gewesen. Er hielt einfach nicht genug von ihr, so redete er sich selbst ein, als daß er sie auf so lachhafte Weise kränken wollte. Es mußte schon eine bessere Frau als Lilly Dillon kommen, um ihn wirklich tief zu treffen.

Die einzige Art, in der er seine wahren Gefühle zu erkennen gab, zeigte sich in den Geschenken, die sie miteinander tauschten. Denn obwohl Lilly Dillon sich offenbar kostbarere Geschenke leisten konnte als er, ließ er das niemals zu. Zumindest solange nicht, bis sein Bemühen, mit ihr gleichzuziehen oder sie noch zu übertreffen, nicht nur seine langfristigen Vorhaben gefährdete, sondern sich ihm auch als das entlarvte, was es war: Nur als eine weitere Manifestation seines Verletztseins. Sie hatte ihn verletzt – so sah es jedenfalls aus –, und kindisch wies er all ihre Versuche zurück, Abbitte zu leisten.

Sie mochte ja vielleicht denken, daß ihr das gelingen könnte. Doch er ließ es nicht zu. Also hatte er beiläufig in seine Briefe einfließen lassen, daß die Geschenkemacherei viel zu kommerzialisiert wäre und daß sie sich künftig daran halten sollten, nur hin und wieder ein Lebenszeichen zu geben. Falls sie in seinem Namen Wohltätigkeit üben wollte, nur zu. Boys Town, das Viertel für gestrandete Jugendliche und Schwule, wäre dafür vielleicht die geeignete Adresse. Er würde dann natürlich auch in ihrem Namen spenden.

An ein Asyl für verwahrloste Frauen etwa...

Aber damit greifen wir unserer Geschichte vor und könnten dabei das Wichtigste außer acht lassen.

Von Baltimore bis New York ist es nur eine Zweistundenreise. Mit siebzehn, knapp achtzehn Jahren ging Roy dorthin; es war der logische Bestimmungsort für einen jungen Mann, der außer gutem Aussehen und seiner unstillbaren Gier nach einem schnellverdienten Dollar kein weiteres Kapital hatte.

Gezwungen, Geld zu verdienen – und sich bezahlen zu lassen – suchte er sich einen Job als Kundenwerber mit magerer Gewinnbeteiligung. Das Abklappern von Tür zu Tür, Zeitschriften, Fotos, Gutscheine, Haushaltsgeräte, Staubsauger – alles eben, was irgendwie vielversprechend aussah. Alles war vielversprechend, und wenig kam dabei heraus.

Vielleicht machte ja wirklich Miles aus Michigan schon im ersten Monat eintausenddreihundertachtzig Dollar, indem er seinen Freunden superelegante Anzugstoffe vorlegte, und vielleicht verdiente O'Hara aus Oklahoma tatsächlich neunzig Dollar am Tag, indem bei ihm Aufträge für den Oopsy-Doodle Baby Walker eingingen, doch Roy hatte gelinde Zweifel. Er hatte sich buchstäblich fast umgebracht, in einer einzigen Woche hundertfünfundzwanzig Dollar zu kassieren. Doch wie gesagt, das war seine beste Woche gewesen. Der Durchschnitt lag zwischen fünfundsiebzig und achtzig Dollar. Und er mußte sich ganz schön die Beine ausreißen, um soviel einzunehmen.

Doch das war immer noch besser, als irgendwo als Bote zu arbeiten oder irgendeinen schäbigen Angestelltenjob zu übernehmen, für den »ausgezeichnete Möglichkeiten« und »gute Aufstiegschancen« anstelle einer anständigen Bezahlung geboten wurden. Versprechen waren billig. Angenommen, er ginge zu einer dieser Firmen und man verspräche ihm dort, dereinst mal Präsident zu werden; wie wäre es da mit einem kleinen Vorschuß?

Das Hausieren brachte nichts, und etwas anderes fiel ihm nicht ein. Er war sehr unzufrieden mit sich selbst. Jetzt war er neunzehn, ging auf die zwanzig zu und war bereits ein ausgemachter Versager. Was stimmte eigentlich nicht mit ihm? Was war denn an Lilly, was er nicht hatte?

Dann stolperte er buchstäblich über den Trick mit den Zwanzigern.

Er hatte unwahrscheinlichen Dusel gehabt. Der Kerl, Besitzer, eines Zigarrenladens, hatte ihn darauf gestoßen. Hartnäckig hatte Roy noch weiter nach einer Münze in seinen Taschen gewühlt, nachdem er bereits das Wechselgeld für seinen Schein bekommen hatte, und der zappelige Ladeninhaber, dadurch aufgehalten, auch seine anderen Kunden zu bedienen, hatte plötzlich die Geduld verloren.

»Herrgott noch mal, Mister!« hatte er ihn angeblafft. »Es ist nur ein einziger Penny. Zahlen Sie doch das nächste Mal, wenn Sie vorbeikommen.«

Dann hatte er ihm den Zwanziger wieder zugeschoben, und Roy war schon einen ganzen Block entfernt, als ihm aufging, was vorgefallen war.

Mit der Erkenntnis stellte sich ein anderer Gedanke ein: Ein ehrgeiziger junger Mann wartete nicht auf solche Zufälle. Er führte sie selbst herbei. Und sogleich fing er damit an.

In den nächsten zwei Läden wurde er kalt stehengelassen. In den drei nächsten wurde er – mehr oder weniger höflich – darauf hingewiesen, daß er keinen Anspruch hätte, den Zwanziger zurückzubekommen, und in drei weiteren Läden hatte er eingesackt.

Er war ganz ausgelassen vor Glück – und er hatte tatsächlich außerordentliches gehabt. Er fragte sich, ob es noch andere ähnliche Tricks gäbe. Methoden, innerhalb weniger Stunden soviel Geld abzusahnen, das ein Narr sich in einer Woche verdienen mußte.

Es gab sie tatsächlich. Am selben Abend noch wurden sie ihm in seiner Bar vorgeführt, in die er gegangen war, um seine Glückstreffer zu begießen.

Ein Gast setzte sich neben ihn und stieß ihn mit dem Ellenbogen an. Dabei wurde etwas von seinem Drink verschüttet, und der Mann bestand, Entschuldigungen murmelnd, darauf, ihm einen neuen zu bestellen. Und dann zahlte er auch noch die nächste Runde. Natürlich wollte dann auch Roy eine Runde ausgeben. Doch die Aufmerksamkeit des Mannes war von etwas anderem abgelenkt worden. Er starrte verblüfft auf den Fußboden, langte hinunter. Plötzlich lag ein Würfel auf seinem Handteller, den er über die Theke rollen ließ.

»Haben Sie den fallen lassen, Kumpel? Nein? Also sehen Sie mal. Ich trinke nicht gern so schnell. Aber wenn Sie mit mir um eine Runde würfeln wollen – einfach so, damit wir auf gleichem Stand bleiben . . .«

Sie würfelten. Roy gewann. Natürlich konnte es dabei nicht bleiben. Sie würfelten noch mal eine Lage aus, diesmal um den Preis von vier Drinks, und diesmal gewann der andere Kerl. Und natürlich durfte man doch jetzt noch nicht aufhören. Nein, das konnte er nicht zulassen! Zum Teufel, sie spielten doch nur ein paar Drinks aus! Ganz freundschaftlich, und auf gar keinen Fall würde er hier als Gewinner aufstehen und rausgehen.

»Diesmal würfeln wir um acht Drinks. Na ja, jeder ist mit fünf Dollar dabei.« Und dann . . .

Der *Tat* mit den sich atemberaubend schnell verdoppelnden Einsätzen ist für einen Hornochsen mörderisch. Das ist seine böse Faszination. Solange er es nicht übertreibt, kann der »prima Kumpel« eine relativ harmlos wirkende Zahl von Gewinnrunden abstauben.

Das von Roy ergaunerte Geld war innerhalb von zwanzig Minuten den Bach runter.

Nach weiteren zehn Minuten war sein gesamtes ehrlich verdientes Geld ihm nachgefolgt. Dem netten Kumpel war das *sehr* peinlich; ja, das mußte er selbst sagen. Er könnte ja Roy ein paar Dollar von seinem Verlust zurückgeben und . . .

Doch Roy war jetzt erst richtig auf den Geschmack gekommen. Er erklärte nachdrücklich, daß er die Hälfte seines Geldes zurückforderte. Der Abzocker – sein Name war Mintz – könnte die andere Hälfte behalten als Gegenleistung für gründliche Unterweisung im gekonnten Beschiß.

»Du kannst mit der ersten Lektion gleich anfangen«, sagte er. »Beginnen wir mit dem Würfeltrick, mit dem du mich gerade reingelegt hast.«

Von Mintz kamen halbherzige, entrüstete Proteste, und Roy mußte deutlicher werden. Doch schließlich zogen sie sich in eine der dunklen Nischen zurück, und an diesem Abend und den darauffolgenden spielten sie die Rollen von Lehrer und Schüler. Mintz hielt mit nichts hinter dem Berg. Im Gegenteil, er redete so viel, daß es fast schon ermüdend war. Denn hier war eine willkommene Gelegenheit, einmal die Hosen runterzulassen. Er konnte zeigen, wie gerissen er selbst war, etwas, das jemandem mit seinem Lebenswandel normalerweise bei Strafe verboten war, und er ging dabei absolut auf Nummer Sicher. Den Gag mit den Zwanzigern mochte Mintz nicht. Man brauchte ein gewisses undefinierbares Etwas, das er nicht besaß. Und er arbeitete dabei niemals ohne Partner, jemanden, der den Gimpel ablenkte, während die Nummer abgezogen wurde. Und mit einem Partner mochte er auch nicht unbedingt arbeiten. Man mußte dabei Halbe-Halbe machen. Man legte sich damit selbst den Apfel auf den Kopf und gab dem anderen das Gewehr in die Hand. Denn Abzocker, so schien es, litten unter dem unstillbaren Bedürfnis, ihre Kollegen aufs Kreuz zu legen. Es war kein Blumentopf damit zu gewinnen, einen Trottel hochzunehmen – zum Teufel, Trottel waren ja schließlich dafür gemacht, vorgeführt zu werden. Aber es mit einem Profi aufzunehmen, selbst wenn man auf lange Sicht dabei draufzahlte, ah, das war etwas, womit man seinen Stolz aufpolieren konnte!

Der *Smack* war etwas, woran auch Mintz Gefallen fand. Das war nur allzu natürlich. Kopf oder Zahl spielte schließlich jeder.

Ganz besonders aber schätzte er den *Tat*, dessen Vorzüge nahezu unerschöpflich waren. Man mußte nur ein paar Burschen damit ködern, und schon hatte man für eine Woche ausgesorgt.

Der *Tat* muß immer auf allerkleinster Fläche gespielt werden, auf einer Bartheke oder an einem kleinen Tisch. Dadurch konnte man die Würfel nicht wirklich rollen lassen, obwohl man sich natürlich den Anschein geben mußte. Man schüttelte ausdauernd und heftig die Hand, achtete darauf, daß eine hohe Augenzahl oben lag, durfte also auf gar keinen Fall schütteln, und dann gab man ihn geschickt frei, ließ ihn gleiten, rutschen, kippen. Er durfte nur niemals richtig rollen. Sobald die gewürfelten Augenzahlen Verdacht erregten, schüttelte man den Würfel in einem Becher oder besser noch in einem Glas, da man sich schließlich ja in einer Bar befand. Aber auch hier wieder durfte man den Würfel nicht wirklich schütteln. Man hielt ihn fest, wie gehabt, und ließ ihn, wobei man wieder heftiges Rütteln vortäuschte, gegen die Glaswand klicken, bis man vorlegte.

Dabei brauchte man schon einige Übung, gewiß. Aber Übung brauchte man schließlich bei allem.

Sobald die Dinge ein bißchen heiß wurden, gab einem mancher Barmixer gegen ein reichliches Trinkgeld dann oft noch rechtzeitig das Signal zum Aufhören. Er ließ einen dann ans Telefon rufen oder sagte, die Bullen kämen gleich rein oder irgend etwas in dieser Art. Jeder Barmann hatte komischerweise die Nase gestrichen voll von den richtigen Säufern. Sie sahen schadenfroh zu, wenn sie so oft wie möglich gelinkt wurden, sofern es ihnen einen Dollar brachte und solange die Kerle nicht zu ihren Freunden zählten.

Mintz kannte noch viel mehr als nur diese drei Standardtricks. Mit einigen ließ sich vielversprechend abräumen. Sie brachten vielleicht sogar mehr als das eiserne Limit der Abzocker, das bei tausend Dollar lag. Doch man brauchte dabei unweigerlich mehr als nur einen Mann, und dann erforderte es beträchtlich viel Zeit und Vorbereitung; kurz gesagt, sie lagen hart an der Grenze zu einem richtig großen Ding, einer echt ausgereiften Nummer, und sie hatten einen ganz schweren Nachteil: Falls der Geleimte einen Wink bekam, war man dran. Es war einem kein Fehler unterlaufen. Es war nicht einfaches Pech. Man war geliefert.

Es gab allerdings zwei wesentliche, entscheidende Details beim Abzocken, die Mintz seinem Schüler nicht näher erläuterte. Eines davon erübrigte jede Erklärung. Es war dies ein persönlicher Grundzug, den man sich aneignen mußte, etwas, das jeder Mann nur ganz allein tun konnte und auf seine eigene, unverwechselbare Art und Weise; das heißt, man mußte ein hohes Maß an Anonymität wahren und gleichzeitig viel herumkommen, im Umlauf bleiben. Selbstverständlich durfte man nicht in Verkleidung auftreten. Nein, die Sache war eher die, daß man bestimmte Dinge nicht tun durfte. Man mußte alle Manieriertheiten tunlichst vermeiden, jede auffällige Weise, sich auszudrücken, sei es in Tonfall oder Sprechweise, einer bestimmten Haltung oder Gestik oder im Gang – in der Tat alles, woran sich später jemand erinnern konnte.

Soviel also zu der ersten, nicht näher zu erläuternden Grundeigenschaft.

Vermutlich erklärte Mintz auch die zweite nicht, weil er dazu keine Veranlassung sah. Es war etwas, das Roy unbedingt selbst wissen mußte.

Der Lehrgang war abgeschlossen.

Roy stürzte sich mit Feuereifer aufs Abzocken. Er legte sich gediegene Garderobe zu. Er zog in ein gutes Hotel um. Obwohl sein Aufwand extravagant war, konnte er immerhin viertausend Dollar auf die hohe Kante legen.

Monate vergingen. Dann, eines Tages, als er in einem Lunchroom beim Essen saß, der zum Astoria gehörte, kam ein Detective herein, der nach ihm fahndete.

Als er mit dem Eigentümer verhandelte, beschrieb er Roy bis aufs I-Tüpfelchen. Er hatte kein Foto von ihm, doch trug er die Skizze eines Polizeizeichners bei sich, und die Ähnlichkeit war schon verblüffend.

Roy konnte sehen, wie sie zu ihm herüberschauten, während sie sich unterhielten, und er hatte den jähen Impuls, wegzulaufen, nach hinten zur Küche zu stürzen und dann durch die Hintertür nach draußen. Das einzige, das ihn wahrscheinlich am Wegrennen hinderte, war die furchtbare Schwäche in seinen Beinen.

Und dann warf er zufällig einen Blick auf sein Spiegelbild hinter dem Tresen und seufzte vor Erleichterung auf.

Nachdem er sein Hotel verlassen hatte, war es draußen wärmer geworden, und er hatte Hut, Mantel und Krawatte in einem Schließfach der Untergrundbahn verstaut. Und erst vor ungefähr einer Stunde hatte er sich bei einem Frisör einen Bürstenhaarschnitt machen lassen.

Sein Äußeres hatte sich also beträchtlich verändert. Genug jedenfalls, um keine Armbänder angelegt zu bekommen. Aber es hatte ihn bis in die Fußspitzen durchgerüttelt. Er schlich sich zurück in sein Hotelzimmer und fragte sich, ob er jemals wieder den Mut haben würde, auf seiner alten Schiene zu arbeiten. Er blieb bis zum Dunkelwerden im Hotel und machte sich danach auf die Suche nach Mintz.

Mintz war aus dem kleinen Hotel ausgezogen, in dem er gewohnt hatte. Er war schon vor Monaten auf und davon gegangen, ohne eine Nachsendeadresse zu hinterlassen. Roy ging auf die Jagd nach ihm. Durch einen puren Glückszufall traf er ihn sechs Wohnblocks von hier in einer Bar.

Der Abzocker war entsetzt, als Roy ihm erzählte, was passiert war. »Willst du damit sagen, daß du die ganze Zeit hier gearbeitet hast? Du hast mit festem Wohnsitz gearbeitet? Mein Gott! Weißt du, wo ich während der letzten sechs Monate gewesen bin? Ich bin herumgezogen von einem Ort zum nächsten. Hinunter bis zur Küste und zurück.«

»Aber warum denn? Ich meine, New York ist doch ’ne große Stadt, warum –«

Mintz schnitt ihm ungeduldig das Wort ab. New York sei keine große Stadt, sagte er. Es lebten nur eine Menge Leute dort, und die ballten sich auf einem relativ kleinen Gebiet zusammen. Und nein, man tue sich keineswegs einen Gefallen damit, aus dem von Menschen wimmelnden Manhattan in andere Bezirke auszuweichen. Nicht nur stieße man immer wieder auf dieselben Leute, Leute, die in Manhattan arbeiteten und in Astoria, Jackson Heights etc. wohnten, sondern man machte sich auch dort sehr verdächtig. Man könnte dort von den geleimten Deppen leichter aufgespürt werden. »Und, Junge, sogar ein Blinder würde dich wiedererkennen. Sieh dir nur mal deinen Haarschnitt an. Und dann deine affige Armbanduhr und die dreifarbigen Sportschuhe. Warum trägst du nicht gleich noch eine Augenklappe und den Mund voller Goldzähne?«

Roy wurde rot. Er fragte besorgt, ob denn jede Stadt wie diese wäre. Mußte man denn unbedingt von Ort zu Ort hetzen, all sein Kapital aufbrauchen und gerade immer dann abhauen, wenn man anfing, sich langsam auszukennen?

»Was willst du eigentlich?« Mintz zuckte die Achseln. »Auch noch Ei im Bier? Gewöhnlich kann man sich in Los Angeles ziemlich lange halten, weil es eben nicht nur eine Stadt ist. Es ist ein Riesengebiet voller Städte, gleich Dutzenden, und bei dem Wahnsinnsverkehr und dem lausigen Nahverkehrsnetz mischen sich die Leute nicht so leicht miteinander wie in New York. Aber« – er wackelte mahnend mit einem Finger – »aber das heißt noch lange nicht, daß du da wild rumziehen kannst, Junge. Du bist ein Abzocker, ja, ein Dieb. Du hast kein Heim und keine Freunde und findest nirgendwo nennenswerte Unterstützung. Das solltest du, verdammt noch mal, nie vergessen.«

»Werd ich schon nicht«, versprach Roy, »aber, Mintz . . .«

»Ja?«

Roy schüttelte lächelnd den Kopf und behielt seine Gedanken für sich. *»Aber einmal angenommen, ich hätte ein Heim, einen ständigen Wohnsitz, angenommen, ich hätte Hunderte von Freunden und Bekannten. Angenommen, ich hätte einen Job und –«*

Und da klopfte es an die Tür, und er sagte: »Komm rein, Lilly.« Und seine Muter kam herein.

6

Sie schien in den sieben Jahren, die vergangen waren, seit er sie zum letzten Mal gesehen hatte, um kein einziges Jahr älter geworden zu sein. Er war jetzt fünfundzwanzig, und das bedeutete, daß sie jetzt nah an neununddreißig sein mußte. Doch sie sah aus wie Anfang Dreißig, sagen wir, einunddreißig oder zweiunddreißig. Sie sah aus wie . . . wie . . . ja, natürlich: wie Moira Langtry. Sie war es, an die er bei ihrem Eintreten erinnert wurde. Man konnte nicht sagen, daß sie tatsächlich ähnlich aussähen; sie waren beide brünett und von ungefähr gleicher Größe. Doch im Gesicht gab es keinerlei Ähnlichkeiten. Sie waren eher vom Typ her verwandt als persönlich einander ähnlich. Sie kamen beide aus dem gleichen Stall; Frauen, die ganz genau wußten, wie man es machen mußte, sich ihre natürliche Anziehungskraft zu bewahren und noch zu steigern. Frauen, die entweder von klein auf damit ausgestattet waren oder keine Anstrengung scheuten, das zu erreichen.

Lilly zog sich zögernd einen Stuhl heran, unsicher, ob sie ihm willkommen wäre, und beeilte sich auch zu erklären, daß sie geschäftlich in Los Angeles zu tun habe. »Ich muß in Reserve gehaltene Wettgelder hier bei den Rennen plazieren, Roy. Ich werd nach Baltimore zurückgehen, sobald die Rennen hier vorüber sind.«

Roy nickte gleichmütig. Die Erklärung klang einleuchtend. Dieses »Playback« – das Drücken der Quoten für einen Favoriten durch hohe Einsätze auf einen Mitfavoriten in letzter Sekunde war bei großen Buchmachern üblich.

»Ich bin froh, dich zu sehen Lilly. Ich hätte mich gekränkt gefühlt, wenn du nicht vorbeigeschaut hättest.«

»Ich bin auch froh, dich zu sehen, Roy. Ich –« Sie sah sich im Zimmer um, beugte sich ein wenig vor, um einen Blick in sein Badezimmer zu werfen. Langsam wich ihr etwas steifes Benehmen einem ratlosen Stirnrunzeln. »Roy«, sagte sie, »was soll das eigentlich alles? Warum wohnst du an einem Ort wie dem hier?«

»Was stimmt denn damit nicht?«

»Mach dich nicht über mich lustig. Das bist nicht du. Das ist es, was hier nicht stimmt. Sieh dir doch nur mal diese kitschigen Clownsbilder an! Sind die ein Beispiel für den guten Geschmack, den mein Sohn hat? Roy Dillon sammelt Ramsch?«

Roy hätte lachen mögen, wenn er sich nicht so schwach gefühlt hätte. Die vier Bilder waren sein eigener Beitrag zur Ausstattung. Hinter den schweren Rahmen versteckt befand sich sein Beutegeld. Zweiundfünfzigtausend Dollar in bar.

Er murmelte, daß er das Ganze mit allem Drum und Dran gemietet habe, daß es das Beste sei, was er sich leisten könne. Immerhin war ja er nur ein kleiner Händler, der auf Kommissionsbasis verkaufe, und . . .

»Und das ist wieder so ein Ding«, sagte Lilly. »Vier Jahre in einer Stadt wie Los Angeles, und dann ist Erdnußverkäufer das Beste, was du finden konntest? Erwartest du wirklich, daß ich dir das abnehme? Das ist doch nur Fassade, stimmt's? Dieser ganze Schrott hier ist doch nur Tarnung! Du arbeitest mit irgendeinem besonderen Dreh, und erzähl mir nicht, daß es nicht stimmt, weil ich mich nämlich auskenne, aus dem Effeff, mein Lieber!«

»Lilly . . .« Seine schwache Stimme schien meilenweit weg zu sein.

»Lilly, halt dich da raus. Kümmere dich um deine eigenen Angelegenheiten ...«

Darauf blieb sie eine Weile stumm, mußte sich erst einmal von dieser Zurechtweisung erholen und immer wieder in Erinnerung rufen, daß er für sie mehr ein Fremder als ihr Sohn war. Dann sagte sie, beinahe bittend: »Es zwingt dich doch keiner, Roy. Du hast so viel auf dem Kasten – so viel mehr, als ich jemals hatte und ... du weißt, was das bei einem Menschen anrichten kann, Roy. Ich –«

Seine Augen blieben geschlossen. Ein deutliches Warnzeichen, entweder den Mund zu halten oder zu verschwinden. Sich ein Lächeln abringend, meinte sie, okay, sie wolle ja nicht gleich wieder anfangen zu geifern, kaum daß sie ihn eine Minute gesehen habe.

»Warum bist du noch im Bett – Sohn? Bist du krank?«

»Nichts«, murmelte er, »bloß ...«

Sie trat zu ihm ans Bett. Schüchtern legte sie ihm die Hand auf die Stirn; dann zog sie erschreckt die Luft ein. »Roy, du bist ja eiskalt! Was –« Seine Kissen waren plötzlich in Licht getaucht, als sie die Tischlampe anknipste. Er hörte noch einmal, wie sie die Luft einzog. »Roy, was ist denn bloß los? Du bist ja blaß wie ein Leichentuch!«

»Nichts ...« Seine Lippen bewegten sich kaum, »nicht ... der Rede ... wert, Lilly.«

Plötzlich bekam er fürchterliche Angst. Er war sich voll bewußt, ohne zu wissen, warum, daß er im Sterben lag, und in die entsetzliche Todesangst mischte sich ein Gefühl unerträglicher Traurigkeit. Unerträglich, weil es niemanden gab, den es auch nur ein Deut gekümmert hätte, der sie beschwichtigen könnte. Niemand, nicht ein einziger, der sie mit ihm teilen könnte.

Nur ein Tod, Roy? Na, was regst du dich denn so auf? Auffressen können sie dich schließlich nicht, oder? Sie können dich umbringen, ja, aber fressen können sie dich nicht!

»Nicht doch«, schluchzte er auf, und seine Stimme kämpfte an gegen die überwältigende, ihn ins Dunkel reißende Schläfrigkeit. »Lach nicht über mich – ich –«

»Das tue ich doch nicht! Ich lach dich doch nicht aus, Liebling, ich – ich ... Hör mir zu, Roy!« Sie drückte fieberhaft seine Hand. »Du scheinst gar nicht krank zu sein, kein Fieber oder so – wo tut's denn weh? Hat dich jemand verletzt?«

Nichts tat ihm weh. Seit dem Tag, an dem er den Schlag bekommen hatte, hatte er keine Schmerzen gehabt, aber ...

»Geschlagen ...«, er stammelte, »vor drei Tagen ...«

»Vor drei Tagen? Wie denn? Wo bist du getroffen worden? Was – warte, nur einen Augenblick, Liebling! Warte hier, bis Mutter jemanden angerufen hat, und dann –«

In Rekordzeit, gemessen an den Standards des *Grosvenor Carlton*, bekam sie eine Verbindung nach außen. Sie sprach ins Telefon, und ihre Stimme war schneidend wie eine Peitsche.

»...Lilly Dillon, Doktor. Ich arbeite für die Justus Amusement Company in Baltimore, und – was? Versuchen Sie nicht, mich abzuwimmeln, Freundchen! Erzählen Sie mir nicht, daß Sie noch nie von mir gehört haben. Ich muß wohl erst Bobo Justus anrufen, damit er Sie auf Trab bringt, wie? – Na, dann also gut, warten wir ab, wie lange Sie brauchen, bis Sie hier sind.«

Sie rammte den Hörer auf die Gabel und wandte sich wieder zu Roy.

Der Arzt kam, atemlos und ein bißchen mürrisch; aber dann vergaß er seine verletzte Würde und verschlang Lilly mit den Augen.

»Tut mir leid, wenn ich so kurz angebunden gewesen bin, Mrs. Dillon! Aber hören Sie mal, daß dieser ausgewachsene junge Mann hier Ihr Sohn sein soll...«

»Vergessen Sie's.« Lilly nahm die Schmeichelei ungerührt auf. »Tun Sie etwas für ihn. Ich glaube, er ist ziemlich schlimm dran.«

»Also gut dann. Sehen wir ihn uns mal an.«

Er ging an ihr vorbei und schaute auf die bleiche Gestalt im Bett hinunter. Übergangslos verlor sich seine forsche Munterkeit, und seine Hände bewegten sich flink; er fühlte nach Roys Herz, untersuchte Puls und Blutdruck.

»Wie lange ist er schon in diesem Zustand, Mrs. Dillon?« Er sagte es schroff, ohne sich zu ihr umzuwenden.

»Ich weiß nicht. Er war im Bett, als ich vor etwa einer Stunde hier ankam. Wir unterhielten uns, und er schien ganz gut beieinander, nur daß er immer schwächer und –

»Da geh ich jede Wette ein. Hat er schon mal Magengeschwüre gehabt?«

»Nein, das heißt, ich bin mir nicht ganz sicher. Ich habe ihn seit sieben Jahren nicht gesehen, und – was ist los mit ihm, Doktor?«

»Wissen Sie, ob er innerhalb der letzten paar Tage irgendeine Art Unfall gehabt hat, irgendwas, bei dem er sich innere Verletzungen zugezogen haben kann?«

»Nein...« Wieder berichtigte sie sich schnell. »Doch, ja, stimmt.

Er wollte mir davon erzählen. Vor drei Tagen bekam er einen Schlag in den Magen – irgendein Besoffener in der Kneipe vermutlich . . .«

»Mußte er sich hinterher übergeben? Kaffeefarben?« Der Arzt riß das Bettuch zurück und nickte grimmig beim Anblick der verfärbten Stelle. »Ja, und?«

»Ich weiß nicht . . .«

»Welche Blutgruppe hat er? Wissen Sie das?«

»Nein, ich –

Er ließ das Laken zurückfallen und ging zum Telefon. Während er einen Notfallwagen rief, wobei er zum zweiten Mal an diesem Tag den Geschwindigkeitsrekord des Hotels für Gespräche nach außen brach, starrte er Lilly mit einer Art besorgtem Vorwurf an.

Er legte den Hörer auf. »Ich wünschte mir, sie wüßten seine Blutgruppe«, sagte er. »Wenn man jetzt gleich Blut in ihn hineinpumpen könnte, ohne daß man erst die Blutgruppenbestimmung abwarten muß . . .«

»Ist es . . .? Er wird doch wieder gesund, nicht wahr?«

»Wir werden alles Menschenmögliche tun. Sauerstoff könnte ihm helfen.«

»Aber er wird doch gesund?«

»Sein Blutdruck ist unter hundert gesunken, Mrs. Dillon. Er hat eine innere Blutung gehabt.«

»Hören Sie auf!« Sie war kurz davor, ihn anzuschreien. »Ich hab Ihnen eine Frage gestellt! Ich hab gefragt, ob –«

»Tut mir leid«, sagte er tonlos. »Die Antwort ist nein. Ich glaub nicht, daß er noch am Leben sein wird, wenn er ins Krankenhaus kommt.«

Lilly schwankte. Dann fing sie sich wieder und riß sich eisern zusammen. Ihre Stimme war fest. Als sie sprach, kamen ihre Worte ganz ruhig.

»Mein Sohn wird wieder gesund werden«, sagte sie. »Falls nicht, lasse ich Sie umbringen.«

7

Carol Roberg kam gegen fünf Uhr nachmittags im Krankenhaus an; eine Viertelstunde vor Beginn ihrer Schicht. Allein schon der Gedanke, zu spät zur Arbeit zu kommen, erschreckte sie. Und indem sie so früh hier war, konnte sie noch schnell ein im Preis herabgesetztes

Essen in der Cafeteria der Angestellten zu sich nehmen, bevor sie ihren Dienst anfing. Das war für Carol sehr wichtig – eine gute Mahlzeit für wenig Geld. Sogar wenn sie nicht hungrig war – was selten vorkam, gemessen an amerikanischen Verhältnissen, wo offenbar nie jemand echten Hunger hatte – empfand sie stets leichte Besorgnis darüber, wann sie wieder zu essen bekommen würde.

Ihre weiße Schwesterntracht war so steif gestärkt, daß sie ein leichtes Knistern und Rascheln verursachte, während sie durch den marmorbelegten Flur eilte. Nach europäischer Art überlang geschnitten, gab sie ihr das Aussehen eines Kindes, das sich die Sachen seiner Mutter angezogen hat; und die Säume, Aufschläge, Manschetten stellten sich an den Enden auf, bogen sich aufwärts, schienen die Grundformen zu bilden für ihre Augen, ihren Mund, ihre Brauen und die Spitzen ihrer kurzen Bubikopffrisur. Alle Linien ihrer Gestalt hatten ein lustiges, nach oben gebogenes Aussehen, und kein noch so bemühter Ernst konnte etwas dagegen ausrichten. Je ernster sie sich gab, je entschiedener sie versuchte, reif und erwachsen zu wirken, desto stärker war der Eindruck eines erschrocken unterdrückten Lachens: ein Kind, das die erwachsene Frau spielt.

Sie betrat die Cafeteria und ging schnurstracks auf die lange Theke der Ausgabe zu. Ihr Gesicht war von einem trotzigen Rot überzogen; geflissentlich vermied sie, jemanden anzusehen, der in ihre Richtung schaute. Etliche Male war sie hier und anderswo gezwungen gewesen, sich mit anderen Essern an einen Tisch zu setzen. Diese Erfahrung war immer peinvoll unbehaglich gewesen. Die Männer, Assistenzärzte und Techniker, rissen Witze, die über ihren begrenzten Sprachschatz hinausgingen, so daß sie nie genau wußte, wie sie darauf reagieren sollte. Was die anderen Krankenschwestern anging – die waren nett und freundlich zu ihr; sie bemühten sich. Aber es bestand doch eine Kluft zwischen ihnen, die nur die Zeit überbrücken konnte. Sie sprach, dachte, handelte nicht wie sie, und sie schienen ihr Verhalten ihnen gegenüber als stumme Kritik aufzufassen.

Carol holte sich Tablett und Besteck vom Tresen und musterte die dampfenden Gerichte in den eingelassenen verchromten Wannen. Sorgfältig eins gegen das andere abwägend, traf sie ihre Wahl.

Kartoffeln und Soße, das machte acht Cent. Die »Zweitbestellung« würde dann fünfzehn kosten, ja? Einen Penny weniger.

Die *Zweitbestellung* –? Die dicke Frau hinter der Ausgabe lachte. »Ach, Sie meinen die doppelte Portion.«

»Doppelte Portion, ja, und das macht fünfzehn?«

Die Frau zögerte und blickte sich verschwörerisch um. »Weißt du was, Honey, wir machen's zum selben Preis wie für einfach, hm? Ich mach die Kelle einfach ein bißchen voller.«

»Das können Sie machen?« Carols nach oben gerichtete Augen wurden rund vor Besorgnis. »Macht Ihnen das auch keinen Ärger?«

»Mir? Pah, mir gehört dieser Laden, Honey.«

Carol vermutete, daß damit alles in Ordnung war. Diebstahl konnte es schließlich nicht sein. Mit ruhigem Gewissen nahm sie auch zufrieden die zwei Extrawürstchen, die die Frau unter ihre Bestellung von Knackern und Sauerkraut schob.

Sie zögerte beim Nachtisch, war fast schon soweit, sich angesichts der von ihr bewiesenen Sparsamkeit für Strudel zu entscheiden, als sie hinter sich in der Reihe Stimmen hörte: Die fette Frau sprach mit einer Angestellten.

». . . Koscher-Kindchen kann ganz schön was wegputzen, wie?«

»Klar, wenn sie's fast gratis kriegt! Nur so kommt ein Itzig voran.«

Carol erstarrte einen Augenblick. Dann bewegte sie sich steif vorwärts, bezahlte ihren Bon und trug ihr Tablett zu einem Tisch in der hintersten Ecke des Raumes. Sie begann, methodisch zu essen; zwang sich dazu, das plötzlich geschmacklos gewordene Essen hinunterzuwürgen, bis es ihr dann schließlich doch wieder schmeckte und begehrenswert erschien.

Das war die Art und Weise, wie man's machen mußte. Immer sein Bestes zu tun und die Dinge so zu nehmen, wie sie kamen. Gewöhnlich schienen sie nach einer gewissen Zeit gar nicht mehr so übel; wenn sie auch nicht gerade gut waren, wurden sie es schließlich doch vermittels der vielen Dinge, die noch schlechter waren. Fast alles war relativ gut. Essen war besser als verhungern, Leben besser als Sterben.

Selbst vorgetäuschte Freundlichkeit war noch besser als gar keine. Schließlich mußten sich die Leute bemühen – zumindest ein wenig –, so tun, als ob. Ihre eigenen Verwandten und Glaubensgenossen, Emigranten wie sie selbst, hatten das auch nicht immer getan.

Sie war auf Betreiben von Verwandten in die USA gekommen, eines Onkels und einer Tante, die vor dem *Anschluß* aus Österreich geflüchtet waren. Inzwischen zu Wohlstand gekommen, hatten sie sie in ihr Heim aufgenommen und ihr den Status einer »Tochter auf Probe« verliehen. Doch das zu gewissen, unausgesprochenen Vorbedingungen: daß sie eine von ihnen würde; daß sie so lebte wie sie und alles vergäße, wie sie vorher gelebt hatte. Und das konnte Carol nicht tun.

Die rituellen Mahlzeiten, die unzähligen Arten von Geschirr und

Besteck, jedes einzelne ausschließlich der Verwendung bei bestimmten Speisen vorbehalten, das alles fand sie beinahe abstoßend. Solche Riesenverschwendung in einer Welt voller Mangel! Andererseits aber schien es auch wieder töricht, inmitten von Überfluß zu fasten.

Trotz all seiner judäischen Gelehrsamkeit fühlte sie sich von dem bärtigen *Shiddem* mit seinem kleinen rosa Mund abgestoßen. Ihr schien er ein Parasit, den man zwingen müßte, wie alle anderen zu arbeiten. Sie war schockiert, feststellen zu müssen, daß blanke Dummheit sich als Stolz markierte – oder was sie sonst noch für Stupidität hielt: die unerschütterliche Taubheit gegenüber einer fremden Sprache und die fehlende Bereitschaft zu einem neuen und möglicherweise besseren Lebensstil. Alles in allem ängstigte sie die selbstgerechte Borniertheit, und sie spürte darin die Saat einer neuen Tragödie.

Weil sie gut zu ihr waren oder ihr Bestes wollten, versuchte auch sie, wie sie zu sein. Sie war sogar bereit, zu glauben, daß sie Unrecht hätte und die anderen recht. Doch der bloße Versuch, ihre Bereitwilligkeit, waren denen nicht genug. Sie warfen ihr vor, ihren Glauben zu verraten, einen Glauben, von dem sie sich nicht einmal erinnern konnte, ihn je empfunden und geteilt zu haben. Ihre Tyrannei schien ihr in ihrer Eigenart fast ebenso schlimm wie die, der sie entkommen war, und am Ende hatte sie auch vor ihnen fliehen müssen.

Das Leben außerhalb der Welt der Flüchtlinge war nicht einfach. Die Alternative erschien ihr oftmals als eine Welt mit ebenso vielen Vorurteilen wie die, die sie gerade verlassen hatte. Aber das war nicht immer und grundsätzlich so. Es gab einige Menschen, denen es völlig gleichgültig blieb, was sie früher gewesen sein mochte; das heißt, sie waren in einem ganz entscheidenen Punkt indifferent. Sie – die ganz wenigen: Mrs. Dillon war dafür das beste Beispiel – akzeptierten sie um dessentwillen, was sie heute und jetzt war. Und –

Sie sah Mrs. Dillon, die beherrscht und gelassen an den anderen Tischen vorüberging, auf sich zukommen. Hastig stellte Carol ihre Teetasse ab und stand auf.

»Bitte, setzen Sie sich, Mrs. Dillon. Ich hole Ihnen etwas Tee, ja? Oder Kaffee? Irgend etwas zu essen –«

»Nichts.« Lilly lächelte und forderte sie mit einer Handbewegung auf, sich wieder hinzusetzen. »Ich kann heute abend nicht im Krankenhaus bleiben und wollte noch mit Ihnen sprechen, bevor ich wieder gehen muß.«

»Ist irgend etwas falsch? Ich – habe ich etwa –«

»Nein, Sie machen alles ganz ausgezeichnet. Es ist alles in Ordnung«, versicherte Lilly ihr. »Holen Sie sich noch Tee, wenn Sie möchten. Wir sind nicht in Eile.«

»Lieber nicht.« Carol schüttelte den Kopf. »Es ist jetzt fast sechs, und die andere Schwester –«

»Ich bezahle auch die andere Schwester«, sagte Lilly leichthin. »Sie arbeitet für mich, nicht für das Krankenhaus. Falls sie gegen Extrabezahlung keine Überstunden machen will, kann sie ja gehen.«

Carol nickte und murmelte verlegen. Das war eine Seite an Mrs. Dillon, die sie an ihr gar nicht kannte. Lillys Lächeln kehrte zurück.

»Entspannen Sie sich und machen Sie sich's bequem, Carol. Ich schätze Ihre Arbeit. Ich mag Sie; ich hoffe, Sie mögen mich auch – meinen Sohn und mich.«

»O doch, wirklich, sehr. Sie sind sehr nett zu mir gewesen.«

»Wie kommt es, daß Sie keine regelmäßige Arbeit haben? Ich meine, daß Sie nur nebenher arbeiten?«

»Also . . .« Carol zögerte mit ihrer Antwort. »Das Krankenhaus, beinahe jedes Krankenhaus, es bildet seine eigenen Schwestern aus, und ich hab solche Ausbildung nicht. Und dann bei den festen Jobs, wie etwa Sprechstundenhilfe bei einem Arzt, verlangen sie gewöhnlich Kenntnisse, die ich nicht habe. Oft noch Buchhaltung und Steno und –«

»Ich verstehe. Wie kommen Sie denn eigentlich bei dieser Arbeit auf Abruf zurecht? Reicht das hin?«

»Nun ja, ich verdien' nicht immer so viel«, sagte Carol ernsthaft. »Es hängt immer davon ab, wieviel Arbeit ich bekommen kann, und das ist eben nicht immer viel. Und dann sind da natürlich noch die Beiträge für den Verband der Krankenschwestern, aber irgendwie reicht das schon. Sobald ich mehr Kenntnisse habe und besser Englisch verstehe –«

»Ja, gewiß. Wie alt sind Sie, Carol?«

»Siebenundzwanzig.«

»Oh.« Lilly war überrascht. »Ich hätte nie gedacht, daß Sie schon so alt sind.«

»Manchmal fühle ich mich viel älter. Als hätte ich schon seit ewigen Zeiten gelebt. Aber doch, ja, ich bin siebenundzwanzig.«

»Na ja, macht nichts. Sind da irgendwelche Freunde? Gehen Sie fest mit jemandem? Nein?« Lilly fand auch das sehr seltsam. »Na, ein Mädchen wie Sie muß doch reichlich Gelegenheiten haben?«

Carol schüttelte den Kopf, und die aufwärts gezogenen Linien ihres Gesichts waren von einer lustigen Ernsthaftigkeit. Sie lebe in einem möblierten Zimmer, hob sie hervor, könne junge Männer nicht angemessen bei sich empfangen. Und dann noch, da sie es ja nötig hatte zu arbeiten, wann immer sich die Gelegenheit bot, und da sie auch noch unregelmäßige Arbeitszeiten hatte, sei es gar nicht möglich, vorauszuplanen oder immer genau zu wissen, ob man eine Verabredung einhalten könnte, falls man sich mit jemandem treffen wollte.

»Und dann«, sagte sie abschließend und errötete, »versuchen die jungen Männer auch immer gewisse Dinge. Sie – oft bin ich ganz stark verwirrt.«

Lilly nickte mitfühlend und empfand eine seltsame Zärtlichkeit für das Mädchen. Hier war etwas, jemand, absolut wirklich, und um diese Wirklichkeit war etwas Gutes. Vielleicht hätte sie unter veränderten Umständen genauso heil und ganz und ehrlich – und wirklich – werden können, wie es Carol war. Aber – sie mußte den Gedanken abschütteln – zum Teufel mit solchen gefühlsduseligen Flausen!

Sie war die, die sie war, und deshalb war Roy zu dem geworden, der er war. Und bei ihr ließ sich nichts mehr ändern, vorausgesetzt, sie wollte überhaupt irgend etwas ändern. Aber vielleicht, wer weiß, war's ja noch nicht zu spät, um ...

»Sie fragen sich wahrscheinlich schon, warum ich so zudringlich bin, ich meine, so inquisitorisch«, sagte Lilly. »Nun, die Sache ist die. Ich möchte kein Unglück über meinen Sohn heraufbeschwören, indem ich sage, daß er schon endgültig über den Berg ist, aber –«

»Oh, das wird er ganz sicher sein, Mrs. Dillon. Ich –«

»Sagen Sie's nicht«, unterbrach Lilly sie scharf und klopfte dabei mit den Knöcheln auf die Holzplatte des Tisches. »Das könnte Unglück bringen. Sagen wir nur soviel: Wenn und falls er imstande ist, das Krankenhaus zu verlassen, möchte ich, daß Sie sich noch eine Weile um ihn kümmern. Ich meine, in meiner Wohnung. Glauben Sie, daß Ihnen das gefallen würde?«

Carol nickte eifrig, und ihre Augen leuchteten. Sie war schon seit mehr als zwei Wochen ununterbrochen von Mrs. Dillon angestellt worden, länger als jemals zuvor. Was für eine herrliche Sache würde es sein, weiter für sie und ihren netten Sohn zu arbeiten! Endlos lange noch!

»Also schön«, sagte Lilly. »Das ist also abgemacht. Ich müßte mich jetzt wirklich auf den Weg machen, aber – ja?«

»Ich hab grad nachgedacht ...« Carol zögerte. »Ich hab mich gefragt, ob – ob Mister Dillon mich auch haben will. Er ist immer sehr freundlich, aber ...« Sie zögerte wieder und wußte nicht, wie sie ausdrücken sollte, was ihr in den Sinn gekommen war, ohne unhöflich zu klingen. Lilly sprach es an ihrer Stelle aus.

»Sie meinen, Roy lehnt mich ab. Er ist gegen alles, was ich tue, einfach deswegen, weil ich es bin, die es tut.«

»O nein, das wollte ich nicht sagen. Jedenfalls nicht genau. Ich wollte bloß . . .«

»Na ja, Sie sind dicht genug dran.« Lilly lächelte, versuchte, ihrer Stimme einen leichten Klang zu geben. »Aber machen Sie sich deswegen keine Sorgen, Kindchen. Sie arbeiten für mich, nicht für ihn. Alles, was ich für ihn tue, ist nur zu seinem Besten. Also macht es mir gar nichts aus, wenn er sich anfangs noch ein bißchen sträubt.«

Carol nickte mit einer Spur von Zweifel. Lilly stand von ihrem Stuhl auf und begann, sich die Handschuhe überzustreifen.

»Das bleibt solange noch ganz unter uns«, sagte sie. »Wissen Sie, es ist gut möglich, daß Roy das von selbst vorschlagen wird.«

»Wenn Sie es sagen«, murmelte Carol.

Gemeinsam gingen sie zur Tür der Cafeteria. Dann wandte sich Lilly in Richtung Aufnahme, und Carol hastete davon, zum Zimmer ihres Patienten.

Die andere Krankenschwester ging sofort, nachdem sie sich gemeinsam das Krankenblatt angesehen hatten. Roy warf Carol ein mattes, träges Grinsen zu und sagte ihr, sie sehe ausgesprochen schlecht aus.

»Sie gehören ins Bett, Miss Roberg«, meinte er. »Ich rutsche ein Stück zur Seite.«

»Tue ich gar nicht.« Carol wurde zornrot. »Das werden Sie nicht tun.«

»Oh, aber es stimmt doch! Ich habe schon Mädchen gesehen, die so aussahen. Das Bett ist das einzige, was sie kurieren kann.«

Gegen ihren Willen mußte Carol kichern und fühlte sich dabei ganz verdorben. Roy sagte ihr ganz ernsthaft, daß derartige Dinge gar nicht zum Lachen seien. »Seine Sie lieber brav, sonst gebe ich Ihnen keinen Gutenachtkuß. Dann werden Sie's schon bereuen.«

»Werde ich *nicht*.« Carol wurde wieder rot und zappelte und kicherte. »Jetzt hören Sie aber mal auf damit!«

Kurze Zeit später ließ er es sein, sie noch weiter aufzuziehen. Sie schien dadurch echt aufgebracht, vermutete er, und er selbst war gar nicht so sehr zu Scherzen aufgelegt.

Von einem Stahlgestell zur Linken seines Bettes hing ein Behälter mit sirupartig aussehendem Blut. Ein Schlauch hing aus der umgekehrten Öffnung herab und endete in einer stachelartigen Kanüle, die in seine Armvene geschoben war. Auf der rechten Seite des Bettes floß langsam aus einem Tropf eine Kochsalzlösung in die Arterie seines anderen Arms. Seit seiner Einlieferung ins Krankenhaus waren ihm Blut und Kochsalzlösung zugeführt worden. Mit gestreckten Armen, ständig auf dem Rücken liegend, hatte er unablässig Schmerzen, und Erleichterung stellte sich erst dann ein, wenn Körper und Arme ganz taub wurden. Manchmal ertappte er sich dabei, daß er sich fragte, ob das Leben einen solchen Preis denn wert sei. Doch solche Grübeleien hatten eher etwas Launiges, waren Eingebungen seines verqueren Humors.

Er hatte einen langen Blick auf den Tod werfen können, und die Aussicht hatte ihm ganz und gar nicht gefallen.

Er war sehr, sehr froh, am Leben zu sein.

Jetzt, da er offensichtlich außer Gefahr war, bedauerte er allerdings eins – daß es gerade Lilly sein mußte, die sein Leben gerettet hatte. Die einzige Person, der er nichts schuldig sein wollte, der er jetzt alles verdankte; eine Schuld, die er niemals abtragen konnte.

Sicher konnte er mit sich hadern und sich im Kopf mit dieser Angelegenheit herumplagen. Er konnte seine unglaublich robuste Konstitution ins Feld führen, seinen unbedingten Lebenswillen als die eigentliche Ursache für sein Überleben anführen. Immerhin hatten doch die Ärzte praktisch dasselbe gesagt, nicht wahr? Medizinisch unmöglich, sagten sie, daß ein Mann weiterleben könnte, wenn sein Blutdruck und sein Hämoglobinspiegel unter ein bestimmtes Niveau absinken. Und doch war er weit unter diesen Werten geblieben, schon als er ins Krankenhaus eingeliefert wurde. Ohne fremde Hilfe hatte er sich ans Leben geklammert, er ganz allein, bevor etwas für ihn getan worden war. Also . . .

Also nichts. Er hatte Hilfe bekommen, und Lilly hatte dafür gesorgt. Moira hatte seinen gefährlichen Zustand nicht erkannt. Er selbst nicht, niemand sonst, außer Lilly. Und woher eigentlich hatte er die geistige und körperliche Kraft, so lange durchzuhalten, bis er medizinische Hilfe bekam? Von wildfremden Menschen etwa? Wohl nicht.

Wie er es auch drehen und wenden mochte, er verdankte Lilly sein Leben. Und Lilly machte ihm unbewußt oder absichtlich eindringlich klar, daß er das nie vergessen sollte.

Mit zuckersüßer Boshaftigkeit hatte Lilly Moira Langtry so eiskalt auflaufen lassen, daß Moira nach anfänglichen Besuchen aufgehört hatte, zu ihm ins Krankenhaus zu kommen. Sie rief jeden Tag an und ließ ihm ausrichten, daß sie sich um ihn Sorgen mache, aber nicht wiederkommen könne, und Lilly richtete es oft so ein, daß sie just zum Zeitpunkt ihres Anrufes zur Stelle war und von ihrem Ende der Leitung jedes Gespräch in spröder Einsilbigkeit erstickte.

Lilly hatte ganz offensichtlich vor, seine Affäre mit Moira in die Brüche gehen zu lassen. Aber das war noch nicht das Ende ihrer Vorsätze. Sie hatte eine Tagesschwester für ihn ausgesucht, die ein harter Knochen war. Überaus tüchtig zwar, doch so anheimelnd wie eine Scheißhaustür oder ein Granitblock. Als Kontrast dazu hatte sie eine kleine Puppe für den Nachtdienst ausgesucht, ein Schätzchen, das ihm unweigerlich gefallen mußte, auch wenn Lilly ihr keinen klaren Aufgabenbereich zugewiesen hätte.

Oh, er merkte schon, wo es langgehen sollte! Wo immer er hinsah, überall erkannte er die Schatten von Lillys zarter Hand. Aber was konnte er schon dagegen tun? Ihr etwa sagen, daß sie verschwinden und ihn in Ruhe lassen sollte? Konnte er sagen: Okay, du hast zwar mein Leben gerettet; aber hast du dadurch irgendeinen Anspruch auf mich?

Ein Arzt kam herein, nicht derselbe, der ihn im Hotel aufgesucht hatte – Lilly hatte ihn gleich zu Anfang fortgeschickt – sondern ein fröhlich aussehender junger Mann. Hinter ihm kam ein Pfleger, der ein Ding mit einem Metallbehälter obenauf hereinrollte. Roy starrte auf die Zusatzgeräte und stöhnte auf.

»O nein, nicht schon wieder dieses Ding.«

»Heißt das, Sie mögen es nicht?« Der Arzt lachte. »Er macht sich über uns lustig, Schwester, wie? Er schwärmt doch davon, wenn man ihm den Magen auspumpt.«

»Bitte.« Carol runzelte tadelnd die Stirn. »Das ist nicht komisch.«

»Ach was, dem Knaben kann man mit nichts wehtun. Also reißen wir uns zusammen und bringen es hinter uns.«

Der Pfleger hielt ihn auf einer Seite fest, mit einer Hand die Kanüle andrückend. Carol drückte die Nadel am anderen Arm an und balancierte in ihrer freien Hand eine Schüssel mit Eiswürfeln. Der Arzt griff nach dem dünnen Gummischlauch und führte ihn ihm in die Nase ein.

»Ganz stillhalten, Jungchen. Ganz stillhalten, oder du reißt dir diese Nadeln da raus.«

Roy versuchte, sich nicht zu bewegen, doch er konnte es nicht. Als der Schlauch in seine Nase geschoben wurde und ihm in die Kehle fuhr, warf er sich hin und her und wehrte sich heftig. Würgend und nach

Atem ringend, versuchte er sich loszureißen. Der Arzt fluchte selig vor sich hin, und Carol drückte ihm kleine Eisstückchen zwischen die Lippen.

»Bitte das schlucken, Mister Dillon. Schlucken Sie das Eis, und der Schlauch geht mit runter.«

Roy schluckte tapfer. Schließlich war der Schlauch die Speiseröhre hinab bis in seinen Magen gelangt. Der Arzt veränderte seine Lage noch ein bißchen, bewegte ihn sacht auf und ab.

»Wie ist das? Trifft doch nicht hart am Boden auf, wie?«

Nein, er glaube nicht, sagte Roy. So schien es in Ordnung zu sein.

»Gut.« Der Arzt prüfte den Glasbehälter, mit dem die Pumpe verbunden war. »In einer halben Stunde bin ich zurück, Schwester. Sollte er Ihnen Ärger machen, hauen Sie ihm eins in den Bauch.«

Carol nickte verlegen. Sie sah ihm nach, runzelte die Stirn, während er aus dem Zimmer eilte, ging dann hinüber zum Bett und tupfte Roy den Schweiß vom Gesicht.

»Es tut mir leid. Ich hoffe, es ist keine zu große Anstrengung für Sie.«

»Ist schon gut.« Er fühlte sich ein bißchen beschämt wegen der Umstände, die er gemacht hatte. »Ich bin mir schon immer vorher bewußt, was passieren wird, wissen Sie.«

»Ich weiß. Das Schlimmste ist, ihn hinunterzukriegen. Aber hinterher ist es auch nicht sehr schön. Sie können nicht gut schlucken, das Atmen fällt ein ganz klein bißchen schwer, und gewöhnen kann man sich daran auch einfach nie. Immer bleibt man sich bewußt, daß was nicht richtig ist.«

»Sie hören sich an, als hätte man Ihnen auch schon mal den Magen leergepumpt.«

»Ja, das hat man. Ganz oft schon.«

»Innere Blutungen?«

»Nein, ich hab erst später angefangen zu bluten. Aber am Anfang hab ich noch nicht geblutet.«

»Ja?« Er zog die Stirn kraus. »Ich versteh' nicht ganz. Warum hat man Ihnen den Magen ausgehoben, wenn –«

»Ich weiß auch nicht.« Sie lächelte plötzlich und schüttelte den Kopf. »Es ist schon sehr lange her. Jedenfalls ist es nicht angenehm, darüber zu reden.«

»Aber –«

»Und ich glaube, Sie sollten auch jetzt nicht so viel sprechen. Sie bleiben jetzt am besten ganz ruhig liegen und tun nichts, was Ihren Mageninhalt in Erregung versetzen könnte.«

»Also, ich wüßte nicht, wo da irgendwelche Inhalte sein sollten.«

»Na ja, trotzdem«, sagte sie bestimmt, und er beließ es auch dabei.

Es war leicht, dieses Thema fallenzulassen. Leicht auch angesichts seines dringenden Verlangens, weiterzuleben, sämtliche möglichen Ablenkungen auszuschalten. Jahrelange Praxis hatte ihn gelehrt, fast automatisch abzuschalten.

Er lag ganz schlaff da und beobachtete Carol, wie sie im Zimmer umherging, sog ihre jugendliche Frische wie einen belebenden Gegensatz zu Moiras lasziver Trägheit in sich auf. Ein sehr, sehr hüsches Kind, dachte er. So hübsch wie alle anderen auch. Man mußte sie also unbedingt so lassen, wie sie war. Andererseits aber mußte man sich auch fragen: Wäre es nicht etwas merkwürdig, wenn ein so aufregendes Mädchen wie sie immer auf dem Pfad der Tugend gewandelt wäre? War das nicht höchst unwahrscheinlich? Und falls sie über die Spielregeln doch ganz genau Bescheid wußte...

Na ja, da hatte er immerhin etwas zum Nachdenken. Sicher bot sich ihm dadurch eine angenehme Gelegenheit, Lilly zu bremsen und ihr ihre Grenzen zu zeigen.

Dann kam der Arzt wieder zurück. Er prüfte den mit der Pumpe verbundenen Glasbehälter und tönte mit dröhnender Herzlichkeit: »Nichts als Schleim. Er ist voll bis oben hin, Schwester, falls Sie das noch nicht gewußt haben.«

Er entfernte die Magensonde, dann ordnete er zur Verblüffung aller an, daß die Kanülen aus Roys Armen entfernt werden könnten. »Warum denn auch nicht? Warum sollen wir ein Goldkind wie Sie noch weiter verwöhnen?«

»Oh, fahren Sie doch zur Hölle.« Roy grinste ihn an und beugte lustvoll seine Arme vor und zurück. »Aahh, ich möchte sie nur mal ausstrecken.«

»Genehmigt. Wie wär's denn mit einem Happen zu essen?«

»Ach, Sie meinen wohl diese flüssige Kreide, die Sie Milch nennen? Na schön, her damit, Brüderchen.«

»Nichts dergleichen. Heute bekommen Sie Steak, Kartoffelbrei und lauter harte Sachen. Sie dürfen sogar ein paar Zigaretten rauchen.«

»Sie machen Witze!«

Der Arzt schüttelte den Kopf, wurde ernst. »Seit drei Tage hatten Sie keine neuen Blutungen. Höchste Zeit, daß Ihr Magen die Sachen wieder aufnimmt, sich wieder ein bißchen eingewöhnt und abhärtet, und mit Flüssigkeiten allein schafft er das nicht.«

Roy spürte ein leichtes Unbehagen. Immerhin war es doch sein Magen. Der Arzt versicherte ihm, daß er sich keinerlei Sorgen machen müßte.

»Sehen Sie, falls Ihr Magen das alles nicht annehmen will, müssen wir ihn eben aufmachen und ein Stück rausschneiden. Das macht keinerlei Schwierigkeiten.«

Leise vor sich hinpfeifend ging er aus dem Zimmer.

Carol umsorgte ihn und meinte dann stirnrunzelnd: »Dieser komische Mensch, den würde ich gern mal richtig durchschütteln.«

»Glauben Sie, daß es gehen wird?« fragte Roy. »Ich meine, daß ich feste Nahrung zu mir nehmen kann? Ich bin nicht sonderlich hungrig und –«

»Oh, natürlich geht das in Ordnung, sonst würde man Ihnen ja gar nicht erlauben, das ganze Zeug zu schlucken!«

Sie nahm eine seiner Hände in die ihren, schaute so liebevoll beschützend zu ihm hinunter, daß er versucht war zu lächeln. Er widerstand diesem Impuls, hielt jedoch ihre Hand ganz fest und drängte sie, sich auf einen Stuhl neben seinem Bett zu setzen.

»Sie sind ein liebes Mädchen«, sagte er sanft. »Ich habe noch nie jemanden wie Sie kennengelernt.«

»D-d-danke...« Sie schlug die Augen nieder, und ihre Stimme wurde zu einem kaum hörbaren Flüstern. »Ich habe auch noch nie jemanden wie Sie kennengelernt.«

Im Dämmerlicht des Zimmers, das immer schwächer wurde, lag er da und betrachtete sie. Ihr kleines ehrliches Gesicht mit den sanft aufwärts geschwungenen Zügen; er dachte, wie sehr sie doch einem ernsthaften, unschuldigen Kind glich. Dann legte er sich auf die Seite und rutschte näher an die Bettkante.

»Ich werd Sie vermissen, Carol. Werd ich Sie noch sehen, nachdem ich hier raus bin?«

»Ich – ich weiß nicht.« Sie atmete schwer und sah ihn nicht an. »Ich – ich würde ja gern, aber ich muß arbeiten, wann immer es geht, wann immer man mich ruft und –«

»Carol.«

»J-j-ja?«

»Komm her.«

Er zog sie zu sich heran und umfaßte mit der freien Hand ihre Schultern. Sie sah ihn mit furchtsam geweiteten Augen an, bog sich widerstrebend steif zurück, und dann lag sie plötzlich in seinen Armen und drückte ihr Gesicht an seines.

»Magst du mich, Carol?«

»O ja.« Sie nickte heftig, »so, so sehr, aaber –«

»Hör mir zu«, sagte er, und während sie abwartend bereit war, zuzuhören, schwieg er, hielt sich mit aller Macht zurück. Er sagte sich, daß er nicht weitergehen dürfte als bis hierher.

Aber stimmte das denn? Er würde noch eine Zeitlang Pflege brauchen, oder etwa nicht? Lilly hatte etwas Ähnliches angedeutet und vorgeschlagen, daß er noch etwa eine Woche in ihrer Wohnung bleiben und sich erholen sollte. Er war natürlich dagegen gewesen. Zunächst einmal, weil der Vorschlag von ihr gekommen war, und zweitens, weil es ganz unnötig schien. Wenn sie ständig auf dem Rennplatz sein mußte, würde er doch trotzdem ganz allein sein. Aber . . .

Carol zitterte leicht in seiner Umarmung. Er wollte sie sanft wegschieben; und ganz ungewollt legte er seine Arme nur noch fester um sie.

»Ich hab gerade nachgedacht«, sagte er. »Ich werde noch immer ein bißchen wacklig sein, nachdem ich hier raus bin. Vielleicht –«

»Ja?« Sie hob den Kopf und lächelte aufgeregt zu ihm hinunter. »Sie möchten wirklich, daß ich mich noch eine Weile um Sie kümmere, ja? Ist es das?«

»Würde dir das gefallen?«

»Ja, doch, ja.«

»Nun ja«, sagte er unbeholfen, »wir werden es uns überlegen. Abwarten, was meine Mutter dazu zu sagen hat. Ich wohne ja in einem Hotel. Also müßte ich schon bei ihr bleiben, und –«

»Und das ginge in Ordnung!« Ihre Augen tanzten vor Freude. »Ich weiß.«

»Wie meinst du das?«

»Ich meine, das ist genau das, was Ihre Mutter sich wünscht. Ich – wir wollten jetzt noch nicht davon anfangen. Sie war sich nicht sicher, wie Sie das aufnehmen würden, und – und –«

Unter seinem starrenden Blick verstummte sie. Plötzliche Ängstlichkeit grub sich in ihre geschwungenen Mundwinkel.

»Bitte. Da ist etwas falsch dran?«

»Überhaupt nichts«, sagte er. »No Sir, das geht alles in Ordnung.«

8

Das vierte Rennen war vorüber. Die Zuschauermassen, die entlang der Rennstrecke gestanden hatten, fluteten über den Vorplatz zurück, der sich hinter der Haupttribüne befand und in eine überdachte Passage mit Bars, Lunchrooms und Wettschaltern mündete. Einige hasteten breit lächelnd vorüber oder hatten ein blasiertes, schmallippiges Grinsen aufgesetzt. Sie waren unterwegs zu den Zahlschaltern. Andere, und das war die Mehrheit, gingen langsamer, warfen prüfende Blicke in ihre Rennprogramme, auf ihre Wettscheine und in die Formbücher; die Gesichter gleichgültig, verzweifelt, wütend oder trübsinnig. Das waren die Verlierer, und einige gingen direkt durch die Ausgänge zum Parkplatz, andere machten Halt bei den Bars, und die meisten schlugen die Richtung zu den Wettschaltern ein.

Es war noch früh am Tag. Viele Taschen waren noch gut gefüllt. Vor dem Ende des sechsten Rennens würde die Menge nicht ausdünnen.

Lilly Dillon holte die Gewinne auf drei Wettscheine an drei verschiedenen Schaltern ab. Während sie das Geld sorgfältig in einem Seitenfach ihrer Handtasche verstaute – denn sie würde später darüber abrechnen müssen –, eilte sie auf die Wettschalter zu. Ihr Wettgeld, die »Playback-Knete«, bekam sie telegrafisch angewiesen, war bereits in Bündeln von Zwanzigern, Fünfzigern und Hunderten aufgeteilt. Sie benutzte die Zwanziger, so oft es ihre knappe Zeit erlaubte, gewöhnlich fünf oder zehn gleich auf einmal. Mit den Fünfzigern war sie zurückhaltender, mit den Hundertern aber ging sie geradezu geizig um.

Möglicherweise, oder sogar ziemlich wahrscheinlich, war ihre Vorsicht überflüssig. Die Fahnder vom Schatzamt hatten am Wetten selbst kein Interesse; gewöhnlich hielten sie Ausschau nach den Gewinnen, dem schnellen Einsacken ganzer Bündel mit Fünziger- und Hunderter-Scheinen. Und Lilly war schließlich nicht hier, um zu gewinnen, was auch nur ganz selten passierte. Wenn sie tätig wurde, handelte es sich weitgehend um Vorsichtsmaßnahmen. Mit Favoriten oder Beinahe-Favoriten hatte sie eigentlich nichts zu schaffen. Die Quoten bei diesen Pferden ergaben sich meist ganz von selbst. Sie hatte es hauptsächlich mit »Wahrscheinlichkeiten« und Geheimtips zu tun. Und das waren die, die selten Geld brachten. Wenn das einmal eintraf, strich sie die Gewinne auch nur dann ein, wenn es ihr absolut sicher erschien. Falls das nicht so war, ließ sie die Gewinne einfach schießen und behielt die Wettscheine als Belege für ihre Auftraggeber.

In gewissem Grad handelte sie als freie Agentin. Sie hatte gewisse allgemeine Richtlinien, innerhalb deren es ihr gestattet war und auch von ihr erwartet wurde, daß sie ihrem eigenen Urteil vertraute. Das machte die Sache natürlich für sie auch nicht gerade einfacher. Im Gegenteil, es war ein harter Job, und sie wurde gut dafür bezahlt. Und es gab Wege, nebenher noch etwas mehr Geld zu machen.

Gewiß waren das Methoden, bei denen Bobo Justus die Stirn runzelte, aber sie waren nur sehr schwer nachzuweisen.

Sie schlenderte zu einer der Bars, und ihre Augen hinter den dunklen Brillengläsern gingen wachsam hin und her. Etliche Male blieb sie unvermittelt stehen und hob einen weggeworfenen Wettschein auf, den sie denen hinzufügte, die sie bereits in der Handtasche hatte. Die Wettscheine, auf die es keinen Gewinn gegeben hatte, wurden gewöhnlich weggeworfen. Solange sie nicht zerrissen waren oder darauf herumgetrampelt worden war, konnte sie sie auf ihrer Ausgabenseite verbuchen.

Jedenfalls in gewissem Umfang. Das war etwas, worauf man sich nicht allzusehr verlassen durfte. Sie hatte das nur ein einziges Mal kräftig überzogen, und das war ein Fehler gewesen. Oder vielmehr, sie hatte es getan, um einen Fehler zu decken, den sie gemacht hatte.

Das war vor fast drei Wochen passiert. Kurz nachdem Roy ins Krankenhaus gekommen war. Vielleicht war ihr der Fehler deswegen unterlaufen, weil sie mehr an ihn gedacht hatte als an ihren Job. Immerhin war ein ganz krasser Außenseiter mit einhundertvierzig zu zwei eingelaufen. Sie hatte keinen einzigen Dollar auf ihn gesetzt.

Sie war zu verängstigt und besorgt gewesen, um in dieser Nacht Schlaf zu finden. Am nächsten Tag war ihr Schrecken sogar noch größer geworden, als die Zeitungen dunkle Andeutungen machten, daß auf den elenden Gaul sehr viele wilde Wetten abgegeben worden wären. Als kostspielige, aber notwendige Vorsichtsmaßnahme hatte sie fünftausend Dollar von ihrem eigenen Geld nach Baltimore zurückgeschickt – vorgeblich den Gewinn, den sie auf das Pferd gemacht hatte. Und offensichtlich hatte sie dadurch vorerst die dicke Luft bereinigt, denn von Bobo hatte sie kein einziges Wort dazu gehört. Aber es mußten erst etliche Tage vergehen, bevor sie sich erleichtert und befreit fühlen durfte.

Eine Zeitlang trug sie sogar eine Pistole bei sich, wenn sie auf die Toilette ging.

Sie stand an der Bar, schlürfte einen Rum-Cola und musterte mit leichtem Abscheu die wildbewegte, geschäftige Menge. Wo kamen die bloß alle her, dachte sie träge. Warum verjubelten sie ihr Geld für einen so blödsinnigen, durchsichtigen Nepp? Viele von ihnen waren ausgesprochen schäbig. Manche hatten sogar Kinder bei sich.

Mütter mit Kindern . . . Männer in billigen Sporthemden und ausgebeulten Slacks . . . Großmütter, denen Zigaretten aus den Mundwinkeln hingen.

Puh, das reichte aus, um jemandem den Magen umzudrehen.

Sie wandte sich von ihnen ab und wechselte müde von einem Bein auf das andere. Sie trug sportliche Kleidung; ein einfaches, aber sündhaft teures Ensemble, bestehend aus rehfarbenen Slacks, Bluse und Jacke, dazu Wildlederschuhe mit flachen Absätzen. Das alles war kühl und luftig, das denkbar Bequemste, was man anziehen konnte. Aber nichts vermochte für die Stunden und Aberstunden zu entschädigen, die sie auf den Füßen sein und rumstehen mußte.

Während das fünfte und sechste Rennen sich schleppend hinzogen, während sie hin und her ging zwischen den Wettschaltern und den Auszahlungsschaltern, war der Kampf zwischen ihrer wachsenden Müdigkeit und der ständigen Notwendigkeit, hellwach zu bleiben, beinahe an einen Punkt gelangt, an dem sie schon kapitulieren wollte. Es war kaum möglich, an etwas anderes zu denken als daran, sich hinzusetzen, wenigstens für ein paar Minuten auszuruhen! Doch schon der Gedanke daran war unmöglich. Bedürfnis und Notwendigkeit kämpften gegeneinander an, zogen sie mal hier-, mal dorthin. Rissen sie vorwärts und zerrten sie zurück; das alles, zusätzlich zu der Last, die sie ohnehin schon zu tragen hatte, wurde jetzt unerträglich.

Natürlich gab es Sitzplätze auf der Tribüne, doch das war nur etwas für die dämlichen Trottel. Und dann, in der Zeit, die sie brauchte, um zu den Sitzplätzen zu gelangen, mußte sie ja schließlich an den Wettschaltern sein. Die Anstrengung, ständig hin und her zu laufen, würde sie nur noch mehr Kraft kosten. Die Räume des Rennclubs mit ihren bequemen Sesseln und der angenehmen Cocktaillounge, nun, die waren natürlich tabu. Dort war zu viel Geld im Umlauf, es wurde viel zu hoch gewettet. Das war ein Ort ganz nach dem Herzen der Greifer vom Schatzamt.

Sie stellte ihre Kaffeetasse ab – bereits die dritte innerhalb der letzten Stunde – und schleppte sich zerschlagen zu den Wettschaltern. Das siebte Rennen, das vorletzte heute, würde bald im Gange sein. Die Wetterei erreichte jetzt erfahrungsgemäß ihren Höhepunkt, und die Deppen strömten in Scharen herbei, um ihre Wettscheine zu kaufen. Während Lilly sich noch durch sie hindurchkämpfte, schoß ihr plötzlich ein ganz irrer Gedanke durch den Kopf, und trotz ihrer Müdigkeit mußte sie fast laut herauslachen.

Na, das ist doch was, oder nicht? dachte sie. Fünfundzwanzig Jahre Plackerei, um von der Hammelherde wegzukommen, und jetzt stecke ich wieder mittendrin. Zum Teufel auch, ich bin ja auch eigentlich nie heraus gewesen.

Sie löste einige Gewinne vom siebten Rennen ein, verstaute das Geld und eilte zum Parkplatz. Beim letzten Rennen konnte sie nichts versäumen. Wenn sie sich jetzt aus dem Staub machte, bevor die ganze Meute von den Tribünen herabströmte, konnte sie noch dem sicheren Verkehrschaos entgehen.

Ihr Wagen war weit hinten, nah an der Einfahrt geparkt. Auf einem so günstigen Platz, wie man ihn nur für ein sehr üppiges Trinkgeld bekam. Es war ein Cabrio, ein sehr gutes zwar, doch keineswegs ein teures und aufwendiges Auto. Nicht einmal andeutungsweise schick und protzig. Das einzige, was es von anderen unterschied, war etwas, das mit bloßem Auge nicht zu sehen war: ein Geheimfach, in dem einhundertdreißigtausend Dollar in bar versteckt waren.

Als sie jetzt auf den Wagen zuging und den Mann erkannte, der daneben stand, fragte sich Lilly, ob sie je so lange leben würde, um das Geld ausgeben zu können.

9

Bobo Justus hatte welliges, eisengraues Haar und ein tiefgebräuntes, wie gemeißelt wirkendes Gesicht. Er war nicht groß, eigentlich sogar klein, doch Kopf und Oberkörper waren massig wie bei einem baumlangen Kerl. Da Lilly seine Empfindlichkeit wegen seiner Körpergröße kannte, war sie froh, keine hochhackigen Schuhe zu tragen. Zumindest ein Punkt, der zu ihren Gunsten sprach, doch als sie seine Miene sah, kamen ihr Zweifel, ob das auch nur im mindesten für ihn zählte.

Als er sie ansprach, bewegten sich seine Lippen kaum.

»Du gottverdammte, dämliche Sau! Fährt mit einem gottverdammten Zirkuswagen durch die Gegend! Warum malst du keine Zielscheibe drauf? Oder hängst ein paar Kuhglocken an die Stoßstange?«

»Komm schon, Bobo, Cabrios sind in Kalifornien ziemlich üblich.«

»Cabrios sind in Kalifornien ziemlich üblich«, äffte er sie nach, wobei er höhnisch mit den Schultern vor- und zurückruckte. »Sind sie so üblich wie hinterfotzige Nutten, die 'ne linke Tour versuchen, äh? Sind sie das, du diebische alte Schlampe?«

Sie sah sich hastig um. »Wollen wir nicht besser irgendwo hingehen, wo wir ungestört sind?«

Er nahm eine Hand zurück, als wollte er zum Schlag ausholen und versetzte ihr dann einen Stoß, der sie gegen den Wagen prallen ließ. »Vorwärts, marsch«, sagte er. »Zum *Beverly Hills*. Unter vier Augen, nur wir beide, und mach dich drauf gefaßt, daß ich dir deinen hübschen rosa Arsch aufreiße.«

Sie ließ den Wagen an und fuhr über die Auffahrt. Während sie sich in den Verkehrsstrom in Richtung Innenstadt einfädelte, beschimpfte er sie unablässig weiter mit zusammengebissenen Zähnen.

Lilly hörte angespannt zu und versuchte, herauszufinden, ob er sich erst richtig in Fahrt bringen oder nur Dampf ablassen wollte. Wahrscheinlich letzteres, vermutete sie, da seit ihrem dicken Patzer immerhin fast drei Wochen vergangen waren. Wäre er mörderisch wütend gewesen, dann wäre er wahrscheinlich schon früher über sie hergefallen.

Die meiste Zeit schwieg sie, sagte kein einziges Wort, außer wenn er sie dazu aufforderte oder wenn es dringend geboten schien.

». . . dir gesagt, du sollest dir das fünfte Rennen ansehen, oder etwa nicht? Und bei Gott, das hast du dir ja dann auch angesehen, wie? Ich wette, du hast da über alle Backen gegrinst, während der Klepper bei einer Quote von hundertvierzig einlief.«

»Bo – ich . . .«

»Wieviel haben dir denn deine Kumpel zugeschanzt, eh? Oder haben sie dich genauso beschissen wie du mich? Verdammt, was bist du denn überhaupt – eine Zuchtstute mit Titten?«

»Ich hab auf den Gaul gesetzt«, sagte Lilly ruhig. »Das weißt du, Bo. Schließlich wolltest du ja auch nicht, daß ich die Quoten zum Purzeln bringe.«

»So, du bist also mit dabei gewesen, wie? Nur eine Frage: Willst du bei dieser Geschichte bleiben, oder willst du lieber deine Zähne behalten?«

»Ich will meine Zähne behalten.«

»Also, ich muß dich noch was fragen. Glaubst du, ich hätte hier nicht auch meine Kontaktleute? Glaubst du, ich könnte mir nicht haarklein erzählen lassen, was mit diesem Pferd gespielt worden ist?«

»Nein, das denke ich nicht. Bestimmt könntest du das, Bo.«

»Dieser Gaul hat genau die Anfangsquote gebracht. Vom Augenblick an, als die Wetten einliefen, hat sich am Totalisator kaum was bewegt.« Er zündete sich eine Zigarette an und nahm ein paar hastige Züge. »Überhaupt, Lilly, was willst du mir da für Scheiße auftischen? Da war so wenig Betrieb, daß sich am Totalisator nichts gerührt und gewackelt hat, und du behauptest, du hättest 'nen Gewinn von fünftausend Dollar gemacht! Na, wie war das nun wirklich, eh? Willste jetzt mit der Sprache raus oder nicht?«

Sie holte tief Luft, zögerte, nickte. Es gab nur noch eins, was sie tun konnte: Ihm die Wahrheit sagen und dann das beste zu hoffen.

Das tat sie dann auch. Justus hatte sich so hingesetzt, daß er sie im Auge hatte; während sie ihre Geschichte vorbrachte, musterte er prüfend ihren Gesichtsausdruck und versuchte, sich ihn zu deuten. Als sie geendet hatte, setzte er sich wieder gerade und verharrte mehrere Minuten in verbissenem Schweigen.

»Also bist du einfach nur blöd gewesen«, sagte er. »Am Alarmknopf eingepennt. Glaubst du, daß ich dir das abkaufe?«

Lilly nickte bedächtig. Er habe es ihr doch schon abgekauft, meinte sie, genau vor drei Wochen; habe die Wahrheit schon geahnt, bevor man's ihm dann erzählt habe. »Das weißt du selbst am besten, Bo. Hättest du's nicht, wär ich jetzt schon tot.«

»Vielleicht wirst du das bald sein, Schwester. Vielleicht wünschst du dir noch, du wärst tot.«

»Vielleicht.«

»Du mußt schon ein bißchen früher aufstehen, wenn du mich bescheißen willst. Wirklich schwer auf Draht sein, du dumme Kuh. Ich schätze, ich kriege immer, wofür ich bezahlt habe.«

»Dann verschätz dich mal nicht«, sagte Lilly. »Ich bin kein Sandsack, in den du reinschlagen kannst.«

»Bist du dir da so sicher?«

»Absolut. Gib mir bitte eine Zigarette.«

Er nahm eine Zigarette aus dem Päckchen und schnippte sie über den Sitz. Sie griff danach und schnippte sie zu ihm zurück.

»Zündest du sie mir bitte an, Bo? Bei diesem Verkehr brauche ich beide Hände.«

Sie hörte einen Laut, ein Mittelding zwischen einem Lachen und einem Schnauben, Wut und Bewunderung. Dann steckte er die Zigarette an und schob sie ihr zwischen die Lippen.

Während sie fuhr, konnte sie spüren, wie er ihr abwägende Blicke zuwarf, konnte es fast in seinem Kopf arbeiten sehen. Sie war für ihn ein Problem. Eine ganz besondere und hochgeschätzte Angestellte, eine, die er sogar mochte, hatte sich ganz bös verrechnet. Das war absichtslos passiert. Ihr einzig wirklich schwerer Fehler in mehr als zwanzig Jahren treuer Dienste. Es sprach also einiges dafür, ihr dieses eine Mal zu vergeben. Andererseits hatte er ihr schon ungewöhnliche Langmut damit bewiesen, daß sie weiterleben durfte, und eine härtere Tour schien ihm schon angebracht.

Offenbar ließ sich sowohl für das eine wie für das andere einiges anführen. Nachdem er schon so viel verziehen hatte, mochte er ihr auch endgültig verzeihen; oder, nachdem er schon so viel verziehen hatte, brauchte er nicht länger zu verzeihen.

Sie waren fast schon am Hotel angekommen, als er endlich seine Entscheidung getroffen hatte.

»Für mich arbeiten eine Menge Leute, Lilly. Ich kann nicht dulden, daß solche Sachen passieren.«

»Es ist noch nie vorher passiert.« Sie kämpfte darum, ihre Stimme gleichmütig klingen zu lassen, ohne die geringste Andeutung eines flehenden, bettelnden Tons. »Es wird nicht wieder passieren.«

»Es ist *einmal* passiert«, sagte er. »Bei mir ist das praktisch schon so, als machte es sich jemand zur Gewohnheit.«

»Na gut«, sagte sie. »Dann ruf deine Killer.«

»Hast du irgendwas Längeres anzuziehen im Auto? Einen Mantel vielleicht? Irgendwas, was du über deine Sachen ziehen kannst?«

»Nein.« Ein dumpfer Schmerz breitete sich in ihrem Magen aus.

Er zögerte und meinte dann, das mache nichts. Er werde ihr seinen Regenmantel leihen.« Das müßte ja hier genau das Richtige sein. Hab noch nie ein Weib gesehen, das so schlampig angezogen ist wie du.«

Sie ließ den Wagen vor dem Eingang des Hotels ausrollen, und ein Angestellter fuhr ihn dann in die Garage. Bobo reichte ihr die Hand, als sie die Treppen hinaufstieg. Dann bot er ihr galant seinen Arm, als sie das Gebäude betraten. Sie durchquerten die Lobby; Bob hielt sich sehr aufrecht; dann stiegen sie in den Fahrstuhl.

Er hatte eine Suite in der vierten Etage. Nachdem er die Tür aufgeschlossen hatte, trat er zur Seite, um sie vorangehen zu lassen. Das tat sie und ließ ihren Körper jetzt ganz schlaff werden, bereitete sich auf das vor, was nun unweigerlich kommen mußte. Aber auf so etwas kann man nie vorbereitet sein – jedenfalls nicht ganz. Der plötzliche Schlag und Stoß schleuderten sie ins Zimmer, sie schoß nach vorn und stolperte über ihre eigenen Füße. Schließlich landete sie schlitternd und rutschend auf dem Fußboden.

Während sie sich langsam aufraffte, verschloß er die Tür, zog die Vorhänge zu und ging ins Badezimmer, aus dem er gleich darauf mit einem großen Handtuch zurückkam. Von der Anrichte holte er einige Orangen aus einer Früchteschale, ließ sie in das Handtuch fallen und nahm dann die Enden auf. Das Ganze sah jetzt wie ein Beutel aus. Er kam auf sie zu und schwang ihn locker. Wieder versuchte Lilly, sich ganz schlaff zu machen und sich vor dem Kommenden zu schützen.

Sie kannte »DIE ORANGEN«. Sie kannte sämtliche derartigen Tricks, obwohl sie noch nie selbst das Opfer gewesen war. Die *Orangen* stammten aus der Trickkiste der Profischläger, waren eine Masche derer, die sich einen Beruf daraus machten, Unfälle vorzutäuschen.

Mit der Frucht geschlagen zu werden, verursachte bei einem Menschen Schwellungen, die in keinem Verhältnis zu seinen wirklichen Verletzungen standen. Er sah bös zugerichtet aus, auch wenn er überhaupt nicht verletzt war.

Aber er konnte schon verletzt werden, falls er hart genug und an den richtigen Körperpartien getroffen wurde. Ohne in dem Augenblick, in dem er geschlagen wurde, große Schmerzen zu empfinden, konnten doch seine inneren Organe gequetscht sein. Richtig angewendet (oder eben auch falsch) konnten die *Orangen* eine ähnliche Wirkung hervorrufen wie ein Klistier – oder ein Gipsverband.

Bobo trat näher an sie heran. Er blieb vor ihr stehen. Dann stellte er sich etwas seitlich hinter sie.

Er packte das Handtuch mit beiden Händen, und er schwang es.

Und ließ die Orangen harmlos zu Boden rollen.

Er winkte auffordernd.

Sie beugte sich nieder, um die Früchte einzusammeln, und wieder lag sie ausgestreckt auf dem Fußboden, und seine Knie waren in ihren Rücken gedrückt und seine Hand an ihren Hinterkopf. Er hatte sie auf dem Teppich festgenagelt.

Ein Pärchen ging lachend und schwatzend über den Flur, Menschen von einem anderen Planeten. Aus dem Speisesaal – aus einer anderen Welt – kamen die leisen Klänge einer Musikkapelle.

Ein Feuerzeug klickte, dann roch sie Rauch und dann den Geruch von brennendem Fleisch, als er die Glut an den Rücken ihrer rechten

Hand hielt. Er hielt sie mit genau bemessener Festigkeit, eben fest genug, daß die Haut aufzischend brannte, ohne daß er die Glut ausdrückte.

Seine Knie bearbeiteten sie mit gekonnter Grausamkeit.

Die Zigarette brannte sich in ihre Hand, und seine Knie bohrten sich in die empfindlichen Nerven ihres Rückens.

Sie war in einer zeitlosen Welt, einer endlosen Hölle. Es gab kein Entkommen. Es gab keine Linderung, keine Erleichterung. Sie konnte ihre Qual nicht hinausschreien. Es war sogar unmöglich, sich zu winden. Die Welt war zu Ende und gleichzeitig unaufhörlich. Und die einzig mögliche Erleichterung konnte sie nur in ihrem eigenen kleinen Körper finden.

Brennend floß Urin ihre Schenkel hinunter. Er schien in Strömen aus ihr hervorzubrechen.

Und dann stand Bobo auf, ließ sie frei, und sie raffte sich hoch und ging hinüber ins Badezimmer.

Sie hielt ihre Hand unter den Hahn mit Eiswasser, tupfte sie dann mit einem Handtuch ab und untersuchte sie. Die Verbrennung sah häßlich aus, schien jedoch nicht schwer zu sein. Keine der großen Venen war verletzt. Sie ließ ihre Slacks herunter und wischte sich mit einem leicht angefeuchteten Handtuch ab. Das war so ziemlich alles, was sie jetzt tun konnte. Der Regenmantel mußte ihre fleckigen Kleider bedecken.

Sie kam aus dem Badezimmer, ging durch den Wohnraum, in dem Bobo saß und nahm einen Drink, den er ihr reichte. Er zog seine Brieftasche und streckte ihr ein dickes Bündel Scheine entgegen.

»Deine fünftausend, Lilly. Hätte ich fast vergessen.«

»Danke, Bo.«

»Übrigens, wie läuft es denn so bei dir in letzter Zeit? Nimmst du mich nach allen Regeln aus?«

»Nicht sehr. Meine Alten haben nur ziemlich helle Kinder großgezogen«, sagte Lilly. »Einfach mal hier und da einen Dollar rausschneiden. Da kommt was zusammen, aber es schadet keinem.«

»Richtig so«, nickte Justus zustimmend. »'N bißchen nehmen, 'n bißchen übriglassen.«

»Ich seh das so«, sagte Lilly, ihn geschickt in seinen eigenen Anschauungen bestärkend, »ein Mensch, der nicht sieht, wo er bleibt, ist zu blöd, für einen andern was rauszuholen. Der ist nur 'ne Last. Stimmt's, Bo?«

»Absolut. Du liegst tausendprozentig richtig, Lill.«

»Oder er hat irgendeine Masche drauf. Falls er nicht wenig klaut, räumt er gleich ganz groß ab.«

»Richtig.«

»Dieser Anzug gefällt mir, Bo. Ich weiß selbst nicht, was an dem ist, aber irgendwie siehst du darin viel größer aus.«

»Ja?« Er strahlte sie breit an. »Meinst du wirklich? Komisch, viele Leute haben mir schon dasselbe gesagt.«

Ihre herzlich-kumpelhafte Unterhaltung plätscherte dahin, bis es im Zimmer langsam dämmrig wurde, und Lillys Hand tat weh, und die nassen Sachen brannten, und ihre Haut wurde wund. Sie mußte von ihm weg, solange er noch launig mit ihr plauderte und ihre Gesellschaft ihm angenehm war. Sie mußte sichergehen, daß zwischen ihnen endgültig alles bereinigt war, und daß er sie wirklich so glimpflich davonkommen lassen wollte.

Sie erörterten noch einige geschäftliche Angelegenheiten, die sie auf ihrer Zickzackroute hinunter zur Küste in Detroit und den Twin Cities für ihn erledigt hatte. Bobo eröffnete ihr, daß er nur diesen einen Tag in der Stadt bleiben würde. Morgen sei er schon wieder unterwegs nach Osten, via Las Vegas, Galveston und Miami.

»Noch'n Drink, Lilly?«

»Na ja, einen ganz kleinen noch. Ich muß mich jetzt bald auf die Socken machen.«

»Warum denn so eilig? Ich dachte, wir könnten vielleicht beide noch gemeinsam zum Dinner.«

»Ich würde ja gern, aber . . .«

Aber am besten war eben, nicht länger zu bleiben, sich davonzumachen, solange es für sie so günstig aussah. Ganz eindeutig hatte sie großes, großes Glück gehabt, doch das Glück konnte einen auch sehr schnell verlassen.

»Ich hab einen Sohn, der hier lebt, Bo. Einen Geschäftsmann. Ich sehe ihn nicht sehr oft, also . . .«

»Aber ja, na klar.« Er nickte. »Wie kommt er denn so zurecht?«

»Er ist im Krankenhaus. Irgendeine Geschichte mit dem Magen. Gewöhnlich besuche ich ihn jeden Abend.«

»Sicher, natürlich.« Er runzelte die Stirn. »Hat er alles, was er braucht? Gibt es irgend etwas, was ich tun könnte?«

Kopfschüttelnd dankte Lilly ihm. »Ihm geht's schon ganz gut. Ich glaube, in ein oder zwei Tagen wird er wieder draußen sein.«

»Na ja, dann gehst du jetzt wohl besser«, sagte Bobo. »Wenn ein Junge krank ist, braucht er seine Mutter.«

Sie holte sich den Regenmantel aus dem Wandschrank, legte den Gürtel um und zog ihn zu. Sie sagten einander gute Nacht, und sie ging.

Etwas Urin war ihr die Beine hinabgelaufen, verursachte Juckreiz und ein klebriges Gefühl, und in ihren Schuhen spürte sie eine unangenehme Nässe. Ihre Unterhosen brannten und waren klamm, und der Hosenboden ihrer Slacks schien ganz durchgeweicht. Der Schmerz in ihrer rechten Hand nahm zu, breitete sich langsam aus, bis zum Gelenk und den Arm hoch.

Sie hoffte, daß sie Bobos Wohnraum nicht beschmutzt hätte. Sie war noch einmal glücklich davongekommen, wenn man die Summe bedachte, die ihre Unachtsamkeit ihn gekostet haben mußte. Aber die belangloseste Kleinigkeit wie diese konnte vielleicht alles verderben.

Sie holte ihren Wagen ab und fuhr vom Hotel weg.

Als sie in ihre Wohnung kam, schleuderte sie die Schuhe von den Füßen und begann, sich in aller Hast ihrer Kleider zu entledigen; Stück für Stück ließ sie sie als Spur hinter sich und rannte ins Badezimmer. Sie machte die Tür hinter sich zu. Kniend ließ sie sich vor der Toilettenschüssel nieder, als wäre es ein Altar, und ein tiefes, rauhes Schluchzen erschütterte ihren Körper.

Hysterisch schreiend, lachend und weinend kam es ihr hoch, und sie kotzte.

Glücklich . . .

Billig davongekommen . . .

Junge, was für ein Glück hab ich gehabt!

10

Wenige Minuten vor zwölf kam Moira Langtry durch den Torbogen des Krankenhauses, überquerte die Straße und ging hinüber zum Parkplatz. Sie war heute ausnahmsweise ungewohnt früh aufgestanden, um sich mit besonderer Sorgfalt zurechtzumachen, und das Ergebnis ließ nichts zu wünschen übrig. Sie war eine traumhafte Brünette, ein zerbrechliches, schmachtäugiges Urbild der Lieblichkeit. Die Krankenschwestern hatten neidisch hinter ihr her gesehen, als sie den Flur hinuntergetrippelt war. Die Ärzte und Pfleger hatten fast gesabbert, als sie auf das sanfte Wippen ihrer Brüste und den aufreizend sinnlichen Schwung ihres runden kleinen Hinterteils gestarrt hatten.

Frauen empfanden fast ausnahmslos spontan Abneigung gegen Moira. Sie war froh darüber und faßte dies als ein Kompliment auf, das sie ihnen gern zurückgab. Männer fühlten sich natürlich unweigerlich zu ihr hingezogen, eine Reaktion, die sie erwartete und mit allen Mitteln herbeizuführen suchte, auch wenn es sie selbst völlig kalt ließ. Nur ganz selten war einer darunter, den sie attraktiv fand. Roy Dillon war eine dieser ganz seltenen Ausnahmen. Auf ihre Weise war sie ihm während der drei Jahre, die ihre Bekanntschaft jetzt dauerte, sogar treu gewesen.

Mit Roy machte es Spaß. Roy belebte und reizte sie. Was Männer anbelangte, so war er der Luxus, den sie sich nicht öfter als ein halbes Dutzend Mal in ihrem Leben geleistet hatte. Sechs Männer unter den vielen hundert, die ihren Körper gehabt hatten.

Falls sie ihn benutzen und für ihre Zwecke einsetzen konnte, käme ihr das sehr gelegen. Sie hoffte und glaubte, daß sie das erreichen könnte. Falls nicht, wollte sie ihn trotzdem halten und beabsichtigte nicht, sich ihn von einer anderen wegnehmen zu lassen. Es war natürlich nicht so, daß sie ohne ihn absolut nicht sein könnte; Frauen, die sich so einem Mann gegenüber verhielten, gehörten allenfalls ins Kino. Doch sie konnte sich einfach nicht leisten, ihn zu verlieren, denn das hätte ihre eigene Sicherheit empfindlich bedroht.

Wenn die Dinge auf einen Punkt zusteuerten, von dem an sie einen Mann nicht mehr halten könnte, dann war sie erledigt. Dann wäre schon besser, wenn sie aus dem erstbesten Fenster im zehnten Stock eine gekonnte Schwalbe machte.

Sie war heute früh aufgestanden und hatte sich schier selbst übertroffen, um einfach umwerfend auszusehen. Ihr Hintergedanke war dabei der gewesen, daß sie bei einem frühen Besuch im Krankenhaus außerhalb der Besuchszeiten Roy auch einmal allein antreffen und ihm Appetit auf das machen könnte, was er so lange hatte entbehren müssen. Sie spürte, daß es dafür höchste Zeit war. Besonders, seitdem seine Mutter mit solcher Verbissenheit gegen sie arbeitete und sie ihr diese hübsche kleine Krankenschwester in den Weg gelegt hatte.

Und gerade heute, nachdem sie sich so große Mühe gegeben hatte, war diese verdammte argwöhnische Ziege, seine Mutter, prompt dagewesen. Es war, als könnte Mrs. Dillon Gedanken lesen, als hätte sie intuitiv ihren Besuch im Krankenhaus vorhergeahnt und sich schleunigst auf die Beine gemacht, um auch ja rechtzeitig dazusein.

Vor Wut kochend, hastete Moira über den Parkplatz. Der picklige

Wachmann beeilte sich, ihr die Tür aufzuhalten, und als sie einstieg, belohnte sie ihn dafür mit einem freigebigen Blick auf ihre Beine.

Schwer atmend fegte sie durch die Ausfahrt und wünschte nur, Lilly Dillon einmal allein in einer dunklen Hintergasse zu begegnen. Je mehr sie an ihren Besuch zurückdachte, desto wütender wurde sie.

Das war also der Dank, wenn man sich Mühe gab, nett zu den Leuten zu sein! Da versuchte man, wirklich nett zu sein, und die ließen einen einfach stehen wie einen begossenen Pudel.

»Bitte erzählen Sie mir bloß nicht schon wieder, daß ich unmöglich Roys Mutter sein könnte, Mrs. Langtry. Es geht mir auf die Nerven, das immer wieder mitanzuhören.«

»Entschuldigung, das war natürlich nicht so gemeint. Sie sind so um die fünfzig, Mrs. Dillon?«

»In etwa, meine Liebe, ungefähr in Ihrem Alter.«

»Ich glaube, ich geh jetzt wohl besser!«

»Ich kann Sie ein Stück mitnehmen, falls Sie möchten. Es ist zwar nur ein Chrysler Cabrio, aber vermutlich ist es noch immer besser als Busfahren.«

»Besten Dank, ich habe mein Fahrrad dabei.«

»Komm schon Lilly, Mrs. Langtry fährt einen Cadillac!«

»Was du nicht sagst! Aber finden Sie nicht auch, Mrs. Langtry, daß dieser Wagen ziemlich gewöhnlich ist? Ich weiß, es ist ein ziemlich gutes Auto, aber es scheint doch wirklich so, als würde heutzutage jede alte aufgetakelte Schachtel einen Cadillac fahren.«

Moiras Hände krampften sich um das Lenkrad.

Sie sagte sich immer wieder, daß sie Mrs. Dillon kaltlächelnd umbringen könnte. Sie hätte sie mit nackten Händen erwürgen mögen.

Vor ihrem Appartementhaus angekommen, übergab sie ihren Cadillac dem Mann am Empfang und ging durch die Lobby in die Grill- und Cocktailbar.

Es war jetzt reichlich nach zwölf Uhr mittags. Viele der Tische waren besetzt, und Kellner in schicken, kurzen weißen Jacken hasteten mit Tabletts voll mit köstlich duftenden Gerichten aus der Küche zu den einzelnen Gästen und zurück. Einer von ihnen brachte Moira eine überdimensionale Speisekarte. Sie vertiefte sich darin, überlegte unschlüssig, ob sie ein Sandwich Filet Mignon mit gefüllten Pilzen bestellen sollte.

Sie war hungrig. Ihr Frühstück hatte wie immer aus einer ungezukkerten Grapefruit und schwarzem Kaffee bestanden. Doch sie brauchte einen Drink dringender als Essen: zwei oder drei starke, die ihr richtig wohltun und sie wieder auf die Beine bringen würden. Und das, wo sie sich doch soundsoviel Kalorien am Tag leisten konnte!

Sie klappte die Speisekarte zu und gab sie dem Kellner zurück. »Nur eben einen Drink, Alan«, lächelte sie, »ich esse dann später.«

»Aber gewiß, Mrs. Langtry. Vielleicht einen Martini? Einen Gibson?«

»Hmmm, nein, irgend etwas mit mehr Eigencharakter, würde ich meinen. Sagen wir, einen Side Car mit Bourbon statt Brandy – und, Alan, bitte keinen Triple Sec.«

»Ausgezeichnet.« Der Kellner schrieb auf seinen Bestellzettel. »Wir nehmen bei einem Side Car immer Cointreau. Wie wär's denn, möchten Sie den Rand Ihres Glases gezuckert, oder soll's einfach sein?«

»Einfach. Und die Mischung etwa fünfzig Gramm Bourbon und dreißig Gramm Cointreau, und statt Zitrone hätte ich gern ein Stückchen Limonenschale.«

»Kommt sofort, Mrs. Langtry.«

»Und, Alan . . .«

»Ja, Mrs. Langtry?«

»Ich möchte gern, daß Sie es mir in einem Champagnerglas servieren. In einem gut geeisten Kelch bitte.«

»Aber gewiß.«

Moira sah ihm nach, wie er davoneilte, und ihre Züge, die sie immer so eisern unter Kontrolle hatte, verzogen sich zu einem leicht verächtlichen Lächeln, das sie nur schwer zurückhalten konnte. Na, das war doch immerhin etwas, dachte sie. Kein Wunder, daß die Welt zum zum Teufel ging, wenn erwachsene Männer in Affenjäckchen herumsprangen, beflissen um Damen herumscharwenzelten, die einen Riesenwirbel machten, wenn sie einen ordentlichen Kanten Schnaps bestellten. Womit hatte das alles wohl angefangen, fragte sie sich? Wo lagen die Anfänge dieser Verirrung, die diese Zivilisation dahin gebracht hatte, mit der einen Hand Drinks zu mixen und mit der anderen an Bombenzündern herumzuspielen?

Sie hing diesem Gedanken weiter nach, obwohl sie ihn natürlich nicht in dieselben Worte kleidete. Sie hatte nur einfach das Gefühl, daß die Zeiten gründlich aus den Fugen geraten waren, und daß allergrößter Wert auf die läppischsten und belanglosesten Angelegenheiten gelegt wurde.

Alles lief eigentlich darauf hinaus, daß jeder bestrebt schien, jedem anderen grundlos die Hölle heiß zu machen. Und das Teuflische daran war, daß es keinen Ausweg zu geben schien, wieder in die richtigen Bahnen zurückzufinden. Niemand konnte mehr er oder sie selbst sein. Falls eine Frau gewagt hätte, einen hochprozentigen Doppelten in einem Bierglas zu bestellen, und das an einem Ort wie diesem, dann hätte man sie wahrscheinlich hinausgeworfen. Und dasselbe wäre passiert, hätte sie einen Hamburger mit rohen Zwiebeln verlangt.

Niemand konnte heute eben mehr nach seiner eigenen Musik tanzen. In der heutigen Zeit hörte man sie nicht einmal mehr ... sie jedenfalls konnte sie nicht mehr hören. Das war vergangen und vergessen. Jene innere Musik, die jeder Mensch in sich trug und die ihn mit den Dingen, wie sie sein und sinnvoll zusammenstimmen sollten, gleichen Schritt halten ließ. Sie war untergegangen, gemeinsam mit dem großen Zauberer, Spielmann, Schwindler, jenem nachdenklich witzigen Menschen, der sie gelehrt hatte, darauf zu lauschen.

Cole Langley *(Lindsay, Londsdale)*. Cole »The Farmer« Langley.

Ihr Drink kam, und sie nahm einen tiefen, gierigen Zug. Dann leerte sie in einem Anflug von Verzweiflung das Glas fast bis zur Hälfte. Das half. Sie vermochte wieder an Cole zu denken, ohne den Wunsch, vor Schmerz zu zerspringen. Sie und The Farmer hatten über zehn Jahre lang zusammengelebt, die zehn längsten wundervollsten Jahre ihres Lebens. Es war eine Art Nomadenleben gewesen, ein Herumziehen von Ort zu Ort, über das die meisten Leute wohl die Nase gerümpft hätten. Aber sie hatten sich aus freien Stücken, nicht aus Notwendigkeit, dazu entschieden. War man mit Cole zusammen, so schien das die einzig mögliche Form, in der man leben konnte.

Sie reisten damals immer in Liegewagen. Angezogen waren sie so, wie es ihnen gerade gefiel. Er gewöhnlich im Overall oder ganz in Khaki, sie meistens in leichten Baumwollsachen. Cole trug am liebsten eine Dreiliterflasche mit Korn-Whisky in einer großen Papiertüte mit sich herum, sofern er die Möglichkeit hatte, sie irgendwo zu ergattern. Anstatt im Speisewagen zu essen, hatten sie gewöhnlich ein gewaltiges Lunchpaket bei sich, das in Zeitungen eingewickelt war. Und jedes Mal, wenn der Zug anhielt, sprang Cole ab und kaufte klumpenweise Süßigkeiten, kalte Getränke, Kekse und alles, was in greifbarer Nähe war.

Selbstverständlich konnten sie das nicht alles selbst essen. Cole prahlte mit dem, woran er so offensichtlich Überfluß hatte, aber er selbst war ein mäßiger Esser und trank nur wenig. Das Essen und der Schnaps waren etwas zum Herumreichen, und so wie er es anzubieten verstand, hatte ihm noch niemand etwas abgeschlagen. Er wußte einfach jedem Menschen immer genau das Richtige zu sagen – irgendeinen Bibelvers, ein Shakespeare-Zitat, einen gemütvollen oder deftigen Witz. Bevor auch nur eine Stunde im Reiseabteil vergangen war, waren alle um sie herum am Essen und Trinken und fingen an, miteinander warm zu werden. Und Cole strahlte sie dann an, als wären sie ein Haufen Kinder und er ein närrisch verliebter Vater.

Zu jener Zeit haßten andere Frauen sie noch nicht.

Die Männer schauten sie nicht auf eine Weise an, wie sie das heute taten.

Freundlichkeit, die Fähigkeit, sich Freunde zu machen, war natürlich das ganz große Geschäftskapital des Farmers. Etwas, für das er letztendlich in irgendeiner der vielen Kleinstadtbanken abkassieren konnte, und das über den Umweg von einer Reihe ganz einfach scheinender, doch haarsträubender Manöver. Doch bestand er stets darauf, das, was sich für ihn bezahlt gemacht hatte, lediglich als Schlußpunkt eines gerechten Tauschs zu betrachten. Für bloßes Geld, das an sich eine nutzlose und sinnlose Sache war, verkaufte er großartige Hoffnungen und neue aufregende Lebensperspektiven. Und er verstand es immer so einzurichten, daß der Nepp dabei nie hindurchschien. Immer ließ er die Menschen voll Hoffnung und Glauben zurück.

Übrigens: Was konnten sie sich denn Besseres wünschen, was konnte wohl wichtiger im Leben sein, als etwas zu haben, worauf man hoffen durfte und etwas, an das man glauben konnte?

Mehr als ein Jahr lang lebten sie auf einer heruntergekommenen Farm in Missouri, fünfundzwanzig Hektar steinigen, lehmigen Ackerbodens mit einem Haus darauf, ohne jeden modernen Komfort und mit einem Plumpsklo im Freien. Das war die beste Zeit gewesen, die sie miteinander erlebt hatten.

Es war ein Plumpsklo mit zwei Löchern im Sitzbrett, und manchmal verbrachten sie dort sitzend Stunden um Stunden. Sie lugten hinaus, sahen den gelegentlich Vorbeikommenden dabei zu, wie sie sich durch die tiefen Furchen ihrer Zufahrt aus roter Tonerde hindurcharbeiteten, beobachteten Vögel, die auf dem Hof herumhüpften, sprachen ruhig miteinander oder lasen einander verjährte Neuigkeiten aus dem Stapel alter Zeitungen und Zeitschriften vor, die in einer Ecke des Häuschens auf einem Haufen lagen.

»Hier, sieh dir das mal an, Moira«, sagte er dann beispielsweise und zeigte ihr eine Werbeanzeige. »Während der Preis für Steak innerhalb der letzten zehn Jahre um dreiundzwanzig Cents das Pfund geklettert ist, sind die Preise für Kohle nur um eineinhalb Cents pro Pfund gestiegen. Es sieht also so aus, als hätten uns die Kohlenhändler noch einmal verschont, wie?«

»Na ja ...« Sie wußte nicht immer, was sie ihm erwidern sollte, ob er nur eine müßige Bemerkung machen oder sie wirklich auf etwas aufmerksam machen wollte. »Oder vielleicht tun sie das ja nicht einmal«, fuhr er fort, »wenn du bedenkst, daß Fleisch normalerweise pfundweise verkauft wird und Kohle tonnenweise.«

Hin und wieder waren ihr doch die richtigen Antworten eingefallen, wie das eine Mal, als er hervorgehoben hatte, daß »von fünf Ärzten bestimmt vier« Aspirin nähmen, und was sie denn davon halte?

»Ich würde sagen, daß der fünfte Arzt am glücklichsten dran ist«, meinte sie. »Er ist schließlich der einzige, der keine Kopfschmerzen hat.« Und Cole war sehr zufrieden mit ihr gewesen.

Die Annoncen machten ihr einen Heidenspaß. Noch Jahre später hielt sie gern nach Ankündigungen Ausschau, die im Brustton tiefster Überzeugung und heiliger Einfalt daherkamen, und konnte darüber dann in lautes Lachen ausbrechen.

»Achten Sie gut auf die behaarten Körperzonen ... nisten auch in Ihren Ritzen und Winkel Keime ... Ja, auch Sie können Tanzen lernen!

Auch heute mußte sie manchmal darüber lachen, aber eher freudlos, bissig und mit Bitterkeit, nicht wie sie und Cole Langley einst gelacht hatten.

Eines Tages, als er versuchte, bis zum Grund des Zeitungsstapels zu graben, kippte dieser um und legte ein kleines, kistenförmiges Gebilde frei, in das oben ein Loch geschnitten war – ein Kinderklo.

Moira hatte so ungefähr dazu bemerkt, daß sie es ganz hübsch finde, doch Cole konnte nicht aufhören, es anzustarren. In seinen Augen war nicht mehr die Spur eines Lächelns. Sein Mund verzog sich, als würde ihm gleich übel. Dann sagte er flüsternd zu ihr gewandt:

»Ich wette, sie haben das Kind umgebracht. Ich könnte wetten, daß es hier, direkt unter uns, begraben ist ...«

Sie war starr vor Entsetzen, sprachlos. Sie saß nur da und starrte ihn an, unfähig, sich zu bewegen oder zu sprechen. Und Cole schien ihr Schweigen als Zustimmung aufzufassen. Er sprach mit gedämpfter Stimme weiter, zwingender, überzeugender noch, als er es gewöhnlich für sie war. Und nach einiger Zeit gab es keine Wirklichkeit mehr als jene eine aus Bosheit und Tücke, die er erschuf, und sie ertappte sich dabei, daß sie zu allem nickte, was er sagte.

Nein, man dürfe keinem Kind gestatten, zu leben. Ja, alle Kinder sollten gleich bei der Geburt oder so schnell wie möglich danach getötet werden, das sei das Gnädigste, was man mit ihnen tun könne. Es sei der einzige Weg, ihnen die vergebliche Qual, die erbärmliche, sinnlose Tortur zu ersparen, die paradoxe Ungeheuerlichkeit, die das Leben auf dem Planeten Erde darstellte.

Unbewußt erkannte sie, daß sie ihn jetzt zum ersten Mal richtig sah, und daß der lachende, gemütliche, gesellige Cole nur ein Schatten war, der vor den Überzeugungen seines Urbilds auf der Flucht war. Unbewußt hatte sie den Wunsch, hinauszuschreien, daß er unrecht hätte, daß es kein wie auch immer geartetes Absolutes gäbe, und daß der wirkliche Mensch genausogut vor seinem Schatten die Flucht ergreifen könnte.

Doch es fehlten ihr die Worte für derlei Gedanken, die geistige Kraft, sie zu verbinden. So trieben sie nur in ihrem Unbewußten, ohne Führung und ohne Halt, während Cole wie stets unbedingt überzeugend war. Also ließ sie sich am Ende überreden. Sie stimmte allem zu, was er sagte.

Und ganz plötzlich hatte er angefangen, sie zu verfluchen: Also auch sie eine Betrügerin, eine Fälscherin, eine miese Heuchlerin! Sie könnte nichts für sich selbst und nichts für andere tun, da sie an nichts glaubte.

An diesem Tag genau begann der steile Absturz des Farmers. Sie machten sich aus ihrem Kuhdorf auf nach St. Louis, und wenn er nicht total besoffen war, knallte er sich den Kopf mit Dope zu. Sie führten eine beträchtliche Menge Beutegeld mit sich – das heißt, Moira war diejenige, die es verwaltete. Insgeheim hatte sie nach Art vieler Ehefrauen – obwohl sie nach dem Gesetz nicht seine Frau war – über viele Jahre Geld gehortet. Doch die nicht unerhebliche Summe, die sie beiseite geschafft hatte, würde bei dem Tempo, das er anschlug, kaum einen Monat vorhalten, so daß es aus ihrer Sicht nur eins gab, was sie tun konnte: Sie ging auf den Strich.

In den Kreisen, in denen sie verkehrten, war damit kein Stigma verbunden. Ganz im Gegenteil war es durchaus eine anerkannte Einnahmequelle für eine Frau, sich zu prostituieren, wenn der Mann, mit dem sie zusammen war, nur noch schwer auf die Beine kam. Doch ausgeflippte Nutten gab es zu Dutzenden. Und allein die Mädchen mit »Klasse«, die sündhaft teuren Dämchen, konnten das große Geld an Land ziehen, und Cole geriet in rasende Wut über eine Moira, die das Luxusweibchen spielte.

Er wurde geradezu fanatisch in seinen Anklagen, sie sei eine Heuchlerin und »Ungläubige«, und fegte all ihre Einwände beiseite, wenn sie ihm klarzumachen versuchte, daß sie ihm doch nur helfen wolle. Wild verkündete er, daß sie im tiefsten Inneren eine Hure sei, ja, daß sie schon immer eine Hure gewesen sei, daß sie das bereits gewesen sein müßte, als sie sich kennengelernt hätten.

Das traf allerdings nicht zu. In ihrem früheren Arbeitsleben als Fotomodell und Serviermädchen hatte sie sich gelegentlich Männern hingegeben und dafür kleine Geschenke angenommen. Doch das war nicht dasselbe wie auf den Strich gehen. Sie hatte die Männer gemocht, mit denen sie zu tun hatte. Was sie gab, gab sie ihnen freiwillig, ohne zu feilschen. Und mit den Geschenken, die sie erhielt, war es nicht anders gewesen.

Coles falsche Anschuldigungen, obwohl sie völlig hirnrissig waren, wurden für sie doch zunehmend verletzender. Vielleicht wußte er selbst nicht, was er sagte, oder vielleicht wußte er es doch. Doch sogar der in aller Unschuld geführte Schlag eines Kindes kann wehtun, womöglich sogar mehr als der eines Erwachsenen, da sein Opfer sich nie dazu überwinden würde, zurückzuschlagen. Das einzige Mittel, sich zurückzuziehen, kann nur darin bestehen, sich aus der Reichweite des Kindes zu bringen, sobald der Schmerz unerträglich wird . . .

Moiras letzte Erinnerung an Cole »The Farmer« Langley war die an einem hemmungslos weinenden Mann in einem Overall, der ihr vom Rinnstein vor ihrem heruntergekommenen Appartementhaus aus das Wort »Hure!« hinterherbrüllte, während ein grinsender Taxifahrer mit ihr davonfuhr.

Sie wollte ja das beiseite geschaffte Geld für ihn aufheben, oder davon mindestens die Hälfte. Doch sie wußte auch, daß es nutzlos war. Er würde es sich entweder stehlen lassen oder einfach durch den Schornstein jagen. Ihm konnte niemand mehr helfen – jedenfalls wäre ihre Hilfe für ihn zwecklos – und alles, was sie vielleicht noch tun könnte, würde nur seine Todesqualen verlängern.

Was aus ihm geworden war, wußte sie nicht. Bewußt hatte sie versucht, die Augen davor zu verschließen. Doch sie hoffte, daß er tot war. Es war das beste, was sie für den Menschen hoffen konnte, den sie so sehr geliebt hatte.

11

Moira nahm eine langen Schluck von ihrem dritten Bourbon Side-Car. Mit ganz leichter Benommenheit (sie hatte einen Horror vor totaler Trunkenheit) grinste sie dem Mann entgegen, der sich ihrem Tisch näherte.

Sein Name war Grable, Charles Grable, und er war der Manager ihres Appartementhauses. Angetan mit gestreiften Hosen und einer schwarzen Morgenjacke aus feinstem Wollstoff, hatte er ziemlich engstehende Augen und ein fülliges, grämlich aussehendes Gesicht. Sein Bemühen, streng und entschlossen auszusehen, während er sich zu ihr setzte, verlieh seinem kleinen Mund den Ausdruck babyhaften Schmollens.

»Nein, sagen Sie jetzt nichts«, redete ihn Moira mit gespieltem Ernst an, »Sie sind Edison Simms aus Seattle, und wir haben im Herbst Anno 1902 einmal gemeinsam zum Lunch gespeist.«

»Was? Wie? Wovon redest du eigentlich?« schnappte Grable zurück. »Du wirst mir jetzt einmal zuhören, Moira. Ich –«

»Wie steht's denn mit deiner behaarten Zone?« sagte Moira. »Brüten etwa versteckte Keime in deinen Ritzen und Winkeln?«

»Moira«, er beugte sich ärgerlich vor und senkte die Stimme. »Ich sag's dir jetzt zum letzten Mal, Moira. Ich will das mit deiner Rechnung heute klarbekommen. Alles, bis auf den letzten Penny. Deine Miete und all die anderen Kosten, die aufgelaufen sind. Entweder bezahlst du, oder ich sperr dich aus deiner Wohnung aus.«

»Aber nun schau doch mal, Charles. Hab ich nicht immer meine Rechnungen bezahlt? Haben wir uns nicht immer geeinigt . . . auf die eine oder andere Weise?«

Grable wurde rot und blickte sich scheu um. Ein halb bittender, halb winselnder Tonfall war aus seiner Stimme herauszuhören. »So geht es nicht weiter, Moira. Ich kann's einfach nicht mehr. Leute bleiben länger, als sie gemietet haben, kommen früher, als sie gebucht haben – zahlen Geld, das in den Büchern gar nicht erscheint. Ich – ich –!«

»Ich versteh schon.« Moira warf ihm einen bekümmerten, kläglichen Blick zu. »Du magst mich eben nicht mehr.«

»Nein, nein, so ist das ja gar nicht. Ich –«

»Doch, genauso ist es«, schmollte sie. »Wär's anders, dann würdest du dich jetzt nicht so verhalten.«

»Ich hab dir doch gesagt, daß ich nicht anders kann. Ich – ich –« Er konnte es ihr an den Augen ablesen, daß sie sich über ihn lustig machte. »Na schön«, schnaubte er, »lach mich nur aus! Aber du wirst mich nicht länger zum Dieb machen. Du bist nichts weiter als eine billige, kleine – kleine –«

»Billig, Charlie? Na, ich dachte doch, daß ich eben nicht so billig war.«

»Das ganze Gerede hat keinen Zweck mehr«, sagte er fest und bestimmt. »Entweder du kriegst die Angelegenheit bis heute nachmittag, fünf Uhr, geregelt, oder du mußt ausziehen, und ich halte mich an allem schadlos, was du besitzt.«

Mit einem irgendwie verstohlenen Ausdruck gekränkter Würde im Gesicht stampfte er davon.

Moira zuckte gleichmütig die Achseln und hob ihr Glas. Er ist einer, der heimlich leiden will, sagte sie sich. Sie winkte dem Kellner, daß sie ihre Rechnung abzeichnen wollte, und setzte noch einen Dollar Trinkgeld dazu. Als er ihr würdevoll zunickte und ihren Stuhl zurückzog, erzählte sie ihm, daß auch *er* Tanzen lernen könne.

»Das einzige, was Sie dazu brauchen, ist der Zauberschritt«, erklärte sie, »er ist so simpel wie das Eins, Zwei, Drei.«

Er lachte höflich. Scherze von leicht angesäuselten Gästen waren ihm an diesem Ort etwas Altvertrautes. »Möchten Sie etwas Kaffee, bevor Sie gehen, Mrs. Langtry?«

»Nein, danke.« Moira lächelte. »Die Drinks waren ausgezeichnet, Alan.«

Sie verließ die Lounge und ging durchs Foyer nach draußen. Sie holte sich ihren Wagen wieder und machte sich auf ins Geschäftsviertel der Innenstadt.

Alles in allem genommen, hatte sie seit ihrer Ankunft in Los Angeles ziemlich sparsam gelebt, das heißt, sparsam insofern, daß sie von ihrem eigenen Geld nur sehr wenig angegriffen hatte. Von dem Geldpacken, mit dem sie sich aus St. Louis davongemacht hatte, waren noch etliche tausend Dollar übrig, natürlich plus der leicht und schnell absetzbaren Sachen wie dem Auto, ihren Juwelen und Pelzen. Doch seit jüngster Zeit hatte sie die zunehmend unbehaglicher werdende Vorahnung, daß ihr Leben hier auf der Kippe stand, und daß es höchste Zeit wurde, binnen kürzester Zeit noch so viel abzukassieren wie möglich.

Sie haßte es, die Stadt verlassen zu müssen; ganz besonders aber haßte sie die Vorstellung, daß das gleichbedeutend damit wäre, Roy Dillon aufzugeben. Aber es mußte nicht notwendigerweise darauf hinauslaufen, und falls es dennoch so sein sollte, nun, dann konnte man es eben nicht ändern. Auf seine Vorahnungen sollte man schon etwas geben. Man mußte tun, was zu tun war.

In der Innenstadt parkte sie den Wagen auf einem Privatparkplatz. Er gehörte zu einem der besseren Juweliergeschäfte, einem, das sie sowohl als Käuferin wie als Anbieterin bevorzugt hatte, wenngleich das letztere überwog. Der Portier tippte grüßend an seine Mütze, hielt ihr zuvorkommend die schwere Glastür auf, und der junge Geschäftsführer kam lächelnd auf sie zu.

»Mrs. Langtry, wie nett, Sie wiederzusehen! Nun, womit können wir Ihnen heute dienen?«

Moira sagte es ihm. Er nickte ernst und führte sie nach hinten in ein kleines Privatbüro. Die Tür hinter sich zumachend, bat er sie, am Schreibtisch Platz zu nehmen und setzte sich ihr gegenüber.

Moira nahm ein Armband aus ihrer Handtasche und reichte es ihm. Anerkennend zog er die Augenbrauen hoch.

»Wunderschön«, murmelte er und nahm eine Lupe vom Tisch auf. »Ein herrliches Stück Handarbeit. Lassen Sie uns nur noch nachsehen . . .«

Moira beobachtet ihn, wie er eine Stehlampe mit geschwungenem Fuß zu sich heranzog und unter dem starken Licht das Armband durch seine sauberen, kräftigen Hände gleiten ließ. Er hatte sie schon früher mehrmals bedient. Er war nicht hübsch; eigentlich wirkte er fast behäbig. Aber sie mochte ihn, und sie wußte auch, daß er ihre Anziehungskraft deutlich spürte.

Er ließ die Lupe aus einem zusammengekniffenen Auge in die Hand fallen und schüttelte mit echtem Bedauern den Kopf. »Ich kann das eigentlich gar nicht verstehen«, sagte er, »das ist etwas, was man sonst fast nie zu sehen bekommt.«

»Wie . . .? Was meinen Sie damit?« fragte Moira stirnrunzelnd.

»Ich meine, das ist eine der feinsten in Platin ausgeführten Filigranarbeiten, die ich je gesehen habe, praktisch ein richtiges Kunstwerk. Aber die Steine, nein, das sind keine Diamanten, Mrs. Langtry. Hervorragende Imitationen, aber immerhin, Imitationen.«

Moira wollte ihm nicht glauben. Cole hatte viertausend Dollar für das Armband bezahlt.

»Aber das müssen doch Diamanten sein! Man kann Glas damit schneiden.«

»Mrs. Langtry«, er lächelte matt, »auch Glas schneidet Glas. Man kann es praktisch mit allem möglichen schneiden. Ich will Ihnen einen positiven Test zeigen, ob es sich hier um echte Diamanten handelt.«

Er reichte ihr die Lupe und nahm eine Pipette aus einem Schreibtischfach. Sorgfältig ließ er eine winzige Wassermenge auf die Steine tropfen.

»Sehen Sie, wie das Wasser darauf spritzt, wie es sich nach allen Seiten verteilt? Bei echten Diamanten wäre das nicht der Fall. Dann bliebe das Wasser in winzigen Tröpfchen auf der Oberfläche haften.«

Moira nickte benommen und setzte die Lupe ab.

»Wissen Sie zufällig noch, wo das gekauft worden ist, Mrs. Langtry? Ich bin sicher, daß man Ihnen das Geld zurückerstatten müßte.«

Sie wußte es nicht. Es war durchaus möglich, daß Cole es als Fälschung gekauft hatte. »Für Sie ist es also ohne jeden Wert?«

»Doch, ja, natürlich«, sagte er warm. »Ich würde Ihnen dafür – nun, fünfhundert Dollar bieten.«

»Sehr schön. Würden Sie mir bitte einen Scheck ausstellen?«

Er entschuldigte sich und ließ sie einige Minuten warten. Er kehrte mit dem Scheck zurück, schob ihn in einen Briefumschlag und setzte sich dann wieder.

»Nun«, sagte er, »ich hoffe doch, daß wir Sie nicht allzu schlimm enttäuscht haben. Ich hoffe doch sehr, Sie werden uns wieder Gelegenheit geben, Ihnen zu Diensten zu sein.«

Moira zögerte. Sie warf einen Seitenblick auf das kleine Namensschild auf seinem Schreibtisch. »Mister Carter«. Der Name des Geschäfts lautete Carter's. Also vielleicht der Sohn des Besitzers?

»Ich hätte es Ihnen schon früher sagen sollen, Mrs. Langtry. Bei einer so hochgeschätzten Kundin wie Ihnen, würden wir uns glücklich schätzen, wenn wir Sie zuhause aufsuchen könnten. Sie müssen sich nicht die Mühe machen, zu uns ins Geschäft zu kommen. Falls Sie glauben, daß es etwas gibt, woran wir Interesse haben könnten ...«

»Es gäbe da nur eins, Mister Carter.« Moira sah ihn unverwandt an. »Sind Sie interessiert?«

»Nun ja, ich müßte es natürlich sehen, aber –«

»Sie sehen es, Mister Carter. Sie haben es direkt vor Augen.«

Er sah erst verblüfft drein und schien dann sehr verlegen. Dann nahm sein Gesicht fast denselben Ausdruck an, den sie gehabt hatte, während er das Armband untersuchte.

»Wissen Sie was, Mrs. Langtry, ein Armband wie das, das Sie uns verkauft haben – so etwas bekommen wir nur äußerst selten. Eine so feine Fassung, eine derart gediegene Arbeit deuten gewöhnlich auf kostbare Steine hin. Es schmerzt mich immer, wenn ich das Gegenteil feststellen muß. Ich hoffe stets« – er hob die Augen und schaute sie an –, »daß ich mich geirrt habe.«

Moira lächelte und mochte ihn jetzt mehr denn je.

»An diesem Punkt«, sagte sie, »müßte ich eigentlich ›o weh‹ sagen.«

»Sagen Sie es in unser beider Namen, Mrs. Langtry.« Er lachte. »Dies ist eine der Gelegenheiten, bei denen ich mir fast wünschte, nicht verheiratet zu sein. Fast.«

Sie gingen gemeinsam zur Eingangstür, die schöne, elegant gekleidete Frau und der gemütliche, saubere und adrette junge Mann. Als sie sich verabschiedeten, hielt er ihre Hand einen Augenblick fest.

»Ich hoffe, daß sich bei Ihnen alles bestens regelt, Mrs. Langtry. Ich wünschte, ich hätte Ihnen noch mehr helfen können.«

»Bleiben Sie, und landen Sie hier Ihre Treffer«, empfahl ihm Moira. »Das hier ist Ihr Spielfeld und die richtige Mannschaft.«

Inzwischen sehr hungrig geworden, bestellte sie sich in einem Imbiß Kaffee und einen kleinen Salat. Dann fuhr sie zurück zu ihrem Appartementhaus.

Der Manager hatte schon auf der Lauer gelegen, und kaum hatte sie die Tür hinter sich geschlossen, klopfte es heftig. Brüsk streckte er ihr eine Rechnung entgegen. Moira ging sie Punkt für Punkt durch, wobei sie hier und da die Augenbrauen hochzog.

»Eine Menge Geld, Charles«, murmelte sie. »Du hast sie doch nicht hin und wieder frisiert, oder?«

»Sprich nicht so mit mir! Du schuldest das alles bis auf den letzten Cent und weißt das auch ganz genau, und bei Gott, du wirst bezahlen.«

»Was meinst du, Charly, ob ich die Mäuse wohl von deiner Frau bekommen könnte? Vielleicht plündern deine Kleinen sogar ihre Sparschweine?«

»Du läßt sie gefälligst aus dem Spiel! Komm du meiner Familie zu nahe, und ich werde – ich werde –« seine Stimme wurde zu einem flehenden Winseln. »D-d-du . . . du würdest das doch nicht wirklich tun, Moira?«

Moira sah ihn angewidert an. »Oh, piß dir um Himmels willen nicht in die Hosen! Setz den ›Bezahlt-‹Stempel unter die Rechnung, und ich geb dir das Geld.«

Sie wandte sich abrupt von ihm ab und ging in ihr Schlafzimmer. Sie nahm ihre Handtasche, öffnete sie, zog ein Bündel Scheine heraus und ließ sie auf den Ankleidetisch fallen. Dann, nachdem sie sich flink entkleidet und ein luftiges schwarzes Négligé übergeworfen hatte, war ihre gelangweilte, trübe Miene plötzlich wie weggewischt, und sie mußte kichern.

Leise vor sich hinlachend, warf sie sich der Länge nach aufs Bett. Sie hatte oft solche plötzlichen Heiterkeitsausbrüche; sobald die Gegenwart sie mit etwas Unangenehmen konfrontierte, versuchte sie mit Macht, es aus ihren Gedanken zu verdrängen, sie ziellos hierhin und dorthin schweifen zu lassen, bis ihr ein paradox-lächerlicher Einfall zu derlei Lästigkeiten in den Sinn kam. Und dann mußte sie aus keinem erkennbaren Grund lachen.

Ganz kurz wurde ihr Lachen hörbar, und Grable, der vor der Tür herumgelungert hatte, rief mißtrauisch:

»Was hast du denn jetzt schon wieder vor, Moira? Worüber lachst du eigentlich?«

»Das würdest du ja doch nicht verstehen, Charly; nur eine Kleinigkeit, die ich beim Lunch auf der Speisekarte entdeckt habe. Komm schon rein.«

Er kam herein. Er warf ihr einen Blick zu und schluckte schwer. Dann wandte er ruckartig seinen Kopf ab.

»Ich möchte das G-g-geld, Moira. Ich will's jetzt gleich!«

»Nun, da liegt's doch!« Ihr Negligé glitt zur Seite, als sie einen nackten Fuß zum Ankleidetisch schwenkte. »Da ist das Geld, und hier ist die kleine Moira!«

Entschlossen strebte er zum Ankleidetisch hinüber. Kurz bevor er davor stand, stockte sein Schritt, und er wandte sich langsam um.

»Moira, ich – ich –«, er starrte sie an, schluckte wieder schwer und leckte sich den Speichel ab, der ihm aus den Winkeln seines Babymundes zu laufen begann. Und diesmal konnte er seinen Blick nicht wieder abwenden.

Moira schaute an sich herunter, folgte dabei der Richtung, in die seine Augen wanderten.

»Die automatische Kupplung, Charles«, murmelte sie schwül, »wird nur zusammen mit der Luxuspolsterung und dem Extrastoßdämpfer für Höchstgeschwindigkeiten angeboten.«

Er machte einen raschen kleinen Schritt auf sie zu. Halb zögernd verhielt er mittendrin, eine Hand komisch ausgestreckt wie zur Abwehr und als wollte er sie inständig um etwas bitten.

»B-b-bitte, Moira, bitte, bitte! Ich bin immer gut zu dir gewesen! Ich hab dich hierbleiben lassen, Monat um Monat und ... du wirst doch, bitte, nicht wahr, nur einfach so –«

»Ausgeschlossen«, sagte Moira, »absolut nichts zu machen! Jeder

Fahrgast müßte beim Einsteigen bezahlen, und keinerlei Freifahrten oder Preisermäßigung! So lautet die strenge Regel der Kammer für Handels- und Geschlechtsverkehr, Charles. Sie gilt für sämtliche gebräuchlichen Verkehrsmittel.«

»Bitte, du mußt! Du mußt einfach!« Fast schluchzend sank er an der Bettkante in die Knie. »O Gott, Gott, Gott. Mach mich doch nicht –«

»Der Kunde hat nur eine Wahl«, sagte Moira fest. »Das Weib oder die Knete. Also, was darf's denn nun sein?« Und dann, als er sich heftig auf sie warf – »... als wenn ich's nicht gewußt hätte...!«

Sie sah über seine Schulter und versuchte, seine keuchende, stoßende Gegenwart auszublenden, zwang ihre Gedanken von ihm weg und hin zu Roy Dillon.

Ihr letzter Nachmittag im Hotel. Warum eigentlich diese plötzlichen inneren Blutungen bei einem jungen Kerl mit einem offenbar gußeisernen Magen? Wodurch mochte das wohl ausgelöst worden sein? Oder paßte das etwa nur zu allem übrigen? Konnte das eine Schau sein, die seine Mutter abzog, um sie auseinanderzubringen?

Sie sah wirklich aus wie eine, die es mit jeder Masche versuchte. Wirklich mit allen Wassern gewaschen. Jeder konnte erkennen, daß sie scharf wie ein Rasiermesser war und stahlhart obendrein – jedenfalls konnte das jeder sehen, der sich ein bißchen auskannte. Und sie hatte Unmassen von Geld, und...

Moira mochte nicht weiter an sie denken, an diese kleine Hexe mit dem giftigen Schandmaul. An alles andere schon, aber nicht an sie. Sie hätte gern etwas mit ihr angestellt, aber –

Sie ließ ihre Augen über die Decke wandern. Was für ein Scheißtyp, dieser Kerl! Was für ein ekelhafter Schlappschwanz! Er mußte sich für mindestens vierzig Dollar Rasierwasser ins Gesicht geworfen und Pomade ins Haar geschmiert haben, aber das war nicht bis zu ihm durchgedrungen. Es war nur locker um ihn herumgewickelt wie Folie um ein Stück Limburger, und wenn man die abnahm und darunter –

»Oh, pst...« Sie preßte schnell die Lippen aufeinander, ihre Backen bliesen sich auf, und sie stand kurz davor, loszuprusten. Sie versuchte, ihre Gedanken fortzureißen von dieser einen Sache, von dieser total verrückten Speisekarte. Aber es ließ sich nicht abschütteln, und wieder wurde sie von ihrem hemmungslosen Lachen fortgerissen.

»Was is'n, was is'n los??« keuchte Grable. »Wie kannst du nur lachen bei –«

»Nichts, sch-schon gut, Charles, ich m-m-mußte ein paar,... hahaha – tut mir leid, aber – aah, haha...«

Kleine Lunchspezialität: Gedämpfte Treibhaustomate unter einer dicken Scheibe von gut durchgereiftem Käse.

12

Lilly Dillons Appartement war im Obergeschoß eines Gebäudes am Sunset Strip gelegen, nur wenige Wohnblocks östlich der Stadtgrenze von Beverly Hills. Sie hatte es möbliert gemietet, und es bestand aus einem Schlafzimmer, einem Bad, einem Ankleidezimmer, der Küche, einem Wohnraum und einem Wintergarten. Dieser befand sich auf der hinteren oder südlichen Seite des Gebäudes, und für Roy war dort ein Krankenhausbett aufgestellt worden. Heute lag er in Pyjama und Bademantel darauf, und das Kopfteil war hochgestellt, so daß er ungehindert meilenweit über Ölfelder, den Ozean und die Küstenstädte hinwegblicken konnte.

Ihm war faul und behaglich zumute. Er fühlte sich ruhelos und schuldig. Das war der Anfang der dritten Woche, seit er aus dem Krankenhaus entlassen war. Er war voll wiederhergestellt, und es gab keinen Entschuldigungsgrund mehr für ihn, noch länger hierzubleiben. Und trotzdem hing er noch immer hier herum. Lilly wollte es so. Die Ärzte hatten ihn passiv dazu ermuntert, sahen zwar keinen sonderlich großen Nutzen darin, wenn er seine Genesung noch länger hinauszögerte, doch immerhin, so fanden sie, hätte er so größere Sicherheit vor einem Rückfall.

Die geplatzten Gefäße seiner Magenwände könnten unter den entsprechenden Umständen wieder aufbrechen. Sie *könnten* wieder aufbrechen. *Falls* er daher den Wunsch hätte, vollkommen ruhig und untätig zu bleiben, sich nicht dem allerkleinsten Risiko auszusetzen, dann hätten sie, die Ärzte, dagegen durchaus nichts einzuwenden.

Abgesehen von Lilly und der Rücksicht auf seinen Gesundheitszustand hatte Roy noch einen weiteren triftigen Grund zu bleiben. Einen nicht so harmlosen und nicht ganz unschuldigen Grund, den er sich selbst nicht eingestehen mochte. Sie, Carol Roberg, war gerade in der Küche, spülte das Geschirr von ihrem gemeinsamen Mittagessen und bereitete zweifellos einen Nachtisch für sie beide zu. Er selbst mochte eigentlich gar keinen – er hatte während der vergangenen zwei Wochen fast sieben Pfund zugenommen –, doch er wußte, daß sie ihn wollte. Und um nichts in der Welt hätte er sie davon abhalten mögen.

Carol war mit ihrem Essen sehr wählerisch, wie in fast allem, was sie tat. Aber er hatte noch nie jemanden gesehen, der so große Essensmengen dermaßen schnell verputzen konnte.

Das verwunderte ihn schon, ihr unersättlicher Appetit, wenn er sich nicht gerade über andere ihrer Wesenszüge wunderte. Die meisten Frauen, die er kannte, schienen kaum etwas zu essen. Moira, zum Beispiel . . .

Moira . . .

Er wand sich unruhig auf dem Bett, als er sich an ihren Besuch von heute morgen erinnerte. Er hatte ihr gestern in einem in gedämpftem Ton geführten Telefongespräch erzählt, daß Lilly die Wohnung heute schon sehr früh verlassen würde, und vorgeschlagen, daß sie doch vorbeikommen könnte. Also war sie gekommen, hatte alarmiert ausgesehen, als sie Carol erblickte, und ihm dann einen schnellen, fragenden Blick zugeworfen.

Carol setzte sich zu ihnen ins Wohnzimmer. Sie hatte offenbar das Gefühl, daß es ein Gebot der Höflichkeit wäre und versucht, über das Wetter und die üblichen Allerweltsthemen Konversation zu machen. Als sie sich dann schließlich nach einer qualvoll langen halben Stunde entschuldigt hatte und in die Küche gegangen war, hatte sich Moira mit verkniffenem Mund zu ihm gewandt.

»Ich hab versucht, sie wegzuschicken«, sagte Roy hilflos. »Ich hatte ihr vorgeschlagen, sich ein paar Stunden freizunehmen.«

»Du hast versucht? Ich an deiner Stelle hätte einfach gesagt, daß sie gefälligst abhauen sollte!«

»Tut mir leid«, sagte er, »ich wollte ja genauso gern wie du, daß wir allein und ungestört sind.«

Er warf einen schnellen Blick über seine Schulter, dann ließ er sich neben ihrem Sessel auf die Knie nieder und nahm sie in seine Arme. Sie hatte sich seinen Kuß zwar gefallen lassen, ihn jedoch nicht erwidert. Er hatte sie dann noch einmal geküßt und seine Hände ihren Körper hinabgleiten lassen und dabei über ihre sanften, süß duftenden Rundungen gestrichen. Nach Wochen erzwungener Enthaltsamkeit und nach der ständigen Versuchung, die Carol für ihn dargestellt hatte, war sein Verlangen nach Moira noch nie so groß gewesen wie in diesem Augenblick. Doch sie hatte sich mit einem Ruck von ihm freigemacht.

»Wie lange planst du eigentlich noch hierzubleiben, Roy?« fragte sie ihn. »Wann willst du in dein Hotel zurückziehen?«

»Na ja, ich weiß auch nicht so genau. Vermutlich schon bald.«

»Du hast es nicht gerade eilig, wie? Es gefällt dir hier.«

Roy meinte ungeschickt, daß er sich nicht beklagen könnte. Es würde gut für ihn gesorgt – weitaus besser als etwa in einem Hotel, und Lilly wäre sehr darum bemüht, ihn zum Bleiben zu bewegen.

»Hmm, darauf könnte ich wetten, und ich wette auch, daß man dich hier verdammt gut versorgt.«

»Was meinst du damit?«

»Willst du mich auf den Arm nehmen? Ich hab doch gesehen, mit was für Blicken du diese einfältige, alberne kleine Krankenschwester angesehen hast. Entweder hast du den Grips verloren, oder du denkst dir, sie wäre viel zu gut dafür, sie aufs Kreuz zu legen. Sie vielleicht schon, aber ich nicht.«

»Oh, Himmel noch mal . . .« Er wurde rot. »Sieh mal, das mit heute tut mir leid. Wenn es einen Weg gäbe, wie ich sie loswerden könnte, ohne ihre Gefühle zu verletzen . . .«

»Natürlich, das könntest du nicht, o nein!«

»Sagen wir eben, daß ich es nicht tun möchte«, sagte er und wurde es jetzt leid, noch weitere Entschuldigungen vorzubringen.

»Na ja, dann vergiß es.« Sie griff nach ihren Handschuhen und stand auf. »Wenn's dir so recht ist, soll's mir auch recht sein.«

Er begleitete sie hinaus in den Flur und war dabei versucht, den Riß zwischen ihnen notdürftig zu kitten, ohne sich dabei allzu viel zu vergeben. Obwohl er sie gern hatte, sie mehr denn je begehrte, blieb er dennoch wachsam wie stets, daß sie den Daumen nicht noch fester auf ihn legte

»Ich verschwinde hier bald«, versicherte er ihr. »Ich bin wahrscheinlich noch viel gieriger drauf als du.«

»Nun . . .«, sie lächelte zaghaft, und ihre dunklen Augen suchten in seinem Gesicht, »ich bin mir da gar nicht so sicher.«

»Du wirst sehen, vielleicht können wir schon dieses Wochenende nach La Jolla fahren.«

»Nur vielleicht?«

»Ich bin mir eigentlich ziemlich sicher«, sagte er. »Ich ruf dich dann an, hm?«

Also hatte er das jedenfalls für einige Zeit wieder einmal hingebogen und auf seine Weise erledigt. Aber er hatte nichts als Gegenleistung dafür bekommen, nichts außer der Wiederherstellung des Status quo, und ein ungestilltes Verlangen wühlte ihn erbarmungslos auf. Irgend etwas mußte sich ihm heute noch bieten, redete er sich zu. Da war Moiras Anwesenheit, die er noch immer spürte, und dann war da Carol, so nahe und in seiner Reichweite . . .

Carol. Er fragte sich, was er eigentlich mit ihr anfangen sollte, oder ob er überhaupt etwas mit ihr anfangen sollte. Sie wirkte so vollkommen jungfräulich, und falls sie das war, wäre die Sache für ihn gestorben. Aber das Äußere mochte täuschen; und manchmal, wenn sie sich zu einem Kuß überreden ließ, und sie sich einen flüchtigen Augenblick an ihn hängte, war er sich gar nicht mehr ganz so sicher, oder eigentlich schon fast überzeugt, daß er mit seinem Urteil völlig daneben lag.

Und in diesem Fall natürlich...

Sie kam aus der Küche herein und trug zwei Schalen, über denen sich Sahnehäufchen wölbten. Er nahm ihr eine davon ab, und sie setzte sich mit der anderen zu ihm. Lächelnd sah er ihr zu, während sie ihren Löffel hineintauchte, und empfand plötzlich einen heftigen Wunsch, sie in seine Arme zu reißen und fest an sich zu drücken.

»Gut«, sagte er.

»Wunderbar!« rief sie begeistert aus. Dann, zu ihm aufschauend, überzog sich ihr Gesicht mit leichter Röte. »Ich esse immerzu, wenn ich hier bin. Du glaubst, ich bin ein solches Schwein, ja?«

Roy lachte. »Falls Schweine so wären wie du, würde ich sie züchten. Wie wär's, wenn du meins auch aufißt?«

»Aber es ist doch deins. Mehr könnte ich unmöglich essen.«

»Na klar kannst du das«, sagte er und schwang seine Beine vom Bett. »Kommst du ins Schlafzimmer, wenn du fertig bist?«

»Ich komme jetzt gleich. Du möchtest deine Einreibung, ja?«

»Nein, nein«, sagte er schnell, »hat gar keine Eile. Iß nur erst dein Eis zu Ende.«

Er ging durch das dick mit Teppichen belegte Wohnzimmer und betrat das Schlafzimmer. Einen sehr langen Augenblick blieb er stehen und war fast schon entschlossen, die Sache abzubrechen, solange er noch konnte. Dann riß er sich hastig, ohne zu überlegen, den Bademantel herunter. Danach sein Pyjamaoberteil, und dann streckte er sich auf dem Bett aus.

Carol kam nur wenige Minuten später. Sie war schon auf dem Weg, die Flasche mit reinem Alkohol aus dem Badezimmer zu holen, als er die Hand nach ihr ausstreckte.

»Komm her, Carol. Ich möchte dich etwas fragen.«

Sie nickte und setzte sich zu ihm auf die Bettkante. Er zog sie näher zu sich heran und drückte ihr Gesicht sacht zu sich herab, und dann, als ihre Lippen aufeinander lagen, hob er sie ganz aufs Bett.

Sie war so verschreckt, daß ihr Körper plötzlich ganz steif wurde und sie sich ihm zu entziehen versuchte. »O nein, bitte Roy, ich – ich –«

»Ist schon gut. Ich wollte dich nur etwas fragen, Carol. Wirst du mir auch die Wahrheit sagen?«

»Nun –« Sie versuchte, ein Lächeln zustande zu bringen. »Ist es denn so wichtig für dich? Oder vielleicht machst du wieder nur Spaß mit mir, ja?«

»Es ist sehr wichtig für mich«, sagte er. »Bist du noch Jungfrau, Carol?«

Das Lächeln war plötzlich aus ihrem Gesicht wie weggewischt, und für einen kurzen Augenblick wirkte es vollkommen leer und ausdruckslos. Dann kehrte ein Hauch Farbe darin zurück, und sie schlug die Augen nieder; kaum wahrnehmbar schüttelte sie den Kopf.

»Nein, ich bin keine Jungfrau mehr.«

»Bist du nicht?« Er spürte eine unbestimmte Enttäuschung.

»Bin ich nicht. Schon lange nicht.« Bei aller Festigkeit, zu der sie sich zwang, zitterte ihre Stimme leicht. »Und jetzt wirst du mich gar nicht mehr mögen.«

»Dich nicht mögen? Warum denn das? Natürlich doch. Ich mag dich mehr denn je zuvor.«

»A-a-aber –«, ein zittriges Lächeln kehrte zurück, und ihr Gesicht leuchtete in freudiger Ungläubigkeit auf. »Das meinst du wirklich? Du machst bei einer so wichtigen Sache auch wirklich keinen Spaß?«

»Was ist denn so wichtig daran? Na, komm schon her, Schätzchen.«

Fröhlich auflachend ließ sie sich von ihm herabziehen; umarmte ihn strahlend und mit verwunderter Rührung. »Oh, so was aber auch«, sagte sie. Sie war ja so glücklich. Und dann, ohne wirklichen Widerstand, überschäumend vor lauter Freude, die er ihr bereitet hatte: »Aber – sollten wir nicht besser warten, Roy? Würdest du mich dann nicht vielleicht noch lieber mögen?«

»Ich könnte dich gar nicht noch lieber haben als jetzt.« Er zerrte ungeduldig an ihrer weißen Tracht. »Wie bekommst du nur dieses verdammte Ding –«

»Aber da ist noch etwas, das du wissen mußt. Du hast ein Recht darauf, das zu wissen. Ich – ich kann keine Kinder haben, Roy, nie.«

Das hielt ihn zurück, machte ihn zögern, doch nur sekundenlang. Sie hatte eine unbeholfene Art, die Dinge auszudrücken, sie um und um zu stellen, zu verdrehen und die Betonung immer auf die falsche Stelle zu legen. Also konnte sie keine Kinder haben! Schön. Das war doch nur um so besser! Aber – na ja, er hätte sich übrigens schon vorgesehen.

»Was macht das schon«, sagte er und stöhnte fast vor Hunger nach ihr. »Das ist gut so, und es ist gut so, daß du keine Jungfrau mehr bist. Himmel noch mal, kannst du jetzt nicht zu plappern aufhören und –«

»Ja, o ja, Roy!« Sie klammerte sich in seliger Hingabe an ihn und führte sacht seine ungeduldig drängenden Hände. »Ach, ich möchte es ja auch, und es ist dein Recht...«

Die Tracht fiel von ihr ab; das Unterzeug, die angeborene Schamhaftigkeit, die Ängste, die Vergangenheit. Im abgedunkelten Dämmerlicht des Zimmers wurde sie wiedergeboren, und es gab keine Vergangenheit mehr für sie, sondern einzig Zukunft.

Das rötliche Brandmal zeichnete sich noch immer auf ihrem ausgestreckten linken Arm ab, doch jetzt war es nichts weiter mehr als eine Narbe aus ihrer Kindheit; die Zeit flutete zurück; mußte da zurückweichen, wo es frisches Wachstum gab. Es zählte nicht mehr, was Erinnerung gewesen war, gab es nicht mehr – die Sterilisation, den Verlust ihrer Jungfräulichkeit – denn *er* hatte gesagt, daß das alles nicht zählte. Also war auch das Ding jetzt ohne jede Bedeutung: das unauslöschliche Mal aus dem Konzentrationslager Dachau.

13

Sie kam aus dem Bad und hatte schamhaft ihre Unterwäsche angezogen; sie war noch immer rosig und warm und glühend. Etwas pedantisch beschützerisch zog sie die Decke hoch und strich sie über seiner Brust glatt. »Ich muß auf dich aufpassen«, sagte sie, »jetzt noch mehr denn je. Du bist das Allerwichtigste für mich.«

Roy grinste sie faul an. Sie war richtig süß, durch und durch Weib, dachte er, und die ehrlichste Person, der er je begegnet war. Falls sie ihm nicht gesagt hätte, daß sie keine Jungfrau mehr war...

»Du fühlst dich auch wohl, Roy? Es tut dir nirgendwo weh?«

»Ich hab mich nie im Leben besser gefühlt«, lachte er. »Nicht, daß ich mich nicht schon manchmal gut gefühlt hätte.«

»Das ist schön. Es wäre mir schrecklich, wenn ich dir Schmerz gegeben hätte.«

Er wiederholte, daß er sich blendend fühle; sie sei genau das, was er gebraucht habe. Sie sagte ganz ernsthaft, daß sie auch ihn gebraucht habe, und wieder lachte er und zwinkerte ihr zu.

»Das will ich dir glauben, Schätzchen. Wie lange ist es dann schon her? Oder sollte ich besser nicht fragen?«

»Wie lange?« Sie runzelte leicht die Stirn und legte verwundert den Kopf schräg. Dann sagte sie: »Oh, nun, das – das war –«

»Macht nichts«, sagte er schnell, »vergiß es.«

»Das war dort.« Sie streckte ihm den tätowierten Arm hin. »Dort hat man mich auch steril gemacht.«

»Dort?« Fragend runzelte er die Stirn. »Ich kann nicht..., was ist das eigentlich?«

Abwesend, mit starrem Lächeln erklärte sie es ihm; die schräggestellten Augen schauten ihn an und durch ihn hindurch auf etwas, das unendlich fern war. Sie sprach scheinbar von etwas Abstraktem, Wesenlosem, einem langweiligen und zähen Theorem, das es kaum wert war, vorgetragen zu werden; scheinbar las sie aus einem Märchen vor, in dem sich die Schrecken so häuften, daß sie Teil um Teil wie leblose Bilder aneinander geheftet waren; nie bewegte es sich auf ein Handlungsmotiv oder Thema zu, blieb körperlos unbewegt, einzig Schrecken gehäuft auf Schrecken, bis sie langsam nach unten sanken und den Zuhörer mit sich zogen.

»Ja, ja, das ist richtig.« Sie lächelte ihn an wie ein sehr helles, aufgewecktes Kind. »Ja, ich war sehr jung, sieben oder acht, denke ich. Das war der Grund, verstehst du: um das frühestmögliche Lebensalter herauszufinden, zu dem eine Frau empfangen könnte. Das kann im Leben schon sehr früh sein, ich glaube, sogar schon mit fünf Jahren. Aber wonach man suchte, war das *durchschnittliche* Mindestalter. Bei meiner Mutter und Großmutter war es umgekehrt; ich meine, wie alt die Frau sein kann. Meine Großmutter starb kurz nach dem Beginn des Experiments, aber meine Mutter...«

Roy wollte sich übergeben. Er wollte sie durchrütteln, sie schlagen. Er stand neben sich, genau wie sie neben sich stand, und er fühlte Wut in sich aufsteigen. Ganz subjektiv waren seine Gedanken, kein allzu weit abgelegenes Gegenstück zur gängigen öffentlichen Meinung. Diese Sachen, über die man allenthalben las, die man hörte und sah, die frömmlerische Selbstanklage der Sünder; die freudige Absolution, die den Sündern zuteil wurde; die unbehaglich schiefen Gesichter und schrägen Seitenblicke auf jene, die an jene Untaten erinnerten. Immerhin waren die einstmaligen Feinde, diese armen Schlucker, jetzt auch wieder unsere Freunde, und es verriet einfach schlechten

Geschmack, wenn im Fernsehen Gasöfen gezeigt wurden. Übrigens konnte man doch auch nicht ein ganzes Volk deswegen verdammen! Und was wäre, wenn sie selbst genau dasselbe getan hätten? Könnte man nicht auch selbst denselben bedauerlichen Irrtum begehen? Immerhin, diese anderen haßten die Roten genauso wie wir. Sie waren genauso begierig wie wir, jeden stinkenden Roten in die Luft zu jagen und ihn zur Hölle zu schicken. Und dann schließlich all jene Leute, gegen die man sich angeblich so versündigt hatte: Hatten sie die ganzen Schwierigkeiten sich nicht zum großen Teil auch selbst zuzuschreiben?

Es war eigenes Verschulden.

Das war *ihr* eigenes Verschulden.

»Jetzt hör mir mal zu«, unterbrach er sie wütend, »nein, ich will nichts mehr davon hören, verdammt. Wenn du mir von Anfang an davon erzählt hättest, anstatt einfach zu sagen, daß – mich glauben zu machen, daß – daß –«

»Ich weiß«, sagte sie. »Das war sehr schlecht von mir. Aber auch ich mußte an etwas anderes denken.«

»Na schön«, murrte er. »Ich will dich nicht ins Unrecht setzen. Ich mag dich; ich halte große Stücke von dir, Carol, darum habe ich dich ja auch gefragt und dir gesagt, wie wichtig es mir ist. Mir geht jetzt erst auf, warum du das vielleicht falsch aufgefaßt haben könntest, und ich wünschte mir bei Gott, es gäbe etwas, um die Dinge wieder gerade zu biegen, aber –«

Aber warum sah sie ihn noch immer unverwandt auf dieselbe Weise an? Lächelte sie dieses völlig leere, starre Lächeln? Wartete sie darauf, daß er diese Leere mit Leben füllte? Er hatte schließlich gesagt, daß es ihm leid täte, sich für etwas entschuldigt, das zum Teil doch ihr eigener Fehler gewesen war. Aber noch immer saß sie abwartend da. Erwartete sie denn allen Ernstes von ihm, daß er sein ganzes Leben aufgäbe, die einzige Art Leben, die ihm annehmbar schien, und das alles nur, um einen Fehler wiedergutzumachen? Also, dazu hatte sie nicht das Recht! Selbst wenn er ihr geben könnte, was sie erwartet hatte und wonach sie offenbar noch immer verlangte, würde er es nicht tun.

Sie war ein nettes Mädchen, und es wäre ihr gegenüber nicht fair gewesen.

»Hör mal, ich mach dir einen Vorschlag«, sagte er mit gewinnendem Lächeln. »Wir können nun mal nicht ändern, was passiert ist, warum tun wir also nicht einfach so, als wäre überhaupt nichts passiert? Wie wäre das, hmm? Ja? Wir vergessen das Ganze einfach und fangen noch mal ganz von vorne an.«

Sie sah ihn schweigend an.

»Na fein«, sagte Roy leichthin, »so ist's recht. Das ist mein liebes Mädchen. Also, ich verzieh mich hier mal, und du kannst dich in Ruhe anziehen, und äh – und äh . . .«

Er ließ sie allein und streifte sich, als er aus dem Zimmer ging, seinen Bademantel über. Wieder im Wintergarten, warf er sich auf das weiße Krankenhausbett zurück und starrte blicklos auf das Panorama nach Süden; er sah immer noch das Mädchen im Schlafzimmer vor sich. Er hatte sich vermutlich sehr, sehr ungeschickt ausgedrückt. Seine übliche Schnoddrigkeit hatte ihn im Stich gelassen, als er sie gerade am dringendsten gebraucht hätte. So hatte er sich nur übellaunig, billig und schäbig angehört.

Was war denn bloß mit ihm passiert? fragte er sich. Wo war seine leichte, sichere Hand geblieben?

Er hatte den Fehler in aller Unschuld begangen. Sie hatte dadurch keinen wirklichen Schaden genommen. Warum schaffte er nicht, ihr das klarzumachen? Warum? Wo er doch so leicht einen faustdicken Schwindel abziehen konnte, ohne einen Tritt in den Hintern zu bekommen.

Einen ehrlichen Menschen kann man nicht betrügen, dachte er. Der Gedanke irritierte ihn unvernünftigerweise sehr.

Er hörte, wie sie näher kam, erkannte es am Rascheln ihrer gestärkten Tracht. Er quälte sich ein Lächeln ab, setzte sich auf und wandte sich zu ihr um.

Sie hatte ihren Mantel an, ein formloses Überbleibsel aus der alten Welt. Ihre kleine Schwesterntasche trug sie in der Hand.

»Ich verlasse dich jetzt«, sagte sie, »möchtest du noch irgend etwas, bevor ich gehe?«

»Verlassen? Aber – also, schau doch mal«, sagte er einschmeichelnd, »weißt du, das kannst du doch nicht machen! Das ist nicht sehr professionell! Eine Schwester darf einen Kranken nicht im Stich lassen!«

»Du brauchst keine Krankenschwester, das wissen wir beide. Jedenfalls habe ich aufgehört, eine Krankenschwester für dich zu sein.«

»Aber – aber verflixt, Carol –«

Sie kehrte ihm den Rücken und ging zur Tür. Einen kurzen Moment schaute er ihr hilflos nach. Dann holte er sie mit schnellen Schritten ein und drehte sie zu sich herum.

»Also, das lasse ich einfach nicht zu«, sagte er. »Es gibt doch gar keinen Grund dafür. Du brauchst den Job, und meine Mutter und ich möchten beide, daß du ihn behältst. Warum –«

»Laß mich bitte gehen.« Sie entzog sich ihm und ging weiter auf die Tür zu.

Hastig baute er sich vor ihr auf und versperrte ihr den Weg. »Nicht doch«, bettelte er, »du bist sauer auf mich, okay; vielleicht denkst du, daß du ein Recht dazu hast. Aber es geht hier auch um meine Mutter. Was wird sie denken? Ich meine, wa soll ich ihr denn sagen, wenn sie nach Hause kommt und feststellen muß, daß du –«

Er stockte, die Röte schoß ihm ins Gesicht, als ihm aufging, daß das ja so klingen mußte, als hätte er Angst vor Lilly. Ein geisterhaftes Lächeln zuckte um Carols Lippen.

»Deine Mutter wird enttäuscht sein«, sagte sie, »aber nicht allzu überrascht, denke ich. Ich hatte immer geglaubt, daß deine Mutter dich nicht versteht. Aber jetzt weiß ich, daß sie dich sehr genau kennt.«

Roy blickte angestrengt von ihr weg. Schroff sagt er, daß es nicht das sei, was er eigentlich gemeint habe. »Da steht noch Geld aus, das du zu bekommen hast, dein Lohn. Falls du mir sagen kannst, wieviel . . .«

»Nichts, deine Mutter hat mich gestern abend bezahlt.«

»Also schön, aber dann ist da noch immer heute offen.«

»Für heute nichts. Es war nichts von Wert, was ich gegeben habe«, sagte sie.

Roy schnauzte sie wütend an. »Hör auf, dich wie eine Zweijährige zu benehmen, hörst du! Du hast noch Geld zu bekommen, und verdammt noch mal, du wirst es annehmen!« Er nahm die Brieftasche aus einer Tasche seines Bademantels, riß alles, was darin war, heraus und streckte es ihr hin. »Also, wieviel denn nun, was schulde ich dir für heute?«

Sie warf einen Blick auf das Geld; es vorsichtig mit einem Finger durchblätternd, wählte sie drei Scheine aus und hielt sie hoch in die Luft.

»Drei Dollar, ja? Ich hab gehört, daß das der übliche Preis ist.«

»Du scheinst dich ja auszukennen«, blaffte er zurück. »Ah, Carol, warum –«

»Danke, das ist wirklich zuviel!«

Sie drehte sich um, ging über den Teppich zur Tür hinaus.

Roy hob in einer hilflosen Geste die Hände und ließ sie seitlich herunterfallen. Das war's dann also. Man konnte eine Rinderhälte eben nicht mit einem stumpfen Messer teilen.

Er ging in die Küche, wärmte sich etwas Kaffee auf, trank ihn und stand gleich wieder auf. Während er die Tasse ausspülte, schaute er auf die Uhr über dem Herd. Lilly mußte in einigen Stunden zurück sein. Es gab da noch etwas, was er tun mußte, bevor sie hier war. Die Geschichte mit Carol würde dadurch um kein Deut besser werden, und er würde dafür schon einiges herausrücken müssen, doch es mußte getan werden, schon um seiner selbst willen.

Beim Anziehen und bei seinem ersten Ausgang auf die Straße wurde ihm noch ein bißchen schwindlig, aber nicht, weil etwas mit ihm nicht gestimmt hätte, sondern nur wegen der langen Untätigkeit und Bewegunglosigkeit. Bis er sich ein Taxi genommen und vor seinem Hotel angekommen war, fühlte er sich wieder so kräftig wie eh und je.

Er war leicht verwundert über den Empfang, den man ihm im Hotel bereitete. Natürlich hatte er sich stets große Mühe gegeben, sich bei allen beliebt zu machen; das war ein wichtiger Teil seiner Tarnung. Aber dennoch wurde ihm etwas warm, und gleichzeitig fühlte er ein unerklärliches Unbehagen wegen der Art und Weise, wie Simms und die Angstellten des Besitzers ihn daheim *(daheim!)* willkommen hießen. Er war froh, daß er sie nicht noch reihum umarmen mußte; *nimm ihnen Ruder und Paddel weg, laß sie mitten auf dem Teich treiben, genau dort, wo er die Menschen, die ihn gern hatten, gewöhnlich zurückließ!*

Verlegen nahm er die Glückwünsche zu seiner Genesung entgegen, und versicherte ihnen, wie gut es ihm jetzt wieder ginge. Er stimmte Simms darin zu, daß Krankheit schließlich alle Menschen überfällt, stets unerwartet und im unpassendsten Augenblick, und daß das etwas wäre, was etwas Unruhe in den gleichförmigen Gang der Dinge brächte.

Endlich konnte er sich auf sein Zimmer flüchten.

Er nahm dreitausend Dollar aus den Rahmen der Bilder mit den Clowns darauf. Nachdem er dann sorgfältig die Bilder an ihren Platz an der Wand zurückgehängt hatte, verließ er das Hotel und ging zurück in Lillys Wohnung.

Der Ort schien ohne Carol seltsam leer. Eine schrille, gellende Leere, wie stets, wenn ein vertrautes Etwas oder Jemand nicht mehr ist, wo es gewesen war. Es verfolgt einen dann das Gefühl, daß etwas von Grund auf falsch ist, ein schrecklicher Mangel eingekehrt ist. Da war ein Zwischenraum, der gefüllt sein wollte, und das einzige Ding, das ihn füllen könnte, würde es nie mehr tun.

Rastlos herumwandernd, von einem Zimmer ins nächste, blieb er lauschend stehen, hatte ihr Bild immer noch vor Augen. Er sah sie überall, eine kleine, frischgestärkte Gestalt mit glänzenden, zu Löckchen gedrehten Haarspitzen, rosige Farbe im milchweißen Gesicht, die klaren Züge darin schräg nach oben verzogen in kindlicher Unschuld. Überall vernahm er ihre Stimme; und in dem, was sie sagte, kam immer er vor, *du* . . . Brauchte er etwas? Gab es etwas, was sie für ihn tun könnte? Fühlte er sich auch wohl? Bitte, er mußte es ihr immer sagen; falls er etwas möchte, wollte, brauchte.

Es geht dir doch gut, ja? Es wäre schrecklich, wenn ich dir Schmerz gegeben hätte.

Er wollte ins Badezimmer und blieb abrupt auf der Schwelle stehen. Ein Handtuch war über das Waschbecken gehängt worden, ausgewaschen, gespült und zum Trocknen aufgehängt, doch noch immer war der gelbliche Farbton von ausgewaschenem Blut zu sehen.

Roy mußte schlucken, und es bereitete ihm Schmerzen. Dann warf er es in den Wäschekorb und ließ den Deckel darauf fallen.

Die Stunden dehnten sich unerträglich lang, Stunden die ihm bis heute noch stets so kurz erschienen waren.

Kurz nach Anbruch der Dämmerung kehrte Lilly zurück.

Wie üblich ließ sie den ganzen Ärger draußen vor der Tür; kam mit erwartungsvollem Lächeln im Gesicht herein.

»Was denn, du bist ja angezogen! Wie schön«, sagte sie. »Wo ist denn mein Mädchen, Carol?«

»Sie ist nicht hier«, sagte Roy, »sie –«

»So? Na ja, vermutlich bin ich etwas spät dran, und dir geht's selbstverständlich auch gut.« Sie setzte sich hin und wedelte mit der Hand, als wollte sie sich Kühlung zufächeln. »Puh, was für ein lausiger Verkehr. Ich hätte es schneller hierher geschafft, wenn ich auf einem Bein gehüpft wäre.«

Roy zögerte, wollte ihr alles sagen und war zugleich froh über alles, was diesen Augenblick hinauszögern konnte.

»Wie geht's deiner Hand, der Brandwunde?«

»Ganz prima«, sie winkte unbekümmert ab. »Sieht so aus, als wäre ich für mein ganzes Leben gebrandmarkt, aber immerhin hat es mir etwas gelernt – äh, gelehrt, mich von Strolchen mit Zigarren fernzuhalten.«

»Ich finde, du solltest das besser verbinden lassen.«

»Nee, geht nicht, muß sie viel zu oft in die Handtasche stecken, immer rein und raus. Aber trotzdem, das wird schon wieder.«

Sie ließ das Thema achtlos fallen, froh und zugleich auch leicht verwundert durch seine ungewohnte Besorgtheit um sie. Als das Schweigen im Zimmer länger wurde, nahm sie sich eine Zigarette aus ihrer Handtasche, lächelte froh und dankbar, als Roy sich beeilte, ihr Feuer zu geben.

»He, das sieht ja wirklich ganz so aus, als würde ich hier wirklich was zählen, wie? Noch ein bißchen mehr davon, und – was ist das denn?«

Sie schaute hinunter auf das Geld, das er in ihren Schoß hatte fallen lassen. Stirnrunzelnd hob sie den Blick.

»Dreitausend Dollar«, sagte er, »ich hoffe, daß das reicht und wir quitt sind. Die Krankenhausrechnungen und alles andere.«

»Ja, oh, gewiß doch! Aber du kannst doch nicht – oh«, sagte sie ernüchtert, »ich vermute, du *kannst* sehr wohl, nicht wahr? Ich hatte schon gehofft, du würdest es nur dieses eine Mal dabei belassen, aber vermutlich –«

»Aber du wußtest schon, daß ich das tun würde.« Roy nickte. »Und dann ist da noch etwas, das du wissen mußt. Über Carol.«

14

Vom Sunset Strip stieg gedämpfter, langsam an- und abschwellender Lärm hoch zu Lillys Appartement, die Geräusche des Abendverkehrs von all denen, die zum Dinner wollten und in die Nachtclubs, die frühzeitig öffneten. Etwas früher am Tag, so zwischen sechzehn und neunzehn Uhr, war hier der dichte Berufsverkehr vorbeigeströmt: Lastzüge, leichtere und schwerere Lieferwagen, die ihre letzte Auslieferungstour am Tag fuhren, um dann kehrtzumachen und sich dem Strom der Fahrzeuge in die Innenstadt anzuschließen; Personenwagen, die beschleunigten, bremsten, auswichen, sich durchmogelten, stets auf dem Sprung, sich in die beste Ausgangsstellung einzufädeln, während sie, aus der City kommend, ihre Vororte ansteuerten, wie Brentwood, Bel Air und Beverly Hills. Die Wagen waren von jeder Bauart und Größe, angefangen mit den ganz heißen Öfen, doch es gab Modelle der oberen Spitzenklasse in Hülle und Fülle – gelegentlich sogar dominierten sie das Straßenbild. Vom Verkehr auf dem Strip ganz gefangengenommen, hatte Roy alles aufmerksam verfolgt und durchgezählt, und außer zwei Motorrädern und einem Ford hatte er nichts anderes zu Gesicht bekommen als Cadillacs, Rolls Royces, Lincolns und Imperials.

Als er jetzt in das Tosen und Dröhnen des Abends hinaushorchte, wünschte sich Roy, daß er unten auf dem Strip sein könnte oder praktisch überall anderswo als da, wo er sich jetzt befand. Er hatte Lilly so schnell er konnte von Carol erzählt, bestrebt, alles schnell hinter sich zu bringen. Aber so, wie er hastig über alles hinweggegangen war, hörte es sich wahrscheinlich noch schlimmer an als wenn er es haarklein erzählt hätte. Er hatte schon das Bedürfnis empfunden, alles noch einmal aufzunehmen, um ganz einfach zu erklären, wie eines zum anderen geführt hatte. Doch das schien die Angelegenheit nur noch zu verschlimmern, verlieh ihm das Aussehen, als werfe er sich in die Pose eines zwar ehrlichen, doch etwas naiven jungen Mannes, der durch die fahrlässige Dummheit einer jungen Frau auf beschämende Weise ins Unrecht gesetzt worden war.

Es gab eben einfach keine gute Möglichkeit, die Geschichte zu erzählen, vermutete er. Nein, es gab einfach keine Möglichkeit, trotz ihrer bestimmt nicht prüden Einstellung und des Umstands, daß sie nie, soweit er erkennen konnte, ihm gegenüber die Rolle der strengen Mutter herausgekehrt hatte.

Er zuckte zusammen, als Lillys Handtasche dumpf auf dem Fußboden aufschlug. Er beugte sich vor, um sie aufzuheben und setzte sich dann unbehaglich wieder zurück, als er sah, was herausgefallen war – eine kleine mit einem Schalldämpfer ausgestattete Pistole.

Ihre Hand schloß sich darum. Sie richtete sich wieder auf und wog sie gedankenlos in der Hand. Als sie sein Unbehagen bemerkte, verzog sich ihr Mund zu einem dünnen Lächeln.

»Nur keine Angst, Roy, es ist eine Versuchung, ich geb's zu, aber es würde mich meinen Waffenschein kosten.«

»Also das möchte ich natürlich auf gar keinen Fall«, sagte Roy. »Nicht nach all dem Ärger, den ich dir schon verursacht habe.«

»O nein, du solltest anders darüber denken«, sagte Lilly. »Du hast schließlich deine Rechnung beglichen, nicht wahr – hast mir Geld zugeworfen, als käme es aus der Mode. Du hast deine Erklärung abgegeben und dich entschuldigt; eigentlich hast du ja überhaupt nichts getan, was du erklären oder weswegen du dich entschuldigen müßtest, wie? Ich war eben dumm, sie war eben dumm – dumm genug, dich zu lieben und dir zu vertrauen und alles, was du gesagt und getan hast, stets zu deinen Gunsten auszulegen. Mit anderen Worten, wir waren Trottel, und schließlich gehört es sich für einen Abstauber, Trottel hochzunehmen.«

»Denk darüber, wie du willst«, schnappte Roy, »ich hab mich entschuldigt, alles getan, was ich konnte, aber wenn du jetzt unbedingt gemein werden willst –«

»Aber ich war doch immer schon gemein, nicht wahr? Hab dir immer schwere Zeiten bereitet. In mir steckte nie jemals irgend etwas Gutes, und natürlich konntest du die Chance nicht auslassen, es mir heimzuzahlen.«

»W-was?« Er sah sie entrüstet an. »Worüber sprichst du, zum Teufel?«

»Über genau das, worüber du dein ganzes Leben lang brütest und weswegen du dich selbst bemitleidest und mir immer wieder Stiche versetzen mußt. Weil du es als Kind so schwer gehabt hast, weil ich deinen Vorstellungen von einer Mutter nicht gerecht geworden bin!«

Niederträchtig stieß Roy hervor, daß sie noch nie irgendwelchen oder irgend jemandes Standards gerecht geworden sei. Dann versuchte er mit leicht beschämten Gesicht einen halbherzigen Rückzug.

»Nein, so war's eigentlich nicht gemeint, Lilly; du hast mich eben nur herausgefordert, jedenfalls hast du hier bestimmt eine Menge für mich getan. Viel mehr, als ich ein Recht hatte, von dir zu erwarten und –«

»Mach dir nichts draus«, schnitt sie ihm das Wort ab, »es war nicht genug, das hast du mir ja deutlich bewiesen. Aber da gibt es ein oder zwei Dinge, Roy, die ich einmal klarstellen möchte. Nach deiner Auffassung war ich eine schlechte Mutter – nein, doch, das war ich. Sehen wir der Sache doch mal ins Gesicht. Aber ich frage mich manchmal, ob es dir nicht schon mal in den Sinn gekommen ist, daß *ich* mich durchaus nicht in diesem Licht sehe.«

»Nun ...«, er zögerte, »ja also, ich hätte nicht vermutet, daß du das tust.«

»Es hängt alles nur von den richtigen Vergleichsmaßstäben ab, stimmt's? In der guten Umgebung, in der du groß geworden bist, und gemessen an den anderen Müttern, die du dort kennengelernt hast, war ich natürlich lausig. Aber ich selbst bin in keiner solchen Umgebung großgeworden, Roy. Wo man mich großgezogen hat, konnte ein Kind schon glücklich sein, wenn es in seinem ganzen Leben drei Monate zur Schule gehen durfte. Es konnte auch von Glück sagen, wenn es nicht an Rachitis starb oder am Hakenwurm oder am guten alten Hunger oder an etwas weit Schlimmerem einging. Von dem Zeitpunkt an, wo meine bewußte Erinnerung einsetzte, kann ich mich an keinen einzigen Tag erinnern, an dem ich genug zu essen gehabt hätte oder nicht verprügelt worden bin...«

Roy zündete sich eine Zigarette an und warf ihr über die Flamme des Streichholzes hinweg einen Blick zu; er war eher leicht verärgert als interessiert an dem, was sie ihm zu erzählen hatte. Worauf wollte sie mit all dem eigentlich hinaus? Vielleicht hatte sie ja wirklich eine schwere Kindheit gehabt – obwohl dafür auch nur ihr Wort stand. Was er kannte, war einzig seine eigene Kindheit. Aber falls sie es wirklich so erbärmlich getroffen hatte und sie dann doch wissen mußte, wie es einem dabei zumute war, wie hatte sie es dann über sich bringen können, das ganze Elend an ihn weiterzugeben? Sie hätte es doch besser wissen müssen. Sie war nicht denselben erbärmlichen sozialen Zwängen ausgesetzt gewesen, die auf ihren eigenen Eltern gelastet hatten. Zum Teufel, sie war verheiratet gewesen und hatte bereits in einem Alter weit von zuhause weg gewohnt, in dem er gerade die Grammar School abgeschlossen hatte.

Etwas an diesem letzten Gedanken fraß sich in ihm fest. Schnitten durch die Schichten von Rationalisierungen, die ihn mit ihrem rosigen Licht wärmten, während sie draußen in tiefem Dunkel gehalten wurde. Irritiert stellte er sich die Frage, wie bald er einen anständigen Abgang von hier machen könnte; das war alles, was er wollte. Keine Entschuldigungen, keine Erklärungen. Weil er Carol und weil er Lilly tatsächlich etwas schuldig war, hatte er sich in die Rolle dessen drängen lassen, der um Verzeihung bitten und Erklärungen abgeben mußte. Und mannhaft hatte er das auch akzeptiert, aber –

Schließlich wurde auch ihm bewußt, daß es im Zimmer ganz still geworden war, schon seit geraumer Zeit sehr still gewesen war. Lilly lehnte sich in ihren Sessel zurück und sah ihn mit einem müden, hintergründigen Lächeln an.

»Scheint ganz so, als wenn ich dich aufhalte«, sagte sie. »Warum machst du dich nicht einfach davon und läßt mich in meinen Sünden schmoren?«

»Also, Lilly –« Er machte eine abwehrende Handbewegung. »Du hast nie mit anhören müssen, daß ich dir wegen etwas Vorwürfe gemacht hätte.«

»Aber du hättest reichlich Veranlassung, mir etwas vorzuwerfen, stimmt's? Es war ziemlich unverantwortlich von mir, zur selben Zeit wie du noch ein Kind zu sein, mich wie ein Kind zu benehmen, anstatt wie eine erwachsene Frau. Ja, mein Lieber, ich war schon ein gemeines Stinktier, daß ich nicht so schnell groß geworden bin und mich nicht so schnell erwachsen verhalten habe, wie du es von mir erwartet hättest.«

Roy fühlte sich in die Enge getrieben. »Was erwartest du denn, das ich tun soll?« fragte er herausfordernd. »Dir einen Heiligenschein aufsetzen? Das besorgst du selber schon ziemlich gut.«

»Und ich schaffe, daß du dabei auch noch wie ein Strolch aussiehst, hmm? Aber so bin ich eben, weißt du. Das ist so meine Art, und so war ich immer. Habe immer den armen, kleinen Roy auseinandergepflückt.«

»Oh, Himmelherrgott noch mal, Lilly –«

»Na ja, ich möchte dir nur noch eins sagen. Ich glaube ja selbst nicht, daß ich damit etwas ausrichten kann, aber ich muß es dir einfach sagen. Steig aus dem Abzockergeschäft aus, Roy. Steig aus, und bleibe ein für alle Mal draußen.«

»Warum? Warum steigst du denn nicht selbst aus?«

»Warum?« Lilly starrte ihn an. »Fragst du mich mit vollem Ernst, warum? Mann, du hirnloser Knilch! Ich wäre schon tot, wenn man mir nur ansehen könnte, daß ich aussteigen will! Das ist so, seit ich achtzehn geworden bin. Du steigst aus solchen Sachen nicht einfach aus – du wirst rausgetragen.«

Roy fuhr sich nervös mit der Zunge über die Lippen. Vielleicht übertrieb sie ja nicht einmal, obwohl der Gedanke beruhigend war, daß es so sein könnte. Aber er spielte nicht in derselben Liga wie sie und würde es auch nie.

»Ich beschränke mich strikt auf die kleinen Sachen, Lilly«, sagte er. »Nichts weiter als eine ganz kleinkarierte Masche. Ich kann jederzeit davon weg, sobald ich will.«

»Es wird nicht immer bei kleinen Sachen bleiben. Bei dir halt ich das für ausgeschlossen. Du bist jetzt erst fünfundzwanzig, und schon jetzt kannst du drei Tausender einfach so hinblättern, ohne mit der Wimper zu zucken. Du bist erst fünfundzwanzig Jahre alt, und schon jetzt hast du beim Abzocken einen neuen Dreh gefunden – mit dem du Blödmänner ausnehmen kannst, ohne auch nur dein Hotel zu wechseln. Wirst du da schon haltmachen?« Verneinend schüttelte sie mit aller Bestimmtheit den Kopf. »O nein. Mit dem Abzocken ist es wie mit allem anderen. Man tritt nicht auf der Stelle. Entweder geht's nach oben oder abwärts, gewöhnlich abwärts, aber du, mein Roy, du wirst aufsteigen.«

Schuldbewußt mußte Roy feststellen, daß er geschmeichelt war. Er wies sie darauf hin, daß er ein Einzelgänger bleiben würde, was immer auch kommen mochte. Damit seien nicht dieselben Gefahren verbunden wie bei organisierter Bandenkriminalität.

»So, meinst du?« fragte ihn Lilly. »Na ja, mag ja sein, daß du mich in allem übertroffen hast. Ich hab jedenfalls kürzlich von einem Kerl genau in deinem Alter gehört, der so schwer eins in die Weichteile bekommen hat, daß es ihn fast umgebracht hätte.«

»Na ja, äh –«

»Sicher, sicher doch, das zählt eben nicht! Das ist *ganz* was anderes! Und hier ist noch etwas, das etwas ganz anderes ist.« Sie hielt die Hand mit der Brandwunde hoch. »Willst du wissen, wie ich wirklich zu dieser Brandwunde gekommen bin? Nun, ich werd's dir sagen...«

Sie erzählte es ihm, und ihm wurde dabei fast schlecht; er fühlte sich beschämt und durcheinander. Er war nicht gewillt, derartige Dinge mit seiner Mutter in Verbindung zu bringen und schon gar nicht in der Lage, sie auf sich selbst zu beziehen. Soweit das überhaupt möglich war, schien dadurch eher die Kluft noch größer zu werden, die zwischen ihm und Lilly bestand.

Ihr entging nicht, was er fühlte; erkannte, daß alles zwecklos war. Ihr müder Körper versteifte sich in stummer Wut.

»Das wär's dann also«, sagte sie, »und das hat mit dir natürlich ganz und gar nichts zu tun, wie? Nur ein weiteres Kapitel des Romans ›Glanz und Elend der Lilly Dillon‹.«

»Allerdings auch sehr interessant«, sagte er leichthin. »Vielleicht solltest du ein Buch schreiben, Lilly.«

»Vielleicht schreibst du ja auch selber eins«, sagte Lilly. »Carol Roberg würde ein gutes Kapitel abgeben.«

Roy erhob sich steifbeinig. Er nickte ihr kalt zu, nahm seinen Hut und ging auf die Tür zu; mit einer fast flehenden Geste blieb er stehen. »Lilly«, sagte er, »worauf willst du eigentlich hinaus? Was könnt' ich denn sonst noch für Carol tun, was ich nicht bereits getan habe?«

»Da fragst du mich«, sagte Lilly bitter, »du hast tatsächlich die Unverfrorenheit, einfach dazustehen und mich zu fragen, was du tun solltest!«

»Aber – schlägst du etwa vor, daß ich sie heiraten sollte, sie bitten soll, mich zu heiraten? Laß sein. Welchen Nutzen hätte das wohl für sie.«

»O Gott, Gott, Gott«, stöhnte Lilly.

Mit zornrotem Gesicht stülpte Roy sich den Hut auf den Kopf. »Tut mir leid, daß ich eine so große Enttäuschung für dich bin. Ich gehe jetzt.«

Lilly sah zu ihm hinüber, während er noch immer abwartend stehenblieb und bemerkte dann, daß ihr das noch gar nicht aufgefallen wäre. »Das ist das zweite Mal heute abend, daß du mich zum Narren gehalten hast«, sagte sie. »Man sieht ihn jetzt, und dann sieht man ihn immer noch, und wenn er dann gegangen ist, hat keiner was bemerkt.«

Er gab sich einen Stoß und machte sich auf den Weg.

Während er den Flur entlangging, verlangsamte er seine Schritte und hielt inne; er stand kurz davor, umzukehren. Ungefähr im gleichen Augenblick sprang auch Lilly aus ihrem Sessel hoch, lief hinüber zur Tür und blieb unentschlossen davor stehen.

Sie waren so sehr einander ähnlich, jeder so sehr ein Teil des anderen, sie waren einander so nah – für einen kurzen Augenblick.

Der Augenblick verstrich; der kurze Lidschlag vor einem Mord. Dann fällte jeder instinktiv seine Entscheidung. Jeder ging, wie stets, seiner eigenen Wege.

15

Roy nahm sein verspätetes Dinner in einem Restaurant in der Innenstadt zu sich. Er aß mit Heißhunger, redete sich dabei gut zu, daß es unzweifelhaft besser wäre, in einem Restaurant zu essen. Das war etwas, woran er sich gewöhnt hatte. Die subtile Gleichartigkeit des Essens, ganz gleich, welches Restaurant man wählte, hatte etwas Beruhigendes, nicht unähnlich der Muttermilch, die ein Kleinkind in sich einsog. Diese vertraute und verläßliche Nahrung bestärkte ihn jedes Mal wieder in seinem *Friß oder Stirb*-Credo: daß nämlich die Dinge, je mehr sie sich verändern mochten, nur um so gleichförmiger blieben.

Ähnlich angenehm war es, wieder in seinem eigenen Hotelbett zu sein. Denn auch hier würde es stets sein eigenes Hotelbett bleiben, ganz gleich, wo es aufgestellt war; standardisiert, stets gemacht und bereit, ihn aufzunehmen. Ihm gleichermaßen das lustvolle Vorrecht der Dauer wie der Unbeständigkeit bietend. Vielleicht teilte in seinen Träumen Carol für kurze Zeit das Bett mit ihm, und dann warf er sich herum und schrie seine Qual fast heraus, doch dann umstanden ihn auch wieder sehr liebliche Fantasiegestalten, auch sie bequem standardisiert, die ihm schnell zu Hilfe eilten. Sie verlangten nicht mehr von ihm als er von ihnen. Eine sinnliche, wiewohl fleckenlose Durchdringung, bei der man ohne geistige oder moralische Beteiligung ans

Ziel gelangen konnte. Man badete darin flüchtig oder ausgiebig oder wollüstig, ohne Gefahr zu laufen, dabei dem Wasser allzu nahe zu kommen.

Im großen und ganzen schlief Roy Dillon in dieser Nacht also recht gut.

In aller Herrgottsfrühe wach geworden, blieb er noch eine Weile in der Stellung liegen, in der vermutlich alle Männer wach wurden. Die Hände unter dem Kopf verschränkt, die Augen ziellos über die Decke wandernd, seine Vorstellungen hierhin und dahin schweifen lassend. Dann stieg er mit benommener Entschlossenheit aus dem Bett, wusch sich, zog sich an und verließ das Hotel.

Danach frühstückte er. Er besuchte einen Frisör, ließ die ganze Prozedur bereitwillig über sich ergehen und kehrte in seine Zweizimmersuite zurück. Nachdem er gebadet hatte, wechselte er seine Kleidung, einschließlich Hut und Schuhe, und verließ dann wieder sein Hotel. Er holte seinen Wagen vom Abstellplatz und fädelte sich in den Verkehr ein.

Anfangs fühlte er sich noch ein bißchen ungemütlich, nervös nach seiner langen Abstinenz vom Autofahren, aber das ging schnell vorüber. Schon nach ein paar Wohnblocks war er wieder ganz der alte und lenkte den Wagen mit automatischer Mühelosigkeit, fuhr ihn mit derselben gedankenleeren Geschicklichkeit, mit der eine Stenotypistin mit ihrer Schreibmaschine kommuniziert. Er war ein Teil dieses breiten Stromes von Wagen, trug bei zu seinem trägen Fluß und ließ sich von ihm tragen. Ohne seine Identität einzubüßen, jederzeit frei, nach eigenem Entschluß aus dem Strom auszuscheren, behielt er doch das Gefühl der Zugehörigkeit.

Wie viele andere Geschäftshäuser, die einst ein traditioneller Bestandteil der Innenstadt gewesen waren, hatte der Großhandel von Sarber & Webb seinen Sitz inzwischen in eine Gegend verlagert, die fast reines Wohngebiet war; für eine gewisse Zeitspanne hatte der Moloch es freigegeben, doch schon bald würde er es unweigerlich wieder umklammern. Die Firma war untergebracht in einem geräumigen Sandstein- und Ziegelbau, vornehm mit nur einer einzigen Etage auf vielleicht drei Vierteln seiner Grundfläche. Im hinteren Teil schoß es hoch bis auf anderthalb Stockwerke, wodurch Platz geschaffen worden war für die Büros der Gesellschaft.

Roy stellte seinen Wagen auf dem Privatparkplatz an einer Seite des Gebäudes ab. In Gedanken versunken vor sich hinpfeifend und die Augen anerkennend über die vertraute Umgebung schweifen lassend, nahm er seine Aktentasche aus dem Auto.

Noch jemand sah sich hier um, so bemerkte er, doch scharfäugig und ohne seine eigene wohlwollende Gelassenheit. Ein junger Mann – nun, vielleicht war er auch nicht mehr ganz so jung – in Hemdsärmeln, der jedoch eine Weste trug. Dem Aussehen nach ein Büroangestellter, stand er fast am Rand des breiten Plattenwegs, der sich um das Gebäude herumzog, sah kritisch hinauf und hinunter und in die Runde, wobei er gelegentlich etwas in ein kleines Notizbuch eintrug.

Er drehte sich um und sah Roy entgegen mit einem Blick, der zunächst abweisend war und dann eindeutig mißbillend. Als Roy dann ohne eine Miene zu verziehen herangekommen war, gegrinst und genickt und »Hi« gesagt hatte, wurde der starre Blick etwas wärmer, und sein Gruß wurde mit einem Kopfnicken erwidert.

»Hi«, sagte er, fast so, als wäre ihm das Wort unabsichtlich herausgerutscht.

Roy ging vorbei, grinste und schüttelte im stillen den Kopf.

Ein langer, breiter Kundenschalter erstreckte sich über die gesamte Schmalseite im Inneren des Gebäudes, an einem Ende abgesperrt durch ein Drehkreuz. Dahinter erhoben sich Gestelle mit Regalen voller Waren, die sich bis in den rückwärtigen Teil der Halle zogen; die Stellflächen waren vollgepackt mit tausenderlei buntgemischten Angebotsposten, die bei Sarber & Webb im Großhandel umgesetzt wurden. Zwischen den Regalen gab es etwa ein halbes Dutzend Durchgänge in Parallelreihen.

Es war noch früh, und er war der einzige Verkäufer/Kunde weit und breit. Gewöhnlich tranken um diese Zeit die meisten Angestellten entweder Kaffee gleich gegenüber oder drängten sich in vielen kleinen Grüppchen am Schalter, rauchend und schwatzend, bis sie sich dann resigniert doch endlich ihrer Tagesarbeit zuwandten. Heute morgen jedoch war von diesem gemütlichen alten Trott nichts zu spüren.

Alle waren anwesend, keine Zigarette brannte, und kein Kaffeebecher war in Sicht. Die Gänge summten vor Aktivität: Herausziehen bestellter Warenposten, Inventur, Auffüllen der Lager, Staubwischen und Umlagerung. Jeder war beschäftigt, oder – was noch schwerer war – gab vor, beschäftigt zu sein.

Während all der Jahre hatte er sich mit den Angestellten angefreundet, und jeder trat zu ihm heran, schüttelte ihm die Hand oder beglückwünschte ihn zu seiner Genesung. Doch keiner verschwendete allzu viel Zeit damit. Verwundert wandte sich Roy zu dem Angestellten, der gerade einen Katalog für ihn aufschlug.

»Welche Bombe hat denn hier eingeschlagen?« fragte er. »Ich habe hier noch niemanden so fieberhaft beschäftigt gesehen, seit das letzte Mal in diesem Laden Feuer ausgebrochen ist.«

»Kaggs hat zugeschlagen, deswegen.«

»Kaggs? Ist das so was wie 'ne galoppierende Geschlechtskrankheit?«

Der Angestellte lachte grimmig. »Das können Sie laut sagen, mein Lieber.« Er wischte sich nicht vorhandenen Schweiß von der Stirn. »Wenn dieser Hundesohn hier noch länger rumhängt –«

Kaggs, so erinnerte er sich jetzt wieder, war ein großes Tier in der Zentralverwaltung, anscheinend eine Mischung aus Rechnungspüfer, Ein-Mann-Armee und Rationalisierungsexperte. »Der schneite hier herein, kurz nachdem Sie ins Krankenhaus gegangen sind – er sieht aus wie einer dieser smarten College-Boys. Der hat für niemanden ein freundliches Wort. Der kennt nur sich selbst, und jeder andere ist für ihn entweder eine taube Nuß oder ein Arschloch. Sie wissen, daß das nicht so ist, Roy. Nirgendwo finden Sie eine härter arbeitende, auf Leistung geilere Truppe als hier.«

»Stimmt genau«, pflichtete ihm Roy mit ernsthaftem Nicken bei, obwohl er eher vom Gegenteil überzeugt war. »Sie meinen, daß er mich vielleicht an die Luft setzt?«

»Das war's, was ich Ihnen noch erzählen wollte. Er hat tatsächlich einige der Händler rausgeschmissen; die kriegen einfach keine Aufträge mehr, und worauf läuft das am Ende hinaus? Die verkaufen alle auf Kommissionsbasis. Wenn sie nichts verkaufen, kommt auch nichts rein, also – psst, da kommt er.«

Wie Roy schon vermutet hatte, war Kaggs jener kritisch dreinblikkende junge Mann, den er draußen vor der Tür gesehen hatte. Kaum hatte der Angestellte noch Zeit, seine Verschwörermiene zu glätten, als Kaggs herankam und ihm seine Hand wie eine Waffe entgegenstreckte.

»Kaggs, Zentralverwaltung«, sagte er. »Freut mich, Sie kennenzulernen.«

»Das ist unser Mister Dillon«, sagte der Angestellte nervös und unterwürfig. »Roy ist einer unserer besten Verkäufer, Mister Kaggs.«

»Er ist der beste.« Kaggs gönnte dem Angestellten keinen Blick. »Was hier ja nicht viel heißen will. Ich muß mit Ihnen sprechen, Dillon.« Er drehte sich um, hielt aber noch immer Roys Hand fest, als wollte er ihn mit sich ziehen. Roy blieb stehen und riß Kaggs mit einem Ruck zu sich herum. Er lächelte freundlich, während der Mann von der Zentralverwaltung ihn leicht irritiert anstarrte.

»Das war ein ziemlich zweideutiges Kompliment, Mister Kaggs«, sagte er »und so leicht lasse ich Sie nicht davonkommen. Ich wäre ein schlechter Geschäftsmann, wenn ich das täte.«

Kaggs mußte diese Feststellung erst einmal verarbeiten; schließlich nickte er bedächtig. »Sie haben recht. Ich muß mich entschuldigen. Trotzdem würde ich gern ein paar Takte mit Ihnen reden.«

»Sie gehen voran«, sagte Roy und griff nach seiner Aktentasche.

Kaggs ging mit ihm den Schalter entlang, machte dann aber plötzlich vor dem Drehkreuz halt und steuerte auf den Eingang zu. »Wie wär's denn mit einem Kaffee? Natürlich ist es ein schlechtes Vorbild; die Pisser hier sind schon reichlich verwöhnt. Aber es ist schwer, sich in Ruhe zu unterhalten, wenn uns so viel Leute zuhören wollen.«

»Sie scheinen nicht viel von denen zu halten«, bemerkte Roy.

Kaggs sagte spitz, als sie die Straße überquerten, daß er sich für »Leute im allgemeinen« keine Gefühle leisten könne. »Das hängt immer davon ab, wie gut sie drauf sind. Wenn sie am Ball bleiben, finde ich sie schon ganz spannend.«

Drüben im Restaurant verlangte er Milch und Kaffee und mischte beides, während er von seiner Tasse trank. »Magengeschwüre«, sagte er erklärend. »Das ist wohl auch Ihr Problem, stimmt's?«

Ohne die Antwort seines Gegenüber abzuwarten, fuhr er fort: »Ich hab Sie genau beobachtet, Dillon, als Sie an mir vorbeigekommen sind. Keine Schlampigkeit oder Nachlässigkeit. Sie haben ausgesehen, als wüßten Sie ganz genau, wo es langgeht. Da ging mir auf, daß Sie *der* Dillon sind; mußte gleich an Ihre Abschlüsse denken. Und wenn ich gesagt habe, daß ich von Sarber & Webb nicht allzuviel halte in puncto Umsatz – ich meine, daß Sie hier der erfolgreichste Verkäufer sind –, dann habe ich auch genau das gemeint. Sie stehen zwar auf meiner Liste weit oben, aber es gibt hier für Sie doch keinen Anreiz. Keiner, der Ihnen auf die Hacken tritt, bloß ein paar halbherzige Ärsche, die sich nicht nach der Decke strecken müssen. Übrigens, ich heize diesen Nieten ganz ordentlich ein. Mir ist es ganz gleich, ob die nur auf Kommission verkaufen. Wenn sie keinen Umsatz machen, sind sie für uns eben kein gutes Aushängeschild. Und wir können uns solche Typen nicht leisten. Welche Erfahrungen haben Sie eigentlich als Verkäufer? Ich meine, bevor Sie hier angefangen haben?«

»Ich habe verkauft, seit ich von der High-School abgegangen bin«, sagte Roy, ohne zu wissen, worauf sein Gegenüber hinaus wollte. Doch er gab bereitwillig Auskunft. »Ich hab so ziemlich alles verkauft. Ich war Drücker, Klinkenputzer, Hausierer für Bürsten und Töpfe und Pfannen, Zeitschriften, einfach alles.«

»Das kommt mir irgendwie vertraut vor«, sagte Kaggs mit listigem Grinsen. »Ich bin auch einer, der sich auf dem College durchschlagen mußte, indem ich Zeitungsabos an den Mann gebracht habe. Sie sind hier zu uns an die Warenbörse gegangen, als Sie hergezogen sind; warum?«

»Es ist leichter so, von vorn durch eine Tür zu kommen«, sagte Roy, »und man kann sich eine feste Kundschaft zulegen. Diese Haus-zu-Haus-Sachen sind meistens nur Eintagsfliegen.«

Kaggs nickte zustimmend. »Haben Sie je Verkäufer geführt? Sie wissen schon: Immer ein paar Schritte voraus, die Burschen ständig auf Trab halten.«

»Ich hab Mannschaften von Drückern angeführt.« Roy zuckte gleichmütig die Achseln. »Wer hätte das nicht?«

»Zum Beispiel ich. Mir fehlt wohl irgendwie das Talent dazu.«

»Oder Takt.« Roy lächelte.

»Oder Takt. Aber lassen Sie mich aus dem Spiel; ich komme bestens klar. Der Punkt ist der, daß Sarber & Webb einen Verkaufsleiter brauchen. Den hätten sie von Anfang an schon gebraucht. Einen, der bewiesen hat, daß er ein Vollblutverkäufer ist und mit Vertretern umgehen kann. Der müßte hier mal gründlich entrümpeln und ihnen ordentlich Dampf machen. Neue Leute anheuern und sie einen guten Schnitt machen lassen, falls sie die Kurve bekommen. Was meinen Sie dazu?«

»Ich halt's für eine gute Idee«, sagte Roy.

»Passen Sie auf. Ich wüßte nicht aus dem Stand, wie viel Sie in Ihrem besten Jahr an Gewinn gemacht haben. Vermutlich so um die sechstausendsechshundert. Sehen Sie es mal so: Auf Ihr Jahreshöchsteinkommen legen wir noch fünfzehnhundert drauf; sagen wir achttausend, eine runde Zahl. Das wäre natürlich nur für den Anfang. Sie bekommen ein Jahr lang acht Mille, und falls Sie dann nicht inzwischen viel viel mehr wert sind, schicke ich Sie in die Wüste. Aber ich weiß, daß Sie mehr wert sind. Seit ich Sie heute morgen zum ersten Mal gesehen habe, war mir klar, daß Sie mein Mann sind, und jetzt, nachdem wir das geregelt haben, schnorre ich mir eine von Ihren Zigaretten und trinke eine Tasse echten, starken Kaffee, und falls mein Magen dann wieder verrückt spielt, jag ich auch den zum Teufel.«

Roy schob ihm sein Zigarettenpäckchen hin. Im Schnellfeuer der Sätze, mit dem Kaggs ihn eingedeckt hatte, war ihm die Bedeutung dessen, was er ihm zu sagen gehabt hatte, völlig entgangen. Und als ihm jetzt urplötzlich alles aufging, traf es ihn wie ein Schlag, und seine Hand zuckte wie im Krampf vor.

Kaggs sah ihn blinzelnd an. »Stimmt etwas nicht? Ach, übrigens, machen Zigaretten und Kaffee Ihnen nicht auch zu schaffen? Ich meine, Ihre Magengeschwüre?«

Roy nickte und schüttelte dann den Kopf. »Ich, äh – es war kein sehr schlimmes Geschwür. Nur die Stelle, an der es saß, war ein bißchen ungünstig. Es hat eine Vene erwischt. Ich – schauen Sie, Mister Kaggs –«

»Perk, Roy. Perk steht für Percy, und Sie müssen lächeln, wenn Sie den Namen aussprechen. Wie alt sind Sie jetzt, Roy? Fünfundzwanzig, sechsundzwanzig? Sehr schön, gar kein Grund, warum Sie nicht...«

Roys Gedanken rasten und überschlugen sich. Verkaufsmanager, und das er, Roy Dillon. Abzocker der Luxusklasse und dann Verkaufsleiter! Aber verdammt, das konnte doch unmöglich gehen! Es würde ihn zu sehr einschränken. Er wäre viel zu festgelegt! Er würde alle Bewegungsfreiheit verlieren, die er beim Abzocken notwendigerweise brauchte. Allein schon der Job. Das ganze Gewicht, das er dann hätte, würde alle derartigen Aktivitäten verbieten. Als einfacher Vertreter konnte er sich einigermaßen unauffällig an Orten aufhalten, wo er seine Masche gewöhnlich abzog, doch als Verkaufsmanager von Sarber & Webb – niemals! Schon beim entferntesten Gerücht und dem leisesten Geraune wäre er unweigerlich weg vom Fenster.

Er durfte den Job nicht annehmen. Andererseits, wie sollte er ihn ablehnen, ohne Verdacht zu erregen? Wie konnte man vernünftigerweise einen Posten ausschlagen, der direkt auf der Leiter nach oben führte, einen, der nicht nur besser war als der, den er schon hatte, sondern sogar noch viel, viel besser zu werden versprach!

»...froh, daß wir das jetzt geklärt haben, Roy«, sagte Perk Kaggs gerade. »Wir haben hier schon viel zu viel Zeit vertrödelt. Wenn Sie jetzt also mit Ihrem Kaffe fertig sind –«

»Mister Kaggs, Perk«, sagte Roy. »Ich kann diesen Job nicht annehmen, ich meine, ich könnte ihn nicht sofort antreten. Das ist der erste Tag, den ich wieder auf den Beinen bin, und ich wollte nur mal vorbeischauen und guten Tag sagen und –«

»Oh«, Kaggs sah ihn abschätzend an, »na ja, Sie sehen schon noch etwas blaß aus. Wann sind Sie denn wieder ganz auf dem Damm, in einer Woche?«

»Nun, ich – ich muß in einer Woche noch mal zur Nachuntersuchung, aber ich bin mir nicht sicher, ob –«

»Also dann in zwei Wochen, oder Sie lassen sich eben noch ein bißchen mehr Zeit, falls Sie die brauchen. Es gibt viel Arbeit, und Sie müssen schon in Form sein.«

»Aber gerade jetzt würden Sie doch dringend einen Mann brauchen. Es wäre nicht fair, Ihnen gegenüber –«

»Die Regeln beim Spiel ›Seid fair zu Kaggs‹ bestimme ich selbst.« Kaggs gestattete sich ein eisiges Grinsen. »Die Kiste ist schon reichlich lange ziemlich verfahren. Ein bißchen länger kann's nun auch noch dauern.«

»Aber –«

Aber es gab eigentlich nichts mehr zu sagen. Vielleicht, daß ihm im Laufe der nächsten Woche ein Ausweg einfiel. Doch jetzt fand er keine Lösung, wie er sich dem entziehen könnte.

Sie gingen die Straße gemeinsam ein Stück weit zurück, und dann ging er allein zu seinem Auto weiter. Etwas unbeholfen stieg er ein, ließ den Motor an und stellte die Zündung gleich wieder ab.

Was nun? Wie sollte er die Zeit herumbringen, die Kaggs ihm eingeräumt hatte? Verkaufen kam selbstverständlich nicht in Frage, da er angeblich noch nicht in der Verfassung war, zu arbeiten. Doch dann gab es ja schließlich auch noch das andere. Seine eigentliche Tätigkeit; die Quelle seines Wohlstands, den er hinten in den Rahmen der vier Clownsbilder versteckt hielt.

Wieder startete er den Wagen, dann würgte er ihn mit gereiztem Grunzen noch einmal ab. Wenn er nicht arbeiten konnte, war es auch mit dem Abzocken nichts. Er würde nicht riskieren können, einen seiner Tricks zu versuchen, jedenfalls nicht vor dem Wochenende, wenn er normalerweise müßig herumzog und ganz unverdächtig irgendwo in das dichte Gewimmel des Amüsierbetriebs eintauchen konnte.

Am Wochenende also. Und jetzt war erst Mittwoch.

Moira fiel ihm ein. Unbewußt die Stirn runzelnd, verscheuchte er sie wieder aus seinen Gedanken. Nicht heute. Das wäre zu schnell. Nach Carol.

Nachdem er den Wagen ein drittes Mal angelassen hatte, fuhr er ein paar Stunden in der Stadt herum, aß zum Lunch in einem Drive In und kehrte zu seinem Hotel zurück. Ruhelos saß er den ganzen Nachmittag herum und las. Dann ging er abends zum Essen aus und schlug die Zeit in den Kinos tot.

In der Schlaffheit und Trägheit, die ihn am nächsten Morgen befiel, war er schon fast versucht, Moira anzurufen. Doch irgendwie, scheinbar ganz gedankenlos, wählte er statt dessen Carols Nummer.

Mit müder, schlaftrunkener Stimme sagte sie ihm, daß sie ihn nicht sehen könne. Sie hätten auch keinen Grund, einander zu sehen.

»Na komm schon, der ließe sich vielleicht finden«, sagte er. »Warum treffen wir uns nicht und reden mal darüber?«

Sie zögerte. »Worüber denn genau?«

»Na ja . . . du weißt schon, eine Menge Sachen eben. Wir gehen zum Lunch und –«

»Nein«, sagte sie mit fester Stimme, »nein, Roy. Außerdem ist es auch unmöglich. Ich arbeite jetzt fest im Krankenhaus. Nachtschicht. Tagsüber muß ich schlafen.«

»Dann eben am Abend.« Plötzlich schien es ihm sehr, sehr wichtig, daß er sie sehen mußte. »Bevor du zur Arbeit mußt. Ich kann dich auch morgens abholen, nach Dienstschluß, ich . . .«

Hastig redete er weiter. Er habe jetzt einen neuen Job, erklärte er, oder besser gesagt, er denke ernsthaft darüber nach, ob er ihn annehmen solle. Er hätte gern ihre Meinung dazu gehört, und –

»Nein«, sagte sie. »Nein, Roy.«

Sie legte auf.

16

Am nächsten Tag rief er Moira Langtry an. Aber auch von ihr bekam er eine Abfuhr. Er war ebenso überrascht wie verärgert, da ihr gerade noch ein früher Beginn ihres Weekends in La Jolla höchst willkommen erschienen war und sie fast im selben Atemzug gleich wieder alles über den Haufen geworfen hatte. Nein, das sei nicht drin, so erklärte sie. Zumindest wäre es nicht sehr praktisch, wegen gewisser delikater Gründe, wie Frauen sie nun manchmal hätten. Genau gesagt, periodisch hätten, periodische Schwierigkeiten. – Morgen dann, hmm? – Sie fürchte, daß es morgen auch noch nicht ginge. – Aber dann am Tag darauf, am Sonntag? – Das wäre großartig, ja.

Roy hatte den Verdacht, daß sie einfach nur sauer auf ihn war; daß dies seine Bestrafung für all die Wochen war, die er sie vernachlässigt hatte. Allerdings war er nicht in der rechten Stimmung, sich mit ihr herumzustreiten, also sagte auch er leichthin, daß ihm der Sonntag sehr recht wäre, und dementsprechend verabredeten sie dann Ort und Zeit.

Die restlichen Stunden des Tages oder vielmehr die meisten davon brachte er damit herum, daß er an die Strände von Santa Monica fuhr. Da der kommende Tag ein Samstag war, würde er wieder versuchen, einen Treffer zu landen. Doch nach einigem abwägenden Hin und Her entschied er sich schließlich doch dagegen.

Laß es sausen! Er war dazu nicht in der richtigen Stimmung. Er hatte selbst erst noch einiges abzuschütteln, mußte bestimmte, ihn beunruhigende Erinnerungen loswerden, die möglicherweise noch zu den Risiken eines Berufs beitrugen, der bereits risikoreich genug war.

Er vergammelte den Tag, wurde zunehmend grüblerischer; fast war er soweit, sich selbst zu bemitleiden. Was für eine Art, zu leben, dachte er bedrückt. Stets auf jedes Wort achten, das er sagte, sorgfältig jedes Wort mehrfach herumdrehend, das zu ihm gesprochen wurde. Und niemals einen Schritt tun, der nicht im voraus gründlich geplant worden war. Bildlich gesprochen, ging er auf einem Drahtseil durchs Leben, und wollte er seine Gedanken einmal gewaltsam davon ablenken, dann könnte das stets nur unter Lebensgefahr geschehen.

Natürlich hatten sich seine Unternehmungen für ihn ausgezahlt. Das Beutegeld hatte sich schnell vermehrt, und die Summen würden auch weiterhin wachsen, aber er gab da doch die eine Schwierigkeit – er mußte es horten. Es war für ihn so nutzlos wie irgendein Waschmittelgutschein.

Unnötig hervorzuheben, daß das nicht immer so weitergehen würde; er würde nicht auf ewig ein zweitklassiges Leben in einem zweiklassigen Hotel führen. Noch fünf weitere Jahre, und das abgezockte Geld würde sich so vermehrt haben, daß er sich zur Ruhe setzen und die ganzen Vorsichtsmaßnahmen außer acht lassen konnte, zu denen ihn seine Trickbetrügereien jetzt noch zwangen. Aber immerhin, diese weiteren fünf Jahre waren notwendig, ein gemütliches Aussteigen sicherzustellen und ihm all jene Dinge zu verschaffen, auf die er gezwungenermaßen hatte verzichten müssen. Und dann vielleicht anzunehmen, daß er keine fünf Jahre mehr zu leben hatte, oder sogar nur ein Jahr, oder sogar nur einen Tag, oder –

Das dumpfe Brüten ging in Leerlauf über. Auch er selbst fühlte sich ganz leer. Der endlose Tag verging schließlich doch, und er schlief ein. Und dann war es wunderbarerweise Morgen. Jetzt hatte er zumindest etwas vor.

Sie wollten ihre Reise mit dem Zug machen, mit dem, der um dreizehn Uhr nach Süden abging, und Moira sollte ihn am Bahnhof treffen. Roy parkte seinen Wagen auf dem Bahnhofsvorplatz – für die kurzen Ferientage würde er sich einen anderen mieten – und nahm seine Tasche aus dem Kofferraum.

Es war erst Viertel nach zwölf, viel zu früh, jetzt schon darauf zu rechnen, daß Moira auftauchen würde. Roy löste ihre Fahrkarten, nannte die Nummer ihrer Reservierung, gab seine Tasche zusammen mit einem dicken Trinkgeld einem der Gepäckmänner und betrat die Bahnhofsbar.

Er bestellte einen Drink und streckte ihn, während er gelegentlich einen Blick auf die Bahnhofsuhr warf. Zwanzig Minuten vor eins glitt er von seinem Barstuhl und ging durch den Eingang nach draußen.

Dieser Zug sonntags in den Süden war immer überfüllt, weil er nicht nur zivile Fahrgäste beförderte, sondern auch Scharen von Marines und Seeleuten, die zu ihren Einsatzorten in Camp Pendleton und San Diego zurückkehrten. Roy sah zu, wie sie durch die mit Zahlen gekennzeichneten Sperren strömten und die Rampe hinabgingen, die zu den Zügen führte. Etwas nervös geworden, schaute er wieder auf die Uhr.

Zehn Minuten vor eins. Die Zeit reichte natürlich noch, aber es konnte doch recht knapp werden. Das ganze Bahnhofsgebäude erstreckte sich einige hundert Meter in die Tiefe, und der Bahnsteig selbst war bestimmt länger als zweihundert Meter. Falls Moira jetzt nicht sehr bald käme, könnte sie genausogut zuhause bleiben.

Fünf Minuten vor eins.

Vier Minuten.

Verärgert gab Roy das Warten auf und machte sich auf den Weg zurück in die Bar. Sie würde das bestimmt nicht absichtlich tun. Da war er sich ganz sicher. Wahrscheinlich war sie in einem Verkehrsstau steckengeblieben, in einem der zahllosen gordischen Knoten ineinander verkeilter Wagen, von denen die angeblichen Schnellstraßen der Stadt heimgesucht wurden. Aber verdammt, konnte sie denn nicht etwas früher aufbrechen, wenn sie irgendwohin wollte, anstatt bis zur allerletzten Minute zu warten –!

Er hörte seinen Namen rufen.

Er wirbelte herum und sah sie in die Eingangshalle kommen, im

Schlepptau eines Gepäckträgers, der vor ihr herhastete. Im Vorbeirennen warf der Dienstmann Roy ein Lächeln zu. »Ich tu mein bestes, Boss, bleiben Sie nur immer schön hinter mir.«

Roy packte Moira am Arm. Sie rannten hinter ihm her.

»Tschuldigung«, keuchte sie. »Dieses verfluchte Appartementhaus. Fahrstuhl steckengeblieben und –«

»Macht nichts, spar dir den Atem für später«, sagte er.

Sie jagten über die ganze Länge des marmorbelegten Bodens durch das Bahnhofsgebäude, drängten sich durch die Sperre und dann hinaus auf den scheinbar endlos langen Bahnsteig. Am vordersten Ende stand ein Zugführer schon mit der Uhr in der Hand. Als sie näherkamen, steckte er die Uhr in die Tasche und kletterte die Stufen zu der kleinen Plattform am Waggonende hinauf.

Sie hasteten an ihm vorbei.

Als der Zug anfuhr, hatten sie gerade noch den letzten Waggon geschafft.

Ein Gepäckträger im Zug begleitete sie zu ihren Sitzplätzen. Atemlos ließen sie sich hineinfallen. Während der nächsten halben Stunde rührten sie sich kaum.

Als der Zug schließlich aus Fullerton herausfuhr, drehte Moira ihren Kopf von der mit einem weißen Schonbezug bedeckten Rückenlehne zu ihm und grinste ihm verschmitzt zu.

»Sie sind ein guter Mann, McGee!«

»Und Sie eine gute Frau, Mrs. Murphy«, sagte er. »Was ist denn Ihr kleines Geheimnis?«

»Meeresfrüchte in Reizwäsche natürlich, und was ist Ihr's?«

Seines, so erklärte Roy, sei ein Ergebnis kreativen Lesens. »Ich las gerade eine wunderbare Geschichte, als Sie hereinkamen. Der Autor heißt Bluegum LaBloat. Schon mal von ihm gehört?«

»Hm, hört sich irgendwie vertraut an.«

»Ich halte das für das beste, was er je gemacht hat«, sagte Roy. »Schauplatz ist die Herrentoilette auf einem Busbahnhof, und die Hauptfiguren sind ein reinlicher alter Mann und ein fetter junger Knabe, die in einer der Münzkabinen leben. Sie verlangen wenig vom Leben. Nur Abgeschlossenheit bei dem Geschäft, das sich ganz natürlich einstellt. Aber kommt es sie an, läßt man sie? Verflixt, nein! Jedes Mal, sobald sie zu funktionieren beginnen – Madame, Sie müssen meine Ausdrucksweise schon entschuldigen –, kommt irgendein Arschloch mit Dünnpfiff angerast und steckt 'ne Münze in den Schlitz. Und während er sich seinem groben Bedürfnis hingibt, verlieren die beiden anderen ihren schönen Drang. Als dann am Ende all ihr hohes Streben scheitert, sammeln sie die Duftbonbons aus den Urinalen ein, ziehen sich in die Wälder zurück und backen einen Auflauf.«

Moira warf ihm einen strengen Blick zu.

»Ich werde sofort den Kontrolleur rufen«, erklärte sie.

»Könnte ich mir vielleicht mit einem Drink Ihr Schweigen erkaufen?«

»Das Schweigen, das ich kaufen will – nach dem, was ich eben gehört habe –, muß mindestens ein paar Stunden dauern. Du kaufst dir jetzt einen Drink, und sieh zu, daß du dir dein schmutziges Mundwerk gründlich damit ausspülst.«

Roy lachte. »Ich kann auf dich warten, wenn du möchtest.«

»Geh nur«, sagte Moira fest, schloß ihre Augen und lehnte sich zurück in den Sitz. »Geh nur, Junge, geh!«

Roy gab ihr einen Klaps auf den Schenkel. Er stand auf und ging durch zwei Waggons vor bis zur Bar Lounge. Er fühlte sich jetzt wieder gut, so richtig in Form. Die grüblerische Nabelschau der letzten Tage war zu Ende, und er hatte das Bedürfnis, sich unter die Leute zu mischen.

Wie erwartet, war die Lounge überfüllt. Falls es ihm nicht gelang, sich unter eines der kleinen Grüppchen zu mischen, wie er es vorhatte, würde er hier keinen freien Platz mehr finden.

Er musterte wohlgefällig die Umgebung, wandte sich dann zu dem Mann hinter der kleinen Bar. »Ich möchte einen Bourbon und Wasser«, sagte er, »in einem Glas.«

»Bedaure, Sir, ich kann Sie nur bedienen, wenn Sie einen Sitzplatz haben.«

»Mal sehen. Übrigens, was kostet das?«

»Fünfundachtzig Cents, Sir, aber ich kann nicht –«

»Zwei Dollar«, nickte Roy und legte zwei Scheine auf den Tresen. »Genau passend. Stimmts?«

Er bekam seinen Drink. Mit dem Glas in der Hand ging er durch den Mittelgang und schwankte gelegentlich mit, wenn sich der Zug in eine Kurve legte. Etwa auf der Hälfte des Abteils stieß er schwankend an einen der Tische, an dem vier Rekruten saßen, kippte ihre Drinks um und verschüttete etwas von seinem eigenen auf den Tisch.

Er entschuldigte sich wortreich. »Lassen Sie mich eine neue Runde bestellen! Nein, wirklich, ich besteh darauf! Ober . . .«

Überschwenglich dankbar drängten sie ihn, sich zu ihnen zu setzen und rückten zusammen, um ihm Platz zu machen. Die Drinks kamen und wurden schnell hinuntergekippt. Trotz ihrer lauten Proteste bestellte er die nächste Runde.

»Aber das ist unfair, Kumpel, die nächste zahlen wir!«

»Nur nichts überstürzen«, sagte Roy gemütlich. »Ich bin nicht sicher, ob ich noch einen trinken kann, aber ...«

Er brach ab und schielte schräg nach unten auf den Fußboden. Er runzelte die Stirn, zwinkerte. Dann langte er, sich vorbeugend, tastend unter die Sitzbank. Dann, nachdem er sich wieder aufrecht gesetzt hatte, ließ er einen kleinen Würfel auf die Tischplatte fallen.

»Hat einer von euch Jungs den hier verloren?« fragte er.

Der Würfel rollte. Die Einsätze verdoppelten und vervierfachten sich. Täuschend schnell schien die Eisenbahnfahrt in fröhlicher Runde wie im Flug zu vergehen, und Roy Dillons Taschen füllten sich mit Geld. Wenn die vier Deppen später an ihn zurückdenken würden, dann gewiß nur als an »den unheimlich netten Kerl«, der so liebenswert besorgt über seine ungewollten und unbeabsichtigten Gewinne gewesen war, daß sie sich geschämt hätten, auch nur entfernt zu argwöhnen, daß er sie über den Leisten gezogen haben könnte. Wenn Roy später dann an sie zurückdachte – doch das würde er nicht. Sein Denken konzentrierte sich ausschließlich auf sie. Die Zeitspanne, in der er sie geschröpft hatte; in der er sie ständig abgelenkt und entwaffnet hatte. Und bei der hohen Intensität, mit der er sich darauf zu konzentrieren hatte, diese weißglühende Flamme seiner Wachheit unablässig nähren mußte, blieb ihm hinterher nichts, an das er zurückdenken konnte. Sie genossen ihre Drinks; die seinen waren geschmacklos. Gelegentlich ging einer von ihnen auf die Toilette; er durfte nicht. Hin und wieder schauten sie aus dem Fenster, machten Bemerkungen über das Bild, das sich ihnen bot – denn es war von großer Schönheit, die schneeweißen Strände, die Haine in Grün und Gold, die blaugrauen Berge und die weißen Häuser mit ihren roten Schindeldächern: Das alles erinnerte an verblüffender Weise an Südfrankreich. Doch während Roy ab und zu passende Bemerkungen einflocht, schaute er nicht dahin, wohin ihre Blicke wanderten und sah nichts von dem, was sie sahen.

Als er schließlich aus seiner tiefen Konzentration aufschreckte, bemerkte er, daß das Abteil sich geleert hatte und daß der Zug durch die Industrievororte von San Diego kroch, dem Bestimmungsort ihrer

Reise. Sich erhebend, reihum den Rekruten die Hände schüttelnd, machte er kehrt, um von der Bar Lounge zurück in sein Abteil zu gehen. Vom Ausgang her lächelte ihm Moira entgegen.

»Ich dachte, daß ich besser mal nach dir Ausschau halte«, sagte sie. »Hat's Spaß gemacht?«

»Ach, du weißt ja. Nur ein paar Lagen ausgetrudelt.« Er zuckte die Achseln. »Tut mir leid, daß ich dich so lange hab sitzen lassen.«

»Vergiß es.« Sie nahm lächelnd seinen Arm. »Es hat mir überhaupt nichts ausgemacht.«

17

Roy mietete in San Diego einen Wagen, mit dem sie zu ihrem Hotel nach La Jolla hinausfuhren. Es war von einer weiten Rasenfläche umgeben und blickte von einem sanften Hang hinaus auf den Pazifik. Moira war entzückt. Tief die saubere, kühle Luft einatmend, bestand sie auf einem kurzen Rundgang über das Gelände, bevor sie nach drinnen gingen.

»Ach, das ist doch mal was«, erklärte sie. »Das ist Leben!« Und dann, mit einem anzüglichen Seitenblick: »Ich weiß gar nicht, womit ich dir meine Dankbarkeit beweisen soll.«

»Oh, ich wüßte schon etwas«, sagte Roy. »Du könntest vielleicht meine Socken waschen.«

Er erledigte die Eintragung am Empfang, und sie folgten dem Pagen nach oben. Ihre Zimmer lagen am hintersten Ende des Korridors einander gegenüber, und Moira sah ihn verblüfft mit schrägem Blick an.

»Warum denn diese Apartheid?« fragte sie. »Nicht daß ich es nicht ertragen könnte! Wenn du es aushalten kannst . . .«

»Ich dachte, es wäre besser so. Getrennte Zimmer, jeder unter eigenem Namen. Nur für den Fall, daß es Schwierigkeiten geben sollte, weißt du.«

»Warum sollte es denn Schwierigkeiten geben?«

Roy meinte leichthin, daß es schon keine geben würde; nein, es gäbe keinen Grund, weswegen sie welche haben könnten. Aber warum etwas riskieren? »Immerhin ist es ja nur ein Sprung zu mir oder dir. Also, falls du jetzt möchtest, daß ich dir zeige, wie bequem wir's haben . . .«

Er zog sie zu sich heran, und einen Augenblick lang standen sie eng umschlungen. Doch als er fordernder, drängender wurde, löste sie sich von ihm.

»Später, hm?« Sie blieb vor dem Spiegel stehen und zupfte spielerisch an ihrem Haar. »Ich hab mich heute morgen so beeilen müssen, daß ich mich gar nicht richtig zurechtmachen konnte.«

»Also, dann bis später«, nickte Roy zustimmend. »Möchstest du schon jetzt etwas essen oder vielleicht lieber bis zum Dinner warten?«

»Oh, auf jeden Fall bis zum Dinner. Ich laß es bei dir klingeln.«

Sie war noch immer in ihr Spiegelbild versunken, als er ging und zu seinem eigenen Zimmer hinüberging. Während er auspackte, entschied er, daß sie wegen der getrennten Zimmer eher neugierig als gekränkt und daß dieses Arrangement unbedingt erforderlich war. Man kannte ihn als alleinstehenden Mann; wenn er von diesem Status eines Ledigen abwiche, würde das heißen, daß er sich einen angenommenen Namen zulegen müßte. Wo bliebe dann aber seine schützende Fassade, die er über die Jahre mit so großer Sorgfalt und mit so viel Mühe aufgebaut hatte?

An diese Fassade war er gekettet, daran gebunden und durch sie gebunden. Falls Moira das rätselhaft fand oder gekränkt war, mußte sie eben über das Räselhafte oder über ihr Gekränktsein hinwegkommen. Er wünschte sich schon, daß er ihr gar nicht erst eine Erklärung gegeben hätte, weil Erklärungen immer schlecht waren. Ebenso bedauerte er, daß sie beobachtet hatte, womit er in der Bar Lounge beschäftigt gewesen war. Aber der Wunsch und sein Bedauern waren vergleichsweise belanglose Dinge, denen man allenfalls müßig nachhängen konnte, die aber nicht zu Besorgnis Anlaß gaben.

Jeder machte mal ein Spielchen um eine Runde Drinks. Jeder andere konnte genauso vorsichtig bei der Eintragung ins Meldebuch des Hotels sein. Warum wohl sollte Moira das erste als berufliche Aktivität werten und das zweite als Fassade dafür – eine Fassade, die stets wie ein Schatten an ihm haften bleiben mußte?

Nachdem er ausgepackt hatte, streckte Roy sich auf dem Bett aus, zu seiner eigenen Überraschung dankbar dafür, daß er Gelegenheit zum Ausruhen hatten. Er hatte selbst nicht bemerkt, daß er derart müde war, daß er so froh darüber war, sich hinlegen zu können. Offensichtlich, so überlegte er, hatte er sich noch immer nicht ganz von seiner Magenblutung erholt.

Eingelullt von dem fernen Anbranden des Ozeans, fiel er in einen angenehmen Schlummer, aus dem er erst kurz vor Einsetzen der Dämmerung erwachte. Er räkelte sich faul und setzte sich auf, unbewußt lächelnd über sein lustvolles Behagen. Salzig schmeckende Luft wehte durch die Fenster herein.

Viele Male schon hatte er an der Küste Südkaliforniens die Sonne untergehen sehen, doch dieses Erlebnis war jedes Mal anders. Jeder neue Sonnenuntergang schien noch schöner zu sein als der letzte.

Als das Telefon klingelte, wandte er sich widerwillig von diesem großartigen Schauspiel ab. Moiras Stimme zwitscherte munter durch die Leitung.

»Puh, du häßlicher, schwarzer, haariger Mann. Kaufst du mir nun ein Dinner oder nicht?«

»Unwiderruflich nein«, sagte er. »Nenn mir nur einen guten Grund dafür, warum ich das tun sollte!«

»Kann ich nicht, jedenfalls nicht am Telefon.«

»Dann schreib mir einen Brief.«

»Geht nicht. Sonntags keine Postzustellung.«

»Ausflüchte«, knurrte er, »immer diese Ausflüchte. Also gut, schön. Aber es bleibt unwiderruflich bei Hamburgern.«

Sie tranken Cocktails an der Terrassenbar des Hotels. Dann fuhren sie weiter in die Stadt hinein und aßen in einem Fischrestaurant, das auf einem Steg errichtet war, der in den Ozean hineinragte. Moira hatte einen Waffenstillstand mit ihrer Diät geschlossen, und sie bewies, daß sie es ernst meinte.

Sie eröffneten ihr opulentes Mahl mit einem Hummercocktail, der für sich schon eine reichliche Mahlzeit darstellte. Serviert mit Knoblauchbutter und aufgebackenem Weißbrot und einem frischen grünen Salat, bestand der Hauptgang aus leise vor sich hin brutzelnden, ausgesuchten Meeresfrüchten auf einer glühendheißen Platte, die am Rand mit fein gebräunten Kartoffeln garniert war. Dann kam das Dessert – ein lockerer Käsekuchen – und Kännchen mit starkem, schwarzem Kaffee.

Moira seufzte glücklich auf, als sie sich von ihm eine Zigarette geben ließ. »Wie ich vorhin schon gesagt habe, das ist Leben! Ehrlich, ich glaube nicht, daß ich mich noch rühren kann.«

»Dann wirst du natürlich auch wenig Lust haben zum Tanzen.«

»Quatsch«, sagte sie. »Wer hat dir denn den Floh ins Ohr gesetzt?«

Sie tanzte leidenschaftlich gern, und sie tanzte sehr gut; und er war ihr durchaus ebenbürtig. Mehr als einmal fing er den Blick anderer Kavaliere auf, die zu ihnen herüberstarrten; Moira, die sie ebenfalls bemerkt hatte, schmiegte sich enger an ihn und bewegte ihren biegsamen Körper im Gleichklang mit ihm.

Nach vielleicht einer Stunde, die sie zusammen getanzt hatten, als es auf dem Parkett drangvoll eng wurde, machten sie eine Mondscheinfahrt die Küste entlang bis nach Ocean Side, wo sie kehrtmachten und zurückfuhren. Mit dem höheren Wellengang der nächtlich hereinkommenden Flut schäumte es phosphoreszierend auf den weißen Kämmen. Sie rollten aus den fernen Tiefen des Ozeans heran und schlugen in stetem Rhythmus mit donnerartigem Getöse auf den Strand. Auf Felsvorsprüngen konnte man gelegentlich die schwarz schimmernden Leiber von Robben sehen.

Es war fast elf Uhr, als Roy sie zurück ins Hotel fuhr, und Moira unterdrückte ein Gähnen. Sie entschuldigte sich und sagte, es läge am Wetter, nicht an der Gesellschaft. Aber als sie dann wieder vor ihrer Tür standen, streckte sie ihm die Hand zu einem »Gute Nacht« hin.

»Das macht dir doch nicht aus, Roy, nicht wahr? Es war so ein wundervoller Abend, aber ich vermute, daß ich mich einfach übernommen habe.«

»Natürlich ist es das«, sagte er. »Ich bin selbst ziemlich müde.«

»Bist du sicher? Ich meine, bist du sicher, daß es dir nichts ausmacht?«

»Mach schon«, sagte er und schob sie durch ihre Tür. »Das ist völlig in Ordnung.«

Aber natürlich war's das ganz und gar nicht. Und selbstverständlich machte es ihm eine ganze Menge aus. Er ging in sein eigenes Zimmer und mußte den Impuls unterdrücken, wütend die Tür zuzuschlagen. Sich ausziehend, blieb er eine Weile auf der Bettkante sitzen und paffte mißmutig eine Zigarette. Überwältigend schöne Ferien waren das, gar nicht zu überbieten! Es geschähe ihr ganz recht, wenn er einfach abhaute und sie sitzen ließe.

Das Telefon schnurrte leise. Es war Moira. Sie sprach mit mühsam zurückgehaltenem Lachen.

»Mach deine Tür auf.«

»Was?« Er grinste erwartungsvoll. »Warum denn das?«

»Mach auf, und find's selbst heraus, du Dickschädel!«

Er legte auf und öffnete seine Tür. Er hörte sie von der gegenüberliegenden Tür zischend hervorstoßen »Weg frei!« und wich einige Schritte zurück. Dann kam Moira durch seinen kleinen Flur gefegt. Ihr schwarzes Haar hatte sie auf dem Kopf hochgetürmt. Sie war vollkommen nackt. Ernst und gravitätisch, einen Finger unter das Kinn gelegt, machte sie einen Kratzfuß vor ihm.

»Ich hoffe, es stört Sie nicht, Sir«, sagte sie. »Ich habe nur gerade meine Kleider gewaschen und kann mit ihnen absolut nichts mehr anfangen.«

Dann ließ sie sich gurgelnd, halb erstickt vor Lachen in seine Arme fallen. »Oh, du!« keuchte sie. »Wenn du dein eigenes Gesicht hättest sehen können, als ich dir gute Nacht gesagt habe! Du hast ausgesehen, so – so, aah . . . ha ha –«

Er hob sie auf und ließ sie mit Schwung aufs Bett plumpsen.

Sie verbrachten eine rauschende Nacht.

18

Doch hinterher, nachdem sie in ihr eigenes Zimmer zurückgegangen war, überkam ihn Depression, und was ihm als rauschhafte Nacht erschienen war, kam ihm jetzt abgeschmackt, ja sogar leicht abstoßend vor. Es war eine Depression aus Übersättigung; erst wollte man sich schwere- und willenlos, selig von der Begierde forttragen lassen. Man flog hoch, weit, mit einem herrlichen Gefühl, stets auf den frischen Aufwind vertrauend, der einen grenzenlos ins Offene führt; und dann setzte er aus, und es ging down, down, down, immer nur abwärts.

In der Dunkelheit sich ruhelos herumwerfend, redete Roy sich ein, daß seine düstere Stimmung nur allzu natürlich sei und nur ein geringer Preis für das, was er bekommen hatte. Doch was letzteres anging, war er zumindest nicht ganz überzeugt. An den Freuden des Abends war zu vieles, was anderen Abenden davor nur allzu sehr glich. Die Pfade waren ziemlich ausgetreten. Er war sie schon früher gegangen, hatte alles so verfluchenswürdig oft wiederholt, und wohin und wie man auch ging – rückwärts, vorwärts oder auf den Händen laufend – man kam stets zu derselben Stelle. Mit anderen Worten, man gelangte nirgendwohin, und all diese kleinen Fluchten verlangten einem immer mehr ab.

Aber wollte er es eigentlich so ganz anders haben? Sogar jetzt noch, in seinem ganzen Elend, flogen da nicht seine Gedanken viel zu weit? Jedenfalls über seinen engen Kreis hinaus und zu einem anderen Menschen?

Er schwang die Beine aus dem Bett und setzte sich auf. Eine Zigarette anzündend, mit lässig übergeworfenem Morgenmantel saß er da, schaute hinaus in die mondhelle Nacht. Er dachte daran, daß es vielleicht nicht einmal so sehr an ihm läge oder den anderen – oder an

Moira –, was ihn in diese düstere Verzweifelung gestürzt hatte. Vielleicht war es einfach nur die Art, wie sich die Dinge miteinander verbanden, verbündeten.

Er hatte seine alte Kraft noch nicht zurückgewonnen. Es war viel Energie dabei draufgegangen, den Zug doch noch zu erreichen, und dann hatte ihn auch das Abzocken nach der erzwungenen langen Ruhepause übermäßig angestrengt. Und dann gab's da noch viele kleine andere Dinge – Moiras Neugier wegen der getrennten Zimmer zum Beispiel und dann dieses schwere Abendessen, das mindestens das Doppelte von dem war, was er eigentlich gebraucht oder worauf er eigentlich Appetit gehabt hätte. Und dann das danach ...

Seine Gedanken schweiften zurück zu ihrem gemeinsamen Dinner, den Unmengen und der Üppigkeit ihrer Mahlzeit. Und ganz plötzlich schmeckte die Zigarette nur noch widerlich, und sein Magen krampfte sich in Wellen von Übelkeit zusammen. Die Hand vor den Mund gepreßt, mit geblähten Backen, stürzte er ins Badezimmer. Er schaffte es gerade noch.

Er gab das Essen wieder von sich, qualvoll, jeden einzelnen Happen. Er spülte sich den Mund mit warmem Wasser und trank dann einige Gläser vom gekühlten Wasser. Kurz darauf fing er wieder an, sich zu erbrechen.

Über das Becken gelehnt, betrachtete er ängstlich seinen Mageninhalt und stellte zu seiner Erleichterung fest, daß alles klar geblieben war. Es gab keine verräterische Spur von jenem besonderen Braun, das ein Anzeichen für innere Blutungen gewesen wäre.

Auf leicht zittrigen Beinen schwankte er hinüber zu seinem Bett und zog das Laken über sich. Er fühlte sich jetzt schon viel besser, leichter und irgendwie sauberer. Er machte die Augen zu und war sofort eingeschlafen.

Er schlief besinnungslos, traumlos; sein ganzes Schlafbedürfnis schien mit zwei Stunden ausreichend befriedigt. Als er um sechs Uhr dreißig aufwachte, wußte er, daß er sein Quantum erschöpft hatte und daß noch mehr an Schlaf nicht in Frage kommen würde.

Er rasierte sich, duschte und zog sich an. Er brauchte dafür nie mehr als eine halbe Stunde, wie immer er die Prozedur auch hinauszögern mochte. Er hatte sich also wieder, es war erst sieben Uhr morgens, und er saß genau so auf dem trockenen, wie es auch in L. A. gewesen wäre.

Fest stand für ihn nur, daß er Moira um diese Zeit nicht anrufen konnte. Moira hatte gestern abend durchblicken lassen, daß sie bis mittags durchschlafen wollte, und daß sie jeden mit leichter Hand umbringen würde, der sie vor dieser Zeit weckte. Es hatte also keine Eile für ihn, Moira zu sehen. Es war für ihn mühevoll genug, sich langsam wieder hochzurappeln, auch ohne die Notwendigkeit, für ihre Zerstreuung zu sorgen.

Unten in der Kaffeestube des Hotels bestellte er Toast und Kaffee. Doch er tat es nur aus reiner Disziplin, aus Gewissenhaftigkeit. Wie immer die Nacht davor gewesen sein mochte, ein Mann *mußte* morgens frühstücken. Er brachte es hinter sich, ob hungrig oder nicht, und falls er es ausließ, würde er unweigerlich in Schwierigkeiten geraten.

Er schlenderte einen weißen, kiesbedeckten Pfad hinab zu einer Klippe, die über dem Ozean aufragte, und ließ seine Augen ziellos über die Weiten von Meer und Sand schweifen: über Schaumkämme, die wie überfroren aussahen; in der Ferne aufscheinende Segel; die kreisenden, rastlos suchenden Möwen; öde Verlassenheit, unaufhörlich, unendlich wie Dostojewskis Bild der Ewigkeit: eine Fliege, die ein Scheißhaus umkreist. Und spärliche Anzeichen von Leben betonten nur noch die Einsamkeit.

Zu dieser Morgenstunde ging ein Bruchteil davon auf Roy Dillon über und nistete in ihm wie ein dumpfer Schmerz. Er versuchte sich davon freizumachen und ging zu seinem Mietwagen.

Kaffee und Toast waren ihm nicht gut bekommen. Er brauchte etwas, um seinen Magen zu beruhigen, und er konnte nur an eines denken, das ihm helfen würde: eine Flasche erstklassiges Bier, oder besser noch Ale. Er wußte aber auch, daß er es in einer Gemeinde wie La Jolla so früh am Tag nicht finden würde. Die Bars hier, die Cocktail-Lounges, würden erst kurz vor Mittag aufmachen. Falls es Morgentrinker in der Stadt gab, und zweifellos gab es sie, dann hatten sie ihre Hausbars, aus denen sie sich versorgen konnten.

Den Wagen in Richtung San Diego steuernd, fuhr Roy aus den südlichen Außenbezirken La Jollas hinaus in die etwas bescheideneren Gegenden weiter weg. Er nahm nur hin und wieder etwas Gas weg, um die zahlreichen Kneipen und Bars zu begutachten. Viele hatten schon geöffnet, doch sie waren für ihn nicht das richtige. Sicher führten sie nur Bier von der West Coast, das man nach Roys Geschmack nicht trinken konnte. Hier würde er gewiß auch kein gutes Ale bekommen.

Sich San Diego nähernd, fuhr er ein, zwei Kilometer durch das Mission Valley; dann bog er ab, fuhr eine lange Steigung hinauf und kam nach Mission Hills. Dann endlich fand er, nachdem er eine halbe Stunde herumgewandert war, wonach er gesucht hatte. Es war ein Lokal, das wirklich nicht viel hermachte; nicht die stilvoll-schicke Art Cocktail-Lounge, wo das Trinken zweitranging und die Atmosphäre alles war. Einfach eine gute, gediegene Kneipe, deren Aussehen Vertrauen erwecken konnte.

Als Roy hineinging, zählte der Wirt gerade das Geld in seiner Kasse. Ein angegrauter, drahtig aussehender Mann. Mit Lachfältchen im Gesicht nickte er ihm grüßend aus dem Spiegel hinter dem Tresen entgegen. »Ja, Sir, was darf's denn sein?«

Roy nannte ihm, was er haben wollte, und der Gastwirt versicherte ihm, daß er ausgezeichnetes Ale habe: denn wenn Ale nicht gut sei, könne es nur Pferdepisse sein. »Ich hab Import oder Ballentines.« Roy entschied sich für Ballentines, und der Wirt war ganz glücklich über seine dankbare Zustimmung.

»Gut, was? Wissen Sie, ich glaube, ich nehme mir selbst auch eins.«

Roy faßte spontan Zuneigung zu diesem Mann, und das Gefühl wurde erwidert. Ihm gefiel, was er um sich herum sah. Diese anspruchslose Schlichtheit und Anständigkeit; der gelassene Stolz des Besitzers und seine Freude an dem, was er besaß.

Es dauerte kaum zehn Minuten, bis sie sich mit Vornamen anredeten; Roy erklärte seine Anwesenheit hier in der Stadt und erwähnte entschuldigend seinen Urlaub als Grund dafür, daß er schon so früh am Tag trank. Bert – der Wirt – gestand ihm, daß auch er es immer vermieden habe, schon vormittags zu trinken; doch auch er wolle morgen blau machen, also, wen sollte es da eigentlich stören?

Zwei Männer kamen herein, schütten Doppelte hinunter und waren schnell wieder draußen. Bert sah ihnen mit einem Anflug von Traurigkeit nach und wandte sich dann wieder Roy zu. »Keine gute Art zu trinken«, meinte er. »Gelegentlich brauchte ein richtiger Mann schon einen Drink oder zwei am Morgen, aber sie sich so reinzuschütten, – das wäre doch barbarisch.«

Als er sich abwandte, um einen anderen Kunden zu bedienen, stieß er zufällig gegen einen Verkaufsständer voller gesalzener Nüsse und verschob ihn leicht aus seiner ursprünglichen Stellung, und als Roy abwesend in seine Richtung schaute, bemerkte er etwas, das er mit einem Stirnrunzeln quittierte. Er stemmte sich etwas aus seinem Stuhl hoch, um einen zweiten Blick darauf zu werfen und sich noch einmal zu vergewissern, was er gesehen hatte. Dann setzte er sich ratlos und etwas besorgt wieder zurück.

Ein Lotteriebrett. Ein Lotteriebrett, und das an einem Ort wie diesem! Bert war doch gewiß kein Trottel, weder für einen Abzocker noch im alltäglichen Sinne, doch ein Lotteriebrett war ein Gegenstand, den man nur bei einem ausgemachten Trottel vermutete.

Zu der Zeit, als Roy gerade seine Karriere begonnen hatte, waren noch einige wenige Teams mit den Brettern zugange gewesen, wobei einer sie frisierte und der andere abräumte. Aber er hatte schon seit Jahren keins dieser Dinger mehr gesehen. Jeder hatte sie inzwischen wie eine heiße Kartoffel fallen lassen, und heute noch den Versuch zu wagen, ein solches Brett zu frisieren, war geradezu eine Aufforderung, sich den Kiefer brechen zu lassen.

Gewiß kauften sich noch immer kleine Vertreter und Kneipiers ihre eigenen Bretter, schlugen die Gewinnummern gleich zu Beginn raus und ließen einem dummen Tölpel nicht die geringste Chance. Doch Bert wäre dazu nicht imstande. Bert würde nicht...

Roy lachte hämisch über sich selbst und nippte am Schaum auf seinem Ale. Was sollte das überhaupt? Machte ausgerechnet er, Roy Dillon, sich tatsächlich Gedanken über die Ehrlichkeit oder Unehrenhaftigkeit eines Barkeepers oder über die Möglichkeit, daß er hereingelegt werden könnte?

Ein weiterer Kunde kam herein, ein Arbeiter in Khakikluft, und Bert brachte ihm eine Coke. Mit zwei neuen Flaschen Ale in der Hand ging er hinter der Bar zu ihm zurück und goß ihnen die Gläser voll. Roy tat so, als »entdeckte« er jetzt erst das Brett.

»Oh, das Ding da.« Der Wirt zog es hinter der Bar vor und legte es vor sich hin. »Vor drei oder vier Monaten hat irgendein Typ das hier bei mir zurückgelassen. Ich hab's erst gemerkt, nachdem er schon weg war. Ich wollte es schon wegwerfen, aber hin und wieder möchte ein Gast mal sein Glück damit versuchen. Also...« Zögernd setzte er hinzu, »möchten Sie mal 'nen Versuch wagen? Gewinnchancen vom Cent aufwärts bis zum Dollar.«

»Na ja...« Roy sah hinunter auf das Brett.

Oben an der Schmalseite waren fünf imitierte Goldmünzen angebracht, die Gewinnerpreise zwischen fünf und einhundert Dollar repräsentierten. Unter jede einzelne war eine Zahl gedruckt. Um zu gewinnen, mußte man lediglich eine jeweils entsprechende Nummer oder Nummern von den Tausenden, die das Brett enthielt, herausschlagen.

Keine der Gewinnummern war ausgestanzt worden. Bert war offensichtlich so redlich wie er aussah.

»Gut«, sagte Roy und nahm den kleinen Metallstift in die Hand, der vom Brett herabbaumelte. »Was kann ich schon groß verlieren?«

Er traf einige Nummern und zeigte Bert, was er geschafft hatte. Als er zum sechsten Mal herabstieß, traf er den Fünfdollargewinn, und der Wirt legte lächelnd das Geld zu dem Häuflein, das schon auf dem Tresen lag. Roy ließ es dort, und wieder kreiste der Stift über dem Brett.

Er konnte Bert unmöglich darüber aufklären, daß dies ein Gaunertrick war. Damit hätte er Kenntnisse verraten, die kein ehrlicher Man besitzen durfte. Und ganz gewiß auch konnte er den Mann vor ihm einfach ausnehmen, obwohl dies früher oder später wohl jemand tun würde. Zum Abzocken war für ihn heute nicht der richtige Tag – so redete er sich jedenfalls selbst ein. Es war auch ganz einfach nicht genug zu holen.

Würde er jeden Gewinn auf dem Brett rausschlagen, dann wären das alles in allem immer noch weniger als zweihundert Dollar, und natürlich käme er auch nie damit durch, wenn er sie alle machte. Die Profis in diesem Geschäft hatten sich immer nur die großen Nummern vorgenommen und die anderen links liegen lassen. Er allerdings hatte schon einen Treffer bei der Fünf gelandet, also . . .

Dann traf er die Zehndollarnummer. Noch immer lächelnd, eher zufrieden als beunruhigt, legte Bert wieder Geld auf den Tresen. Roy setzte mit dem kleinen Metallstift zum nächsten Stoß an.

Genau das war's, was er tun mußte, entschied er. Die beste Art, wie man das Brett aus dem Verkehr ziehen konnte. Nur noch ein weiterer Gewinn – die Fünfundzwanzig – und dann wollte er irritiert darauf hinweisen, daß etwas an diesem Brett ihm sehr komisch vorkäme. Bert wäre sicher dankbar und erleichtert, das Ding loszuwerden, und er würde sich natürlich weigern, seine Gewinne einzustreichen.

Er traf die dritte »Glücksnummer«. Mit gut gespielter Verblüffung räusperte er sich schon und wollte gerade zu der Bemerkung ansetzen, daß in diesem Spiel etwas nicht stimmen könnte, doch Bert hatte sich mit leicht gefrorenem Lächeln dem Gast zugewandt, der die Cola bestellt hatte.

»Ja, bitte, Sir?« sagte er. »Soll's noch was sein?«

»Allerdings, Sir«, sagte der Mann mit grimmiger Leichtigkeit in der Stimme. »Ja, Sir, da ist tatsächlich noch was! Sie haben doch hoffentlich die Glücksspielsteuermarke der Bundesregierung?«

»He, was denn, Moment mal . . .!«

»Also, Sie haben sie nicht, wie? Also, dann kann ich Ihnen gleich noch etwas nennen, was Sie auch nicht haben, oder jedenfalls nicht mehr lange haben werden: Ihre Schanklizenz.«

»A--aber –«. Bert war unter seiner Sonnenbräune blaß geworden. Schanklizenzen waren in Kalifornien ein kleines Vermögen wert. »A-aber das können Sie doch nicht machen! Wir haben doch bloß –«

»Sparen Sie sich das auf für die Boys von der Bundesbehörde. Ich bin nur von einer Landesdienststelle.« Er ließ eine Lederhülle aufklappen und zeigte seinen Dienstausweis; dann nickte er Roy kalt zu. »Sie sind ziemlich blöd, Mister. Nur ein ausgemachter Blödmann würde gleich dreimal hintereinander seinen Kumpel aufs Kreuz legen.«

Roy schaute ihn ausdruckslos an. »Ich weiß nicht, worüber Sie reden«, sagte er, »und mir gefällt Ihre Ausdrucksweise nicht.«

»Los, aufstehen, ich verhafte Sie wegen Glücksspiels!«

»Sie begehen einen schweren Fehler, Officer. Ich bin Geschäftsmann, und ich –«

»Sie wollen's mir also schwermachen, wie? Ha, Sie mieser kleiner Gauner –!«

Er packte Roy am Revers, riß ihn wütend auf die Füße und stieß ihn mit voller Wucht gegen die Wand.

19

Es begann mit einer Durchsuchung; dem Ausleeren und Umdrehen der Taschen, dem Abtasten und Abklopfen der Kleidung, dem Befühlen in der Gegend der Hoden. Dann kamen die Fragen, die verlangten Antworten, die sogleich als ausgemachte Lügen qualifiziert wurden.

»Ihren richtigen Namen, verdammt. Lassen Sie Ihre Papiere stekken, es ist ja doch nur alles gefälscht! Ihr Ganoven seid ja alle damit ausgestattet.«

»Das ist mein richtiger Name. Ich lebe in Los Angeles, und ich arbeite seit vier Jahren für dieselbe Firma –«

»Schluß mit der Lügerei! Mit wem ziehen Sie diese Sache mit dem Lotteriebrett ab? In wievielen anderen Lokalen haben Sie diesen Trick schon versucht?«

»Mein Gesundheitszustand ist sehr schlecht gewesen. Ich bin gestern abend hier herunter nach La Jolla gekommen – eine Freundin und ich – um Urlaub zu machen.«

»Schon gut, schon gut. Wir probieren jetzt das Ganze noch einmal, und gnade Ihnen Gott, wenn Sie mir auch diesmal wieder was vormachen.«

»Officer, es gibt mindestens hundert Geschäftsleute hier in der Stadt, die mich identifizieren können. Ich habe hier seit Jahren verkauft und –«

»Aufhören, sparen Sie sich den Mist! Nun, wie lautet Ihr richtiger Name?«

Immer und immer wieder dieselben Fragen. Immer und immer wieder dieselben Antworten. Hin und wieder ging der Bulle hinüber zum Wandtelefon, um seine Informationen überprüfen zu lassen. Aber obwohl sich alles als richtig erwies, wollte er sich damit nicht zufrieden geben. Er wußte Bescheid, kannte seine Pappenheimer. Mit eigenen Augen hatte er diesen Schwindel mitangesehen, dieses Lotteriebrett, von dem jemand so trickreich drei Gewinne gezogen hatte. Und wie ließ sich, trotz Roys perfekter Tarnung, dieser klare Beweis für einen Trickbetrug ignorieren?

Er war jetzt wieder am Telefon, und sein massiges Gesicht wurde mürrisch, als er die Antworten auf seine Fragen bekam. Roy warf einen Seitenblick auf Bert, den Besitzer der Bar. Er starrte unverwandt zum Lotteriebrett auf dem Tresen hin und hob wieder die Augen, um Bert anzusehen. Er nickte ihm kaum merklich zu, doch er war sich nicht sicher, ob Bert den Wink verstanden hatte.

Der Cop knallte den Hörer auf die Gabel. Säuerlich starrte er zu Roy hinüber und rieb sich mit einer fleischigen Hand über das Gesicht. Zögernd machte er den Versuch, die richtigen Worte zu finden, die der Situation am angemessensten wären. Jene Entschuldigung, gegen die sich sein feiner Spürsinn sträubte und zudem allem widersprach, was er mit eigenen Augen gesehen hatte.

Von der Bar her hörte Roy ein dumpfes, scharrendes Geräusch, das vom Müllschlucker kommen mußte.

Er grinste still in sich hinein. »Nun, Officer«, sagte er, »haben Sie noch mehr Fragen?«

»Das wäre alles.« Der Cop machte eine ruckartige Bewegung mit dem Kopf. »Sieht so aus, als hätte ich vielleicht einen Fehler gemacht.«

»Ja wirklich? Sie stoßen mich herum, beleidigen mich, behandeln mich wie einen Kriminellen! Und dann erklären Sie, Sie hätten *vielleicht* einen Fehler gemacht! Damit soll dann wohl alles erledigt sein?«

»Nun –« Mit zusammengepreßtem Mund, die Worte fast zermalmend, brachte er schließlich heraus: »Tut mir leid, 'tschuldigung. War nicht so gemeint.«

Roy war zufrieden darüber, wie die Sache zum Abschluß gekommen war. Wütend wandte der Cop sich jetzt zu Bert.

»Also dann, Mister. Ich will sofort die Nummer Ihrer Schanklizenz. Ich verhafte Sie wegen – wegen . . . Wo ist dieses Lotteriebrett?«

»Welches Lotteriebrett?«

»Verdammt, kommen Sie mir nicht mit dieser Scheiße! Das Brett, das genau hier auf dem Tresen gelegen hat – das, an dem der Kerl hier gespielt hat! Entweder händigen Sie es mir jetzt sofort aus oder ich werde es selbst finden!«

Bert nahm sich einen Lappen und begann, den Tresen abzuwischen. »Ich mache gewöhnlich um diese Tageszeit ein bißchen sauber«, erklärte er. »Räume den ganzen Krempel und den Abfall zusammen und werfe dann alles in den Müllschlucker. Also wirklich, ich kann mich an kein Lotteriebrett erinnern, und falls da eins gewesen sein sollte . . .«

»Sie haben es weggeworfen! Sie, Sie glauben doch wohl nicht, daß Sie damit durchkommen?«

»Meinen Sie«, sagte Bert.

Der Cop fing vor Wut unzusammenhängend zu stammeln an. Er sagte: »Bei Gott, Sie werden sehen, Sie werden schon sehen!« Und dann, mit wilder Miene zu Roy gewandt: »Sie auch, Mister! Sie haben mich nicht hinters Licht geführt! Ich werde Sie im Augen behalten, und wenn Sie das nächste Mal wieder in die Stadt kommen –«

Er wirbelte herum und stapfte aus dem Lokal. Grinsend lehnte sich Roy in seinem Stuhl zurück.

»Der führt sich ja so auf, als wäre er ein bißchen sauer«, meinte er. »Wie wär's denn noch mit einem Ale?«

»Nein«, sagte Bert.

»Was ist? Also, sehen Sie mal, Bert, es tut mir ja leid, daß es Ärger gegeben hat, aber es war *Ihr* Lotteriebrett. Ich habe nicht –«

»Ich weiß, es war mein Fehler. Aber ich mache denselben Fehler nicht zweimal. Nun möchte ich, daß Sie gehen, und ich will nicht, daß Sie noch mal hierher zurückkommen.«

Ein weiterer Gast kam herein, und Bert nahm seine Bestellung auf. Roy stand auf und ging hinaus.

Die heiße Sonnenglut traf voll sein Gesicht, und ihre Wirkung nach dem Aufenthalt in der kühlen und schattigen Bar war um ein vielfaches stärker. Das kalte Ale – wieviel davon hatte er eigentlich getrunken? – stieß ihm auf und setzte sich dann wieder mit unangenehmem Druck in seinem Magen ab. Jedenfalls war er nicht betrunken. Er wurde nie betrunken. Aber dennoch war es nicht ratsam, ohne einen Happen zu essen die Rückfahrt nach La Jolla anzutreten.

Gleich um die nächste Ecke war ein kleines Restaurant, und er bestellte dort eine Schüssel Suppe und zwei Tassen schwarzen Kaffee. Beunruhigt schaute er auf die Uhr, als er ging – fünf Minuten nach eins schon, und er sah sich nach einem Telefon um. Aber hier gab es offensichtlich keins; jedenfalls keinen öffentlichen Apparat. Also machte er sich gleich auf den Weg zu seinem Auto.

Vielleicht war es sogar das beste, Moira nicht anzurufen, entschied er. Die Polizei hatte sie inzwischen bestimmt angerufen, und er hatte keine Lust, über das Telefon weitschweifige Erklärungen abzugeben.

Er fuhr das lange, sanfte Gefälle hinunter nach Mission Valley und nahm dann links einen Abzweig, der ihn zur Küste führte. Es waren etwa fünfundzwanzig Minuten bis nach La Jolla, fünfundzwanzig Minuten, die er noch ungestört draußen sein konnte. Dann würde er zurück bei Moira im Hotel sein und konnte dann leichthin die Sache mit dem Cop darstellen als ein – eben als einen Fall von Personenverwechslung. Nein, nein, besser war schon etwas ganz Gewöhnliches und Banales, das sich ganz zufällig aus einer Verkettung harmloser Umstände ergeben haben konnte. Dieses Auto, zum Beispiel, war ein Mietwagen. Der letzte, der den Wagen gefahren hatte, konnte ja möglicherweise in einen schweren Verkehrsunfall verwickelt gewesen sein; er hatte, sagen wir, Fahrerflucht vom Unfallort begannen. Wenn also die Polizei heute früh den Wagen aufgespürt hatte...

Na ja, gewiß gab es in dieser Geschichte Ungereimtheiten: Die Polizei müßte aufgrund der Zulassung gewußt haben, daß es sich um einen Mietwagen handelte. Doch das war schließlich etwas, das er nicht zu erklären hatte. Er war das Opfer eines Polizeiirrtums gewesen; wer konnte sich schon all die Fehler ausdenken, die gemacht worden waren?

Was für ein lausiger Morgen, dachte er! Es war Berts Lotteriebrett gewesen. Warum hatte er dann bei ihm urplötzlich den starken Mann markiert? Ach, zum Teufel, was kann das mir schon ausmachen, was ein Barkeeper über mich denkt!

Nahe der Auffahrt zum Pacific Highway wurde der Verkehr um ihn herum dichter, und auf dem Highway selbst gab es dann einen Stau auf vier Fahrspuren, den zwei Cops verzweifelt aufzulösen versuchten.

Eigentlich paßte das gar nicht zum normalen Bild eines Montags in San Diego. Nicht einmal während der Schichtwechsel bei den großen Flugzeugfirmen war der Verkehr so schlimm, und die Zeit stimmte auch nicht.

Die Autos krochen langsam voran, und Roy steckte mittendrin. Fast eine Stunde später fuhr er in der Nähe von Mission Beach vom Highway herunter und zu einer Tankstelle, und hier erfuhr er dann den Grund für den Stau.

In Del Mar liefen wieder die Pferdchen. Es war der Anfang der Rennsaison am Ort.

Innerhalb der nächsten dreißig Minuten war der Verkehr dünner geworden, und nachdem er sich wieder hineingestürzt hatte, kam er nach weiteren zwanzig Minuten in La Jolla an. Er war demnach sehr spät dran, und nachdem er im Hotel angekommen war, rief er von der Lobby aus zu Moiras Zimmer durch. Er bekam keine Antwort, doch sie hatte am Pult der Rezeption eine Nachricht für ihn hinterlassen.

»O ja, Mister Dillon, sie bat mich, Ihnen auszurichten, daß sie zu den Rennen gegangen sei.«

»Den Rennen?« Roy runzelte die Stirn. »Sind Sie ganz sicher?«

»Ja, Sir. Aber sie wollte nicht bis zum Ende des ganzen heutigen Rennprogramms bleiben. Sie wollte früh zurück sein, sagte sie.«

»Aha.« Roy nickte. »Übrigens, haben Sie vor ein paar Stunden einen Anruf von der Polizei meinetwegen bekommen?«

Der Angestellte räumte taktvoll ein, daß es so gewesen sei und enthüllte, daß es einen ähnlichen Anruf für Mrs. Langtry gegeben hätte. »Natürlich konnten wir ihnen nur Gutes berichten, Mister Dillon. Es war, äh, hoffentlich nichts Ernsthaftes?«

»Nein, nein, nichts. Danke«, sagte Roy und ging hinauf auf sein Zimmer.

Einige Zeit blieb er vor den französischen Fenstern stehen und starrte hinaus auf die sonnenüberglänzte See. Seine Augen begannen zu schmerzen. Er streckte sich auf dem Bett aus und ließ seinen Gedanken freien Lauf; Vorahnung und Instinkt flossen zusammen, bis sich ein deutliches Muster herausbildete.

Zunächst war da ihre Neugier hinsichtlich der Art und Weise gewesen, wie er lebte, welchen Job er machte. Warum lebte er Jahr um Jahr an einem Ort wie dem *Grosvenor Carlton*? Warum klammerte er sich Jahr um Jahr an einen vergleichsweise schmalspurigen Job im Kommissionshandel? Dann waren da noch die versteckten Klagen über die Art ihrer Beziehung: Nein, sie kannten sich eigentlich gar nicht richtig; sie mußten erst noch miteinander »vertraut« werden. Also hatte er diesen Ausflug als ein Mittel geplant, damit sie einander besser kennenlernten. Aber wie hatte sie eigentlich die Zeit dazu genutzt? Nun, indem sie ihn bei jeder sich bietenden Gelegenheit allein ließ und sich dann zurücklehnte und abwartete, was geschehen würde.

Also wußte sie inzwischen Bescheid; sie mußte es einfach wissen; ihre Handlungsweise heute bestätigte das unwiderleglich.

Die Polizei hatte seinetwegen bei ihr angerufen, und dennoch hatte sie keinerlei Besorgnis gezeigt. Sie mußte gewußt haben, daß er klarkommen würde, daß seine Tarnung, die nun schon so viele Jahre gehalten hatte, auch bei diesen neu aufgetauchten Schwierigkeiten nicht brüchig werden würde, worin diese Schwierigkeit auch bestehen mochte. Nachdem sie so alles herausgefunden hatte, was sie wissen wollte, war sie unbekümmert zu den Rennen gegangen.

Die Rennen . . .

Mit einem Ruck setzte er sich fluchend auf, und seine anfangs nur leichte Verärgerung schlug in Wut um.

Sie hatte es so hingebogen, daß sie nach La Jolla fahren würden! Nachdem sie anfangs so begierig auf diesen Ausflug gewesen war, hatte sie dann ganz unmotiviert einen Grund gehabt, ihn aufzuschieben – bis diese Woche!

Weil das der Beginn der Rennwochen in Del Mar war und die Rennbahnen im Raum Los Angeles zur Zeit nicht in Betrieb waren.

Oder . . . Nein, das nun vielleicht doch nicht. Er konnte nicht absolut sicher sein, daß sie ihre Nase in Lillys Geschäfte stecken wollte, genauso, wie sie auch in seinen herumgeschnüffelt hatte. Es könnte ja auch sein, daß sie einfach nur sauer auf ihn gewesen war, weil er sie so lange allein gelassen hatte, und daß sie in einer Trotzreaktion zu den Rennen gegangen war, um ihrer Mißbilligung Ausdruck zu geben . . .

Moira kehrte gegen vier Uhr nachmittags ins Hotelzurück. Kichernd und schwatzend ließ sie sich launig über die Unbequemlichkeiten ihrer Taxifahrt aus; tat so, als schmollte sie mit Roy, weil er ohne sie weggegangen war.

»Ich dachte mir, daß ich dir mal eine Lektion erteilen müßte, Stinktier. Du bist nicht außer Rand und Band vor Wut, oder?«

»Da bin ich mir noch nicht so sicher. Ich hab erfahren, daß die Polizei dich meinetwegen angerufen hat.«

»Oh, das.« Sie zuckte gleichmütig die Achseln. »Worin bestand denn der ganze Ärger?«

»Das kannst du dir überhaupt nicht denken, wie?«

»Na ja . . .« Ihr war jetzt etwas unbehaglich zumute. Sie kam zu ihm ans Bett und setzte sich zutraulich neben ihn. »Roy, ich habe schon seit langem mit dir reden wollen. Doch bevor ich das konnte, wollte ich sichergehen, daß –«

»Laß es dir noch ein bißchen durch den Kopf gehen«, sagte er leichthin. »Hast du Lilly bei den Rennen gesehen?«

»Lilly? Oh, du meinst deine Mutter? Sie wohnt doch jetzt in Los Angeles, nicht wahr?«

Roy bestätigte ihr, daß es so sei. »Aber die Rennen in L. A. sind seit letzter Woche beendet. Also müßte sie eigentlich hier unten in Del Mar sein, meinst du nicht auch?«

»Wie soll ich das wissen? Worauf willst du eigentlich hinaus?«

Sie wollte aufstehen. Er packte sie am Kleid und hielt sie fest.

»Also, ich frage dich noch einmal: Hast du Lilly auf der Del Mar-Rennbahn gesehen?«

»Nein, wie könnte ich denn? Ich hab doch die ganze Zeit im Clubhaus gesessen.«

Roy lächelte dünn und stieß sie mit der Nase auf den Patzer, den sie gemacht hatte, denn Lilly konnte natürlich gar nicht im Clubhaus auftauchen. »Also raus damit, woher hast du das gewußt?«

»Weil ich – ich –« Sie errötete schuldbewußt. »Na gut, Roy, ich hab sie wirklich gesehen. Ich habe herumgeschnüffelt. Aber – es ist ganz und gar nicht so, wie du denkst. Sie hat mich nur neugierig gemacht. Ich hab mich gefragt, warum sie überhaupt nach Los Angeles gekommen ist, und sie war immer so gemein zu mir. Ich wußte, daß sie mich bei jeder sich bietenden Gelegenheit vor dir bloßstellen würde. Also dachte ich bei mir, wer ist sie denn eigentlich, daß sie so arrogant mit mir umspringen kann? Und dann habe ich mit einem Freund in Baltimore gesprochen und – und –«

»Jetzt wird mir einiges klar. Du mußt ein paar Freunde haben, die sich sehr, sehr gut auskennen.«

»Roy«, bettelte sie, »sei doch nicht so wütend auf mich. Ich würde doch nichts tun, um ihr zu schaden. Genausowenig wie ich dir je schaden würde!«

»Das solltest du auch nie versuchen«, sagte er. »Lilly bewegt sich in Kreisen, die nicht lange fackeln.«

»Ich weiß.« Sie nickte kläglich. »Es tut mir leid, Liebling.«

»Lilly hat dich aber heute nicht gesehen?«

»O nein. Ich hab ihr ja nicht aufgelauert, Roy. Ehrlich!« Sie küßte ihn und sah ihm lächelnd in die Augen. »Aber jetzt zu uns . . .«

»Ja.« Er nickte. »Wir können jetzt genausogut gleich nach Los Angeles zurückfahren, meinst du nicht? Du hast herausgefunden, was du wissen wolltest.«

»Aber nicht doch, Schatz. So darfst du das nicht sehen. Ich glaube, daß ich das eigentlich schon seit langem weiß. Ich wollte nur die richtige Gelegenheit abwarten, mit dir zu sprechen.«

»Und was weißt du nun eigentlich von mir?«

»Ich weiß, daß du ein Trickbetrüger bist, ein Abzocker. Offenbar auch ein sehr guter.«

»Du kennst dich ja in der Fachsprache aus. Was ist denn deine Masche?«

»Das andere Ende, die großen Sachen.«

Er nickte; abwartend. Sie kuschelte sich eng an ihn und drückte seine Hand gegen ihren Busen. »Wir würden ein verdammt gutes Team abgeben, Roy. Wir haben die gleiche Denkweise; wir kommen gut miteinander aus. Liebling, wir bräuchten nur zwei Monate im Jahr zu arbeiten und könnte die anderen zehn in Saus und Braus leben. Ich –«

»Warte«, sagte er und schob sie sacht von sich weg. »Das ist nichts, was man überstürzen darf, Moira. Wir müssen sehr ausführlich darüber reden.«

»Na und, dann laß uns doch jetzt reden!«

»Nicht hier! Wir sind nicht auf Geschäftsreise. Hier besprechen wir nichts.«

Sie blickte ihm forschend ins Gesicht, und ihr Lächeln wurde matt. »Ich versteh schon«, sagte sie. »Du glaubst, es könnte schwer werden, mir gleich hier und jetzt eine Abfuhr zu erteilen. Daß es leichter ist, wenn du deinen Heimvorteil hast.«

»Du bist gerissen«, sagte er. »Vielleicht bist du viel zu gerissen, Moira, aber ich hab nicht gesagt, daß ich die Sache abwürgen will.«

»Na ja . . .« Sie zuckte die Achseln und stand auf. »Wenn du's unbedingt so haben willst . . .«

»Es ist genau die Art, wie ich's haben will«, sagte er.

20

Sie erwischten gerade noch den Achtzehn-Uhr-Zug nach Los Angeles. Er war genau wie auf der Herfahrt überfüllt. Doch die Zusammensetzung der Menge war eine andere. Diese Fahrgäste waren überwiegend Geschäftsleute, Männer, die einen langen Arbeitstag in San Diego hinter sich hatten und jetzt in ihre Heimatstadt Los Angeles zurückkehrten oder solche, die in San Diego wohnten und früh am nächsten Morgen in Los Angeles sein mußten. Und dann gab's noch die wenigen, die ihr Wochenende überzogen hatten, und jetzt mit Vorwürfen – oder Schlimmerem – rechnen mußten, wenn sie in die kalifornische Metropole zurückkehrten.

Was gänzlich fehlte, war die Ferienstimmung. Trübsinnigkeit schien sich im ganzen Zug breit zu machen, und auch Moira und Roy blieben davon nicht unberührt.

Sie nahmen einen Drink in der halbleeren Bar Lounge. Als sie dann feststellen mußten, daß der Zug keinen Speisewagen mit sich führte, blieben sie bis zum Ende der Reise in ihrem Abteil. In der gemütlichen Enge ihrer Abteilecke dicht nebeneinander sitzend, ihren Schenkel warm an seinen gepreßt, schaute Moira hinaus auf die schmerzhafte Einsamkeit der See. Die nackten, verbrannten Hügel, die Häuser, die sich vor der Außenwelt verschlossen hielten. Die Idee, die sie ihm nahezubringen versucht hatte, etwas, das ihr zunächst nur als Wunschvorstellung erschienen war, verwandelte sich ihr in ein gieriges Muß – in etwas, das unbedingt zu geschehen hatte. Es war entweder dies oder nichts. Also mußte es unbedingt dies sein.

Sie konnte nicht mehr so wie in den vergangenen letzten Jahren weitermachen, Kapital aus ihrem Körper schlagen, das Verfügen anderer über ihren Körper im Austausch gegen den Unterhalt, den er brauchte, anbieten. Es blieben ihr nicht mehr genug Jahre übrig, und der Körper verbrauchte unweigerlich mehr, als er als Gegenleistung bekam. In dem Maße, in dem die Jahre, die ihr blieben, weniger wurden, verfiel ihr Fleisch immer schneller. Also konnte sie die Dinge so, wie sie gewesen waren, nicht weiterlaufen lassen. Dem Wettlauf gegen sich selbst mußte ein Ende gemacht werden. Der Verstand dagegen wurde immer jugendlicher, je mehr man Gebrauch von ihm machte, wurde zunehmend mit den Forderungen, die sein Besitzer stellte, anspruchsvoller, begierig und fähig, den Leib, der ihn beherbergte, zu versorgen, auf ihn die eigene Jugend und Kraft zu übertragen oder zumindest etwas, das dem ähnlich war. Also mußte von jetzt an der Verstand klug eingesetzt werden, jene gewinnbringenden Pläne schmieden, die umsichtig ausgearbeitet, verfolgt und in die Praxis umgesetzt werden konnten. Ihr Verstand, zusammen mit dem von Roy, beide so eng zusammenwirkend wie ein einziger, leidenschaftlicher Wille, und dann noch das Geld, das er beschaffen konnte und mußte.

Vielleicht hatte sie ihr Blatt etwas überreizt; kein Mann mochte es, wenn er gedrängt wurde. Vielleicht war ihr offen gezeigtes Interesse an Lilly Dillon eine Unvorsichtigkeit gewesen; wo es um die eigene Mutter ging, reagierte jeder Mann empfindlich. Aber, ganz gleich: Was sie vorgeschlagen hatte, war richtig und vernünftig. Es würde beide nur Gutes bringen.

Es mußte einfach sein. Zum Teufel, er sollte sich besser –!

Er machte irgendeine belanglose Bemerkung, versuchte spielerisch, ihr eine Antwort zu entlocken, und noch immer ganz gefangen in ihrer eigenen Gedankenwelt, wandte sie sich ihm zu, ihr Gesicht uralt und böse vor Gier und Haß. Verblüfft schreckte er zurück und runzelte die Stirn.

»He, sag mal, was ist denn los?«

»Nichts, ich mußte nur an etwas denken.« Sie lächelte und fand so übergangslos zu ihrer gewohnten Maske zurück, daß er nicht mehr sicher war, ob er eben richtig gesehen hatte.

»Was hast du gerade gesagt?«

Er schüttelte den Kopf; er konnte sich jetzt selbst nicht mehr erinnern.« Aber vielleicht sollte ich jetzt deinen Namen wissen, Lady, deinen richtigen.«

»Wie wär's mit Langley?«

»Langley . . .« Einen Augenblick war er ratlos, dann verblüfft. »Langley? Du meinst *The Farmer*? Du und *Farmer* Langley, ihr seid ein Team gewesen?«

»Ja, das war ich, Kumpel.«

»Also dann . . .« Er stockte. »Was ist eigentlich aus ihm geworden? Ich hab eine Menge Geschichten gehört, aber –«

»Dasselbe, was aus allen anderen auch wird. Ich meine, wie es vielen von ihnen ergeht. Er ist abgestürzt; Alkohol, Dope, die ganze Rutschbahn.«

»Aha«, sagte er, »ich seh' schon.«

»Mach dir um ihn bloß keine Gedanken.« Sie mißdeutete seine Reaktion und kuschelte sich noch enger an ihn. »Das ist alles vorbei und vergessen. Jetzt gibt's nur noch uns beide, Moira Langtry und Roy Dillon.«

»Er lebt doch noch, oder?«

»Vielleicht, ich weiß wirklich nicht«, sagte sie.

Genausogut hätte sie sagen können, »und ich schere mich einen

Dreck darum«, denn ganz plötzlich, wenn auch nicht völlig überraschend, war ihr die Erkenntnis gekommen, daß es ihr nichts ausmachte, daß ihr an ihm eigentlich nie wirklich etwas gelegen war. Es war eher so gewesen, als hätte er sie hypnotisiert, sie durch seine Persönlichkeit überwältigt, genau so, wie er andere einfach überrollt hatte; sie gezwungen hatte, mit ihr den gleichen Weg zu gehen, zu akzeptieren, daß der Weg, den er gegangen war, der einzig richtige wäre. Dennoch hatte sie sich wohl unbewußt stets dagegen aufgelehnt, und dann hatte sich ihre Auflehnung langsam in Haß verwandelt, weil er sie zu einem Leben gezwungen hatte – und welche Art Leben war das eigentlich für eine attraktive junge Frau? – das demjenigen ganz fremd war, das sie sich gewünscht hatte.

Das war ihr allerdings selbst nicht ganz klar, nicht unumstößlich bewußt. Jedenfalls hätte sie es nicht ohne weiteres so zugeben können. Aber in den geheimsten Winkeln ihres Bewußtseins wußte sie es schon, wußte es und fühlte sich deswegen schuldig. Und als dann alles in die Binsen gegangen war, hatte sie versucht, sich um ihn zu kümmern. Doch selbst das noch war für sie ein Mittel gewesen, gegen ihn zurückzuschlagen, ihm den endgültigen, harten Stoß über die Klippe zu versetzen, und, unbewußt auch darum wissend, hatte sie sich noch schuldiger gefühlt, und der Gedanke an ihn verfolgte sie seither. Doch jetzt, da ihre Gefühle durch die Oberfläche drangen, wurde ihr klar, daß es nichts gab und niemals etwas gegeben hatte, weswegen sie sich schuldig fühlen müßte.

Der Farmer hatte nur bekommen, was er verdient hatte. Jeder, der ihr etwas wegnahm oder vorenthielt, was sie dringend haben wollte, hatte verdient, was er bekommen hatte.

Es war einundzwanzig Uhr fünfzehn, als der Zug in Los Angeles einlief. Sie und Roy nahmen im Bahnhofsrestaurant ein vorzügliches Dinner ein. Dann rannten sie durch feinen Nieselregen zu seinem Wagen und fuhren zu ihr in die Wohnung.

Sie entledigte sich schwungvoll ihrer Hüllen und drehte sich zu ihm um und streckte ihm die Arme entgegen. Er hielt sie eine Weile fest und küßte sie. Doch er hielt sich innerlich zurück, da sich etwas in ihm sträubte, und etwas in ihrem Benehmen ihn vorsichtig werden ließ.

»Also«, sagte sie und zog ihn zu sich herab aufs Sofa, »also reden wir jetzt vom Geschäft.«

»Sollen wir?« Er lachte unbehaglich. »Bevor wir das tun, sollten wir vielleicht besser –«

»Ich kann ohne große Schwierigkeiten zehntausend zusammenkratzen. Für dich blieben dann noch zwanzig- oder fünfundzwanzigtausend aufzubringen. Es gibt da oben in Oklahoma einen Ort, der uns weit offen steht, sofern die Kohle stimmt. So gut wie Fort Worth in den alten Tagen. Da gehen wir hin, richten uns ein Wettbüro mit telefonischer Auftragsannahme ein und –«

»Warte«, sagte Roy, »nun mal langsam, Kindchen!«

»Aber es wäre perfekt, Roy! Sagen wir, zehn Riesen für den Laden, zehn, die wir flüssig haben müssen und weitere zehn für –«

»Schluß jetzt, hab ich gesagt, nicht so schnell!« fuhr er sie an und wurde jetzt langsam wütend. »Ich hab nicht gesagt, daß ich mich mit dir zusammentun will.«

»Was?« Sie sah ihn ganz benommen und fassungslos an. »*Was* hast du gesagt?«

Er wiederholte seinen Einspruch und schwächte ihn mit einem kleinen Lachen ab. »Du redest da von ziemlichen Summen. Woher willst du wissen, daß ich so viel Geld habe?«

»Aber das mußt du doch haben! Das hast du doch bestimmt!« Sie lächelte ihn zuversichtlich an; wie eine Lehrerin, die ein Kind ermuntern möchte, die richtige Antwort zu geben. »Du weißt doch genau, daß du's hast, Roy!«

»Ja, meinst du wirklich?«

»Ja. Ich hab dich im Zug bei der Arbeit beobachtet und noch nie jemanden gesehen, bei dem es so geschmiert lief. Das kann keiner über Nacht so glatt wie du. Dafür braucht man Jahre. Und du bist jahrelang damit durchgekommen. Das kleine bescheidene Durchschnittseinkommen zum Leben, und für den Rest suchst du dir die Deppen –«

»Und ich hab selbst auch einiges einstecken müssen! Zweimal in weniger als zwei Monaten! Die Sache hier hat mich ins Krankenhaus gebracht, und dann heute die Geschichte in San Diego –«

»Na und?« Sie fegte seinen Einwand beiseite. »Das ändert doch gar nichts. Das beweist doch nur, daß es jetzt höchste Zeit für dich ist, in die Gänge zu kommen und aufzusteigen. Geh in die oberste Etage, wo jede Menge Kohle zu holen ist, und du mußt nicht mehr jeden Tag deinen Hals riskieren.«

»Vielleicht gefällt es mir da, wo ich jetzt bin.«

»Also, das stinkt mir! Was willst du mir eigentlich vormachen? Was zum Teufel willst du mir damit auswischen?«

Er starrte sie an und wußte nicht so recht, ob er lachen oder wütend sein sollte, und ein unsicheres Zucken ging über seine Lippen. Diese

Frau hatte er noch nie vorher gesehen. So hatte er sie noch nie reden hören.

Der Regen prasselte sanft an die Fensterscheiben. Weit entfernt hörte er schwach das Surren des Fahrstuhls. Und diese Geräusche vermischten sich mit den heftigen Stößen ihres Atems. Angestrengt, rasend, wütend.

»Ich mach mich jetzt besser davon«, sagte er. »Wir müssen ein andermal darüber reden.«

»Bei Gott, wir besprechen das hier und jetzt!«

»Dann«, sagte er ruhig, »gibt es zwischen uns nichts zu bereden, Moira. Die Antwort ist nein!«

Er stand auf. Sie schoß gleichzeitig mit ihm hoch.

»Dann sag mir, verdammt noch mal, warum? Sag mir doch den Grund«, verlangte sie keifend.

Mit bösem Glitzern in den Augen nickte Roy. Er sagte, der beste Grund, der ihm dazu einfalle, sei der, daß sie ihm Angst bis in die Knochen eingejagt habe. »Ich hab schon früher Leute wie dich kennengelernt, Baby, hart wie Stahl und scharf wie eine Rasierklinge, und sie haben immer bekommen, was sie wollten, und noch mehr. Doch sie kommen nicht ewig damit durch.«

»Bockmist.«

»Nein, nein, das ist Geschichte. Früher oder später trifft sie der Blitz, Schätzchen. Ich möchte nicht in der Nähe sein, wenn's dich erwischt.«

Er ging auf die Tür zu. Mit Augen wie eine Furie, das Gesicht fleckig vor Wut, warf sie sich nach vorn und verstellte ihm den Weg.

»Es ist deine Mutter, stimmt's? Natürlich steckt sie dahinter! Eine dieser reizenden, diskreten Abmachungen, daß alles hübsch in der Familie bleiben soll! Deshalb also führt ihr euch beide so komisch auf! Deshalb hast du also so lange bei ihr gewohnt.«

»Wwwaaas?« Er blieb stocksteif stehen. »Was hast du da eben gesagt?«

»Spiel nicht dir reine Unschuld! *Du* und deine *eigene* Mutter, pfui Deibel! Ich kenn dich ja nun, aber ich hätte schon viel früher dahinterkommen müssen. Du verkommenes Dreckstück! Wie macht's sich's denn so, hmm? Wie gefällt es dir?«

»Und wie gefällt dir das hier?« sagte Roy. Er versetzte ihr plötzlich einen Schlag, traf sie mit dem Handrücken im Gesicht, daß sie taumelte. Mit klauenartig gekrümmten Fingern versuchte sie, ihn anzuspringen. Er packte sie am Haar und schleuderte sie von sich weg, so daß sie auf allen vieren auf dem Fußboden landete.

Selbst ein wenig überrascht, schaute er auf sie hinunter, als sie ihm ihr verschmiertes, gerötetes Gesicht zukehrte.

»Siehst du«, sagte er, »siehst du jetzt, warum es nie klappen würde, Moira?«

»Du dreckiges Schwein, du wirst noch was erleben!«

»Tut mir leid, Moira«, sagte er, »gute Nacht und noch viel Glück.«

21

Auf dem Bürgersteig vor ihrem Appartementhaus verhielt er noch einen Moment, bevor er in sein Auto stieg; ließ sich den Regen übers Gesicht strömen und genoß das Gefühl von Kühle und Sauberkeit. Das war ein Stück Normalität, etwas Elementares, Schlichtes und Ehrliches. Er war froh darüber, hier draußen im Regen zu stehen, anstatt oben bei ihr zu sein.

Wieder zurück in seinem Hotel, lag er noch eine ganze Weile wach und dachte über Moira nach; es verwunderte ihn, daß er kaum ein Gefühl des Verlusts empfand.

War das, was heute abend geschehen war, nicht lediglich der endgültige Bruch, den er schon seit langem beabsichtigt hatte? Es schien ganz so; das Gefühl dabei war jedenfalls, daß alles nicht ganz unerwartet gekommen war. Es mochte sogar sein, daß sein starkes Hingezogensein zu Carol nur eine Reaktion auf Moira gewesen war, der Versuch, sich an eine andere Frau zu binden und sich dadurch von ihr zu lösen.

Carol . . .

Er warf sich unruhig herum und verbannte sie dann aus seinen Gedanken. Da war etwas, was er ihretwegen unternehmen mußte, entschied er. Eines Tages, bald schon, irgendwann, mußte er die Sache mit ihr wieder geradebiegen.

Was Moira anbetraf . . .

Kurz vor dem Punkt einzuschlafen, runzelte er die Stirn und entspannte sich dann wieder kopfschüttelnd. Nein, da bestand keinerlei Gefahr. Sie war sauer gewesen und aus der Rolle gefallen, aber wahrscheinlich bedauerte sie das schon. Jedenfalls konnte sie nichts gegen ihn unternehmen und war sicher klug genug, es gar nicht erst zu versuchen. Ihre eigene Lage war viel zu prekär. Sie war selbst viel zu angreifbar und mußte aufpassen, daß sie ihrerseits keine Schläge einsteckte.

Er fiel in einen schweren, bleiernen Schlaf. Da er vergangene Nacht so wenig geschlafen hatte, war er für ihn sehr erholsam, und es war schon nach neun Uhr, als er aufwachte.

Er sprang aus dem Bett, fühlte sich rundum wohl und voll Energie und plante schon, während er sich den Morgenmantel überzog, seinen Tagesablauf. Dann ließ er sich langsam und trübsinnig auf das Bett zurücksinken, denn er fand sich noch immer da, wo er letzte Woche gewesen war. Hier saß er noch immer fest, und gähnende Leere breitete sich vor ihm aus. Abgeschnitten von seinem Job als Verkäufer, abgeschnitten auch von jeder anderen Aktivität. Sah sich einem Tag, einer endlosen Reihe von Tagen gegenüber, die er untätig verbringen müßte.

Gereizt verfluchte er Kaggs.

Er verfluchte sich selbst.

Dann, wieder hoffnungsfroh – hoffnungslos, während er badete, sich rasierte. Während er sich anzog und zum Frühstück ausging, überlegte er, wie er aus der Zwickmühle herauskommen könnte, und alles Nachdenken führte ihn immer wieder zu denselben zwei Antworten – Antworten, die völlig unannehmbar waren.

Nummer eins: Er konnte die Stelle des Verkaufsmanagers annehmen – sie ohne Wenn und Aber annehmen – und mit dem Abzocken aufhören; oder Nummer zwei: Er konnte der Stadt den Rücken kehren und woanders hingehen; noch einmal ganz von vorn anfangen, wie er es in Los Angeles gemußt hatte.

Nachdem er gefrühstückt hatte, stieg er in sein Auto und begann, ziellos umherzufahren; die wohl ermüdendste Art und Weise umherzufahren. Als er es nach sehr kurzer Zeit schon nicht mehr aushalten konnte, fuhr er an den Bordstein heran und parkte den Wagen ein.

Verdrießlich wandte sich sein Verstand wieder diesem unmöglichen Problem zu.

Kaggs, so dachte er voll Bitterkeit, dieser verdammte Perk (»Percival«) Kaggs! *Warum konnte er mich nicht einfach in Ruhe lassen? Warum war er so verdammt sicher gewesen, daß ich –*

Das fruchtlose Nachdenken kam von ganz allein zum Stillstand. Seine Stirn glättete sich, und ein zaghaftes Lächeln spielte um seine Lippen.

Kaggs war ein Mensch mit messerscharfem Urteil, ein Mann von schnellen Entschlüssen. Wahrscheinlich aber würde er eine spontan getroffene Entscheidung auch genauso schnell wieder umstoßen. Er würde sich von niemandem dumm kommen lassen! Lieferte man ihm hinreichende Gründe, würde er wohl ohne einen Ausdruck des Bedauerns und ohne Umschweife die angebotene Stelle des Verkaufsleiters genauso schnell wieder aufkündigen, wie er sie angeboten hatte . . .

Roy rief ihn aus einem Drugstore ganz in der Nähe an. Es wäre ihm für einige Zeit noch immer verboten, zu arbeiten (Anordnung des Arztes), so erklärte er, doch vielleicht würde Kaggs mit ihm ganz gern zum Lunch gehen. Kaggs meinte, daß er sich nur höchst selten die Zeit zum Lunch nähme; gewöhnlich lasse er sich ein Sandwich ins Büro kommen.

»Vielleicht sollten Sie mal damit anfangen, auswärts zu essen«, redete ihm Roy zu.

»Oh, wegen meiner Magengeschwüre, meinen Sie. Nun ja –«

»Ich meine eher, aufgrund Ihrer ganzen Einstellung. Vielleicht hilft es Ihnen, mit den Leuten besser auszukommen.«

Er grinste hämisch und horchte in das empörte Schweigen hinein, das durch die Leitung zu sickern schien. Dann aber meinte Kaggs gleichmütig: »Na ja, da mag was Wahres dran sein! Paßt Ihnen zwölf Uhr?«

»Nein, ganz und gar nicht. Ich würde lieber so gegen eins essen.«

Schön, meinte Kaggs, das passe auch ihm viel besser. »Also dann, bis eins! In dem kleinen Lokal auf der anderen Straßenseite.«

Roy legte auf. Roy überlegte sich, ob es wohl ratsam wäre, zu ihrer Verabredung zu spät aufzukreuzen und entschied sich dann dagegen. Das wäre einfach nur flegelhaft, grob unhöflich. Er würde damit nur erreichen, daß Kaggs mißtrauisch wurde.

Er hatte vielleicht schon jetzt die Brüskierung zu weit getrieben.

Kurz vor eins kam er ins Restaurant. Sie aßen an einem kleinen Tisch im hinteren Ende des Lokals, und irgendwie verlief ihre Begegnung wieder fast genau wie beim erstenmal. Roy versuchte zwar, sich gereizt dagegen zur Wehr zu setzen, doch unversehens stellte sich die alte Vertraulichkeit zwischen ihnen wieder her. Als sie ihre Mahlzeit fast beendet hatten, tat Kaggs etwas sehr Überraschendes – das heißt, er selbst schien in höchstem Maße davon überrascht. Seinen Arm über den Tisch streckend, versetzte er Roy halb verlegen einen Klaps auf die Schulter.

»Sie fühlen sich lausig, Junge, nicht wahr? Als könnten Sie gleich anfangen, Nägel zu kauen.«

»Was?« Roy starrte ihn verblüfft an. »Wie kommen Sie denn darauf?«

»Das muß Ihnen doch einfach so gehen; ich weiß, daß es bei mir so wäre. Eine bestimmte Zeit lang kann man als Mann ja einfach so herumhängen, aber dann fährt man irgendwann einfach aus der Haut und dreht durch. Warum kommen Sie nicht auf 'ne Stunde oder so mit mir zurück ins Büro? Nur um sich das Ganze mal gründlich von innen zu betrachten.«

»Also, ich – Sie sind beschäftigt, und –«

»Dann geb ich Ihnen eben auch was zu tun.« Kaggs erhob sich lächelnd. »Natürlich mach ich nur Spaß. Schauen Sie sich nur ein bißchen um; sehen Sie sich die Unterlagen der Verkäufer an, wenn Sie wollen. Sie können sich ganz frei bewegen und sich aus dem Staub machen, wann Ihnen danach ist.«

»Nun . . .« Roy zuckte die Achseln, »warum nicht?«

Die Frage war rein rhetorisch; ihm fiel kein stichhaltiger Grund ein, das Angebot auszuschlagen. Als er sich dann in Kaggs Büro bei Sarber & Webb wiederfand, fühlte er sich in ähnlicher Weise genötigt, die Unterlagen durchzugehen, die ihm Kaggs vorgelegt hatte. Er mußte zumindest einen Anflug von Interesse an den verschiedenen Karteiblättern vortäuschen.

Mit heimlichem Groll fühlte er sich als das Opfer von Kaggs' vereinnahmender Betriebsamkeit. Kaggs hatte ihn genau wie am ersten Tag mit Beschlag belegt. Aber eigentlich war das nicht ganz richtig. Genauer betrachtet war er sein eigenes Opfer, sein eigener Sklave. Er hatte aus dem Schein von Persönlichkeit einen Beruf gemacht. Hatte eine Karriere darauf gegründet, Stück um Stück von sich selbst wegzugeben. Und von seinem selbst geschaffenen Ich durfte er sich nicht allzu weit oder für allzu lange Zeit abkehren.

Blicklos blätterte er durch die Karten.

Dann begann er, sie richtig zu sehen und ihre Bedeutung zu erfassen. Sie verwandelten sich zu Personen, Geld und wirklichem Leben. Nachdenklich zog er eine nach der anderen aus dem Karteikasten und breitete sie auf dem Tisch aus.

Er nahm sich einen Bleistift und ein Blatt liniertes Papier . . . Während er arbeitete, blickte Kaggs gelegentlich verstohlen zu ihm hinüber, und ein verschmitztes Lächeln kräuselte seine dünnen Lippen. Es waren schon etliche Stunden vergangen, als Kaggs sich erhob und zu seinem Schreibtisch hinüberging.

»Wie geht's voran?«

»Setzen Sie sich doch!« sagte Roy, und der andere kam seiner Aufforderung nach. »Ich glaube, das ganze Karteisystem ist falsch, Perk. Ich möchte ja niemandem auf die Füße treten, wer immer das eingeführt haben mag, aber –«

»Nur zu, treten Sie! Nichts ist hier unantastbar.«

»Na ja, es ist einfach irreführend, reine Zeitvergeudung. Nehmen Sie nur diesen Mann hier. Sein wöchentlicher Bruttoverkauf beläuft sich auf sechshundertfünfzig Dollar. Seine Kommission beträgt laut Vermerk in dieser Spalte insgesamt einundachtzig Dollar. Wieviel Prozent seines wöchentlichen Verkaufs macht das ungefähr?«

»Moment, ich muß erst rechnen. So um die acht Prozent, grob gerechnet.«

»Nicht unbedingt. Je nachdem, was er verkauft hat, könnten bei manchem Zeug auch fünfundzwanzig Prozent drin gewesen sein. Der Punkt ist doch der: *Was* hat er, Teufel noch mal, eigentlich verkauft? Wieviel davon waren praktisch Billigangebote, Sachen, die wir verkaufen müssen, um mit der Konkurrenz Schritt zu halten?«

Kaggs warf ihm einen scharfen Blick zu; dann meinte er zögernd: »Na ja, da sind natürlich noch seine Verkaufsbelege; daraus errechnet sich dann seine Kommission.«

»Aber wo sind die einzelnen Belege?«

»Die Buchhaltung bekommt eine Kopie, eine Kopie geht ans Lager, und natürlich bekommt der Kunde bei Verkaufsabschluß einen Durchschlag.«

»Wofür braucht denn das Lager eine Kopie? Sobald das Zeug rausgeht, wird es doch abgezeichnet, zumindest müßte das so sein. Man müßte es sonst noch mal eintragen, falls es nicht so ist. Aber wo man eine Kopie braucht, das ist hier, in der Akte des Verkäufers.«

»Aber –«

»Natürlich nicht bei einer Kartei wie dieser. Es ist nicht genug Platz dafür. Aber es muß ja nicht so sein wie hier. Wir haben schließlich nicht so viele Verkäufer, daß wir nicht für jeden einzelnen eine Kartei anlegen könnten. Also sollte hier jeder auf dem neuesten Stand unter seinem Namen geführt werden.«

Kaggs kratzte sich den Kopf. »Hmm«, sagte er, »ja, vielleicht.«

»Es muß unbedingt so gemacht werden, Perk! Man kommt da einfach nicht drum herum, wenn man sich ein klares Bild davon machen will, was hier abläuft. Wenn man die Verkaufsbelege dem jeweiligen Verkäufer zuordnet, weiß man sofort, welche Männer gut verkaufen und wer eine taube Nuß ist, bloßer Auftragnehmer. Man weiß dann auch, welche Sachen gut gehen und bei welchen man nachhelfen muß oder welche man am besten ganz rausfallen läßt. Natürlich wissen Sie das alles ja inzwischen schon. Aber abwarten und verschleppen kann verdammt viel Geld kosten, und –«

Roy brach mitten im Satz ab. Plötzlich verlegen wegen des Tons, den er angeschlagen und der Worte, die er gebraucht hatte. Benommen schüttelte er den Kopf wie ein Mann, der langsam zur Besinnung kommt.

»Also, hören Sie«, sagte er, »ich komme hier zum ersten Mal rein, und schon fange ich an, Ihr ganzes System in Scherben zu hauen.«

»Nur zu, räumen Sie aus, fegen Sie die ganze Scheiße beiseite.« Kaggs sah ihn strahlend an. »Übrigens, wie fühlen Sie sich? Werden Sie müde? Wollen Sie für heute Schluß machen?«

»Nein, ich fühl mich prima, aber –«

»Na, dann sehen wir eben mal weiter.« Kaggs rutschte mit seinem Stuhl näher an den Schreibtisch und nahm einen Bleistift. »Was würden Sie denn hierzu sagen . . .«

So verging eine Stunde.

Zwei Stunden.

In den äußeren Büros warf eine der Angestellten ihrer Nachbarin einen betroffenen Blick zu. »Hast du das gehört?« flüsterte sie. »Er hat gelacht, der alte Niedermacher Kaggs hat laut gelacht!«

»Hab ich gehört«, sagte das andere Mädchen griesgrämig. »Aber ich glaub nicht dran. Dieser Kerl hat nie lachen gelernt!«

Um siebzehn Uhr dreißig schaltete die Frau in der Telefonzentrale auf den Anrufbeantworter um und machte Schluß für heute. In den anderen Büros gingen die Lichter aus, und es wurde still, als auch der letzte Angestellte gegangen war. Und um achtzehn Uhr, als die Pausenglocke den Arbeitsschluß verkündete und die Arbeiter aus dem Lager gegangen waren, wurden die Stille und die Dunkelheit um sie her absolut.

Um zwanzig Uhr –

Perk Kaggs streifte sich die Brille ab und rieb seine Augen. Er schaute sich um, blinzelte abwesend, und dann malte sich in seiner Miene Bestürzung. Unter lauten Verwünschungen sprang er auf die Füße.

»Mein Gott, schauen Sie bloß mal auf die Uhr! Verdammt, wo ist bloß der Tag geblieben?«

»Was?« fragte Roy stirnrunzelnd, »was ist denn los, Perk?«

»Kommen Sie, Mann, jetzt verschwinden Sie aber sofort, gleich diese Minute, verflixt! Mein Gott –« Kaggs fluchte weiter. »Ich fordere Sie auf, mal auf ein paar Minuten hereinzuschauen, und Sie reißen hier gleich einen vollen Arbeitstag ab.«

Sie aßen gemeinsam zu Abend.

Als sie sich verabschiedeten, musterte Kaggs ihn mit einem scharfen, prüfenden Blick. »Wir sind jetzt quitt, Roy«, sagte er ruhig. »Sie wollen diesen Job, nicht wahr? Sie wollen Verkaufsleiter werden?«

»Nun . . .« Roy zögerte den Bruchteil einer Sekunde.

Hier war sie, das war seine Chance, abzulehnen, und plötzlich wußte er, daß er ohne lange Erklärungen oder Entschuldigungen ablehnen konnte. Er konnte einfach nein sagen, kurz und bündig sagen, daß er ihn nicht haben wollte, und das wär's dann. Er konnte sein altes Leben da wieder aufnehmen, wo er aufgehört hatte, denn zwischen ihm und Kaggs hatte sich etwas ereignet, etwas, das sie zu Freunden machte. Und Freunde fragten einander nicht nach ihren Beweggründen.

»Aber natürlich will ich ihn«, sagte er fest, »wie kommen Sie denn darauf, daß ich ihn nicht will?«

»Oh, nichts, ich hatte nur eben gedacht, daß – ach nichts!« Kaggs alte Schroffheit kehrte zurück. »Zum Teufel damit, und zum Teufel mit Ihnen. Gehen Sie jetzt nach Hause, und schlafen Sie sich aus, und kreuzen Sie hier im Geschäft nicht wieder auf, bis Ihnen der Arzt sagt, daß Sie soweit sind.«

»Sie sind der Boss.« Roy grinste ihn an. »Gute Nacht, Perk.«

Auf der Rückfahrt zu seinem Hotel begann er, seine Entscheidung noch einmal zu überdenken, bemüht, sich über den verrückten Grund klar zu werden, der ihn bewogen hatte, eine Zusage zu geben. Doch das ging dann sehr schnell vorüber. Warum sollte er keinen Job annehmen, den er eigentlich haben wollte? Warum sollte ein Mann keinen Freund wollen, einen wirklichen Freund, zumal er noch niemals einen gehabt hatte?

Er stellte den Wagen ab und ging in sein Hotel. Der ältliche Nachtportier rief ihn zu sich heran.

»Heute morgen kam ein Gespräch für Sie, Mister Dillon. Ihre Mutter.«

»Meine Mutter?« Roy stutzte. »Warum haben Sie es mir nicht da, wo ich arbeite, ausrichten lassen?«

»Das wollte ich ja, Sir, aber dann meinte sie, ich könnte mir die Mühe sparen. Hatte bestimmt keine Zeit, zu warten, nehm ich an.«

Roy ging zu einem der Haustelefone und wählte Lillys Appartement. Nach einer Weile legte er auf. Beunruhigt, besorgt.

Lilly war abgereist. Sie hatte heute morgen ihr Appartement gekündigt und keine Nachsendeadresse hinterlassen.

Er ging nach oben. Stirnrunzelnd schälte er sich aus seinen Sachen und legte sich aufs Bett. Eine Zeitlang wälzte er sich grübelnd und unbehaglich herum, dann entspannte er sich allmählich und begann einzunicken.

Lilly kam sehr gut allein zurecht. Es konnte schließlich – es mußte einfach – einen ganz simplen, harmlosen Grund für ihre plötzliche Abreise geben!

Del Mar . . . Vielleicht war sie wegen der Renntage dorthin gezogen, oder vielleicht hatte sie auch eine hübschere Wohnung hier in der Stadt gefunden, bei der sie sofort zugreifen mußte. Oder vielleicht hatte Bobo Justus sie urplötzlich nach Baltimore zurückbeordert . . .

Er schlief ein.

Es schien nur ganz kurze Zeit vergangen zu sein, als er wieder erwachte.

Das Zimmer war sonnenüberflutet, es war bereits später Vormittag. Ihm wurde bewußt, daß das Telefon sehr lange geläutet haben mußte. Der Apparat war jetzt stumm, doch der schrille Laut hallte noch in seinen Ohren nach. Noch leicht benebelt, immer noch etwas schlaftrunken, wollte er es gerade zu sich heranziehen, als es an seiner Tür klopfte. Ein anhaltendes, lautes Klopfen.

Er ging zum Eingang und öffnete die Tür einen Spalt breit, um hinauszusehen. Er blinzelte den Mann an, der draußen stand; dann wies der Mann sich aus, nannte seine Dienststelle, brachte berufsmäßig sein Bedauern zum Ausdruck – wobei er den Umstand beklagte, der ihn zu ihm geführt hätte –, und Roy öffnete die Tür weit für ihn.

Er stand noch immer kopfschüttelnd da, als der Mann hereinkam.

Nein, schrie es stumm in ihm auf, das konnte nicht wahr sein! Es mußte irgendein dummer Irrtum sein! Lilly konnte unmöglich in Tucson sein. Warum – warum –

Er sagte es laut heraus und sah seinen Besucher streitlustig an. Der Mann spitzte nachdenklich die Lippen.

»Sie wußten also nicht, daß sie in Arizona war, Mister Dillon? Hat sie ihnen nichts davon erzählt, daß sie dorthin wollte?«

»Natürlich hat sie das nicht! Einfach deswegen nicht, weil sie nicht hingefahren ist. Ich – ich –« Er hielt inne, und seine gewohnte Vorsicht meldete sich wieder. »Ich will damit sagen, meine Mutter und ich standen einander nicht sehr nahe. Jeder ging seiner eigenen Wege. Ich hatte sie seit fast acht Jahren nicht gesehen, bis sie dann vor einigen Wochen hierher kam, aber –«

»Ich verstehe«, sagte der Mann nickend. »Das stimmt auch mit den Erkenntnissen überein, die wir haben.«

»Jedenfalls müssen Sie sich irren«, sagte Roy hartnäckig. »Es handelt sich um jemand anderen! Meine Mutter würde nicht –«

»Ich fürchte nein, Mister Dillon. Es war ihre Pistole, unter ihrem eigenen Namen eingetragen. Der Eigentümer der Raststätte erinnerte sich noch sehr gut, daß sie ganz aufgelöst und verzweifelt war. Natürlich scheint es ein bißchen merkwürdig, daß sie eine Waffe mit Schalldämpfer benutzt haben soll, um sich . . . nun, für so etwas eben. Aber –«

»Und trotzdem hat sie es nicht getan. Das ergibt doch überhaupt keinen Sinn!«

»Das tut es nie, Mister Dillon. Es ergibt nie einen Sinn, wenn ein Mensch Selbstmord begeht . . .«

22

Der Mann war fast kahlköpfig, stämmig gebaut, mit einem rundlichen, ehrlichen Gesicht. Sein Name war Chadwick, und er war im Außendienst beim Schatzamt. Offenbar war ihm ein bißchen unbehaglich dabei, andere bei einem solchen Anlaß heimsuchen zu müssen, doch er hatte einen Job zu erledigen, wie unerfreulich er für ihn auch sein mochte, und er wollte ihn hinter sich bringen. An sein eigentliches Anliegen tastete er sich auf Umwegen heran.

»Sie werden sich vielleicht denken können, warum ich zu Ihnen gekommen bin und nicht die Polizei, Mister Dillon. Es ist nämlich nicht deren Angelegenheit, jedenfalls nicht in diesem Punkt. Ich fürchte, daß Sie noch einige Ungelegenheiten haben werden, wenn die näheren Umstände des Todes ihrer Mutter bekannt werden. Eine attraktive Witwe, in deren Besitz sich so viel Geld befunden hat, aber –«

»Ich versteh' schon«, sagte Roy. »Das Geld.«

»Mehr als hundertdreißigtausend Dollar, Mister Dillon. Im Kofferraum ihres Wagens versteckt. Ich fürchte, ich fürchte –« deutete er schonungsvoll an – »ich fürchte, sie hat keine Steuern darauf abgeführt. Sie hat ihre Einnahmen seit Jahren frisiert.«

Roy musterte ihn abschätzig. »Der Leichnam wurde heute morgen entdeckt; etwa gegen acht Uhr früh, richtig? Es scheint so, als wären Sie in der Zwischenzeit ein sehr eifriges kleines Kerlchen gewesen.«

Chadwick räumte schlicht ein, daß es tatsächlich so gewesen war. »Unserem Büro hier blieb keine Zeit für eine gründliche Untersuchung, doch die Beweise liegen auf der Hand. Aus ihrem angegebenen Einkommen kann Ihre Mutter unmöglich so viel gespart haben. Sie war eine Steuerhinterzieherin!«

»Wie entsetzlich! Wie schlimm für Sie, daß Sie sie dafür nicht in den Knast bringen können!«

»Bitte«, flehte Chadwick, »ich weiß, wie Ihnen zumute ist, aber –«

»Tut mir leid«, sagte Roy ruhig, »das war nicht fair. Aber was kann ich bei all dem tun, Mister Chadwick?«

»Nun . . . mir ist aufgetragen worden, Sie zu fragen, ob Sie beabsichtigen, das Geld für sich zu beanspruchen. Das heißt, falls Sie mir darüber Auskunft geben wollen. Möglicherweise wollen Sie erst Ihren Anwalt konsultieren, bevor Sie sich entscheiden.«

»Nein«, sagte Roy, »ich werde keinen Anspruch auf das Geld erheben. Ich brauche es nicht, und ich will es nicht.«

»Vielen Dank, ja, ich danke Ihnen sehr! Jetzt wüßte ich aber von Ihnen gern, ob Sie mir irgendwelche Auskünfte über die Einkommensquelle Ihrer Mutter geben können. Wissen Sie, es scheint ganz offensichtlich, daß es Steuerhinterziehung auch noch von Seiten Dritter geben muß, und –«

Roy schüttelte verneinend den Kopf. »Vermutlich wissen Sie genauso viel über die Geschäftspartner meiner Mutter wie ich, Mister Chadwick. Wahrscheinlich«, fügte er mit einem müden hinterhältigen Grinsen hinzu, »wissen Sie eine ganze Menge mehr als ich.«

Chadwick nickte ernst und erhob sich. Zögernd drehte er seinen Hut in der Hand und schaute sich im Zimmer um. Roy las Mißbilligung in seinen Augen und einen Anflug leichter Besorgnis.

Lillys Geld müsse also eingezogen werden, murmelte er; ihr Auto, alles, was sie besessen habe. Aber Roy dürfe nicht denken, daß die Regierung in solchen Dingen herzlos sei! Jede Summe, die für ihr Begräbnis erforderlich werde, werde selbstverständlich freigegeben.

»Ich nehme an, daß Sie das alles persönlich veranlassen wollen. Doch falls es etwas geben sollte, wobei ich helfen könnte . . .« Er entnahm seiner Brieftasche eine Visitenkarte und legte sie auf den Tisch. »Falls Sie mir sagen könnten, wann sie eventuell nach Tucson aufzubrechen gedenken, das heißt, falls Sie dorthin fahren, könnte ich die örtlichen Dienststellen benachrichtigen, und –«

»Ich möchte sofort aufbrechen. Sobald ich eine Maschine bekomme.«

»Ich werde Ihnen behilflich sein«, sagte Chadwick.

Er nahm den Hörer vom Telefon und wählte den Flughafen. Er gab kurze und knappe Anweisungen und berief sich auf eine Codenummer der Regierung. Er warf Roy einen Blick zu. »Sie können schon in einer Stunde weg, Mister Dillon, oder falls das für Sie zu früh sein sollte –«

»Das schaffe ich schon. Ich bin pünktlich da«, sagte Roy und zog in aller Eile seine Sachen an.

Chadwick begleitete ihn zu seinem Wagen und schüttelte Roy warm die Hand, als er die Tür aufschloß.

»Viel Glück, Mister Dillon. Mir wäre wohler gewesen, wir hätten uns unter günstigeren Umständen getroffen.«

»Sie waren sehr freundlich«, beruhigte ihn Roy, »und es war trotz allem sehr angenehm, Sie zu treffen.«

Einen wüsteren Verkehr wie an diesem Tag hatte er noch nie erlebt. Er brauchte seine volle Konzentration, um durchzukommen, und er war froh, daß ihm dadurch erspart blieb, über Lilly nachzudenken. Zehn Minuten vor dem Abflug war er am Flughafen. Er holte sein Ticket ab, hastete zum Flugsteig, um die Maschine noch zu erreichen, und dann, von einer plötzlichen Ahnung gepackt, stürzte er in die nächste Telefonzelle.

Nach ein oder zwei Minuten kam er wieder heraus. Mit grimmigem Gesicht und kalter Wut im Leib bestieg er dann sein Flugzeug.

Es war eine Propellermaschine, da es sich um einen relativ kurzen Flug von kaum mehr als neunhundert Kilometern handelte. Als sie eine Runde über dem Flughafen drehte und nach Süden abschwenkte, begann eine Stewardess, die Drinks vor dem Lunch zu servieren. Roy bestellte sich einen doppelten Bourbon. Daran nippend ließ er sich in seinen Sitz zurücksinken und starrte aus dem Fenster. Aber der Drink war ohne allen Geschmack, und sein Blick erfaßte nichts.

Lilly, die arme Lilly . . .

Sie hatte sich nicht selbst getötet. Sie war ermordet worden.

Denn auch Moira Langtry hatte ihre Wohnung aufgegeben. Sie hatte ebenfalls gestern, ohne eine Nachsendeadresse zu hinterlassen, ihr Appartement gekündigt.

Es hatte zumindest immer ein Gutes, wenn man krumme Wege

ging. Wenn man lange genug am Ball blieb, kannte man die Winkelzüge des anderen genausogut wie seine eigenen. Meistens war es so, als würde man gemeinsam aus demselben Fenster sehen. Waren die Voraussetzungen annähernd gleich, dann wußte man einigermaßen genau, was er tun würde oder was er getan hatte.

Obwohl er also eigentlich nichts darüber wußte, was geschehen war, wie und warum Lilly den Tod gefunden hatte, wußte Roy dennoch genug. Er konnte immerhin eine Vermutung anstellen, die der Wahrheit erstaunlich nahe kam.

Moira hatte einen Kontaktmann in Baltimore. Moira wußte also, daß Lilly ein dicker Fisch war – daß sie wie jeder andere, der so erfolgreich operierte, reichlich Geld zusammengerafft haben mußte, von dem sie sich nie allzu weit entfernte. Aber *wie* weit und *wo* sie es versteckt haben mochte, das wußte Moira nicht. Sie konnte ewig danach suchen und würde es dennoch nicht finden. Also mußte Lilly aufgescheucht und auf Trab gebracht werden; denn wenn sie davonrannte, würde sie die ganze Kohle mitnehmen und notwendigerweise schränkte sich dann die Frage nach dem möglichen Aufbewahrungsort auf ihre unmittelbare nähere Umgebung ein.

Wie konnte man sie dazu bringen, daß sie Hals über Kopf losrannte? Kein Problem, denn ein Schatten der Angst liegt beständig auf denen, die im Abseits leben. Er legt sich noch über den freundschaftlichen Händedruck, nistet unter der feinsten, schicksten Verpackung. Er ragt auf über dem Kinderwagen, fällt über den Stuhl des Frisörs und dringt bis in die Schönheitssalons. Jeder Nachbar ist verdächtig, jeder Fremde; sogar der eigene Ehemann, die Ehefrau oder die Liebste. Die Nachtseite ist schwarz und lichtlos, freudlos. Je länger der Aufenthalt dort, desto unhaltbarer wird es.

Man mußte Lilly gar nicht erst erschrecken, nur den Schrecken ein klein wenig vergrößern. Und wenn man eine Kontaktperson auf ihrem heimischen Gebiet hatte, genügte jemand, der ihr telefonisch eine »freundschaftliche Warnung« zukommen ließ . . .

Roy leerte sein Glas.

Er aß den Lunch, den die Stewardess ihm brachte.

Sie nahm ihm das Tablett ab, und er rauchte eine Zigarette, und langsam sank das Flugzeug über der Wüste tiefer und näherte sich der Einflugschneise von Tucson.

Ein Polizeiwagen erwartete ihn auf dem Flughafen. Zügig wurde er in die Innenstadt gefahren, und ein Captain der Polizei führte ihn in ein leeres Büro, wo ihm die dürren Fakten mitgeteilt wurden.

»... trug sich gegen zehn Uhr gestern abend ins Meldebuch der Raststätte ein, Mister Dillon. Das ist dieser große Kasten mit den zwei Swimming-pools; wir sind auf dem Weg in die Stadt dran vorbeigekommen. Der Nachtportier sagt, sie wäre ihm ziemlich aufgelöst vorgekommen. Aber ich weiß nicht, ob man allzuviel darauf geben darf. Die Leute wollen sich immer erinnern, daß jemand sich komisch benommen, merkwürdig ausgesehen oder sonderbar geredet hat, nachdem ihnen was zugestoßen ist. Jedenfalls wollte Ihre Mutter um sieben Uhr dreißig telefonisch geweckt werden, und als sie dann nicht ans Telefon ging, ging eins der Hausmädchen schließlich zu ihr, um nach ihr zu sehen ...«

Lilly war tot. Sie hatte in ihrem Nachtzeug im Bett gelegen. Die Pistole lag seitlich neben dem Bett auf dem Fußboden. Ihrem Aussehen nach zu urteilen – Roy verkrampfte sich – hat sie sich den Lauf in den Mund geschoben und den Abzug gedrückt.

Es gab keine Unordnung im Zimmer, keine Anzeichen, die auf einen Kampf hindeuteten, keinen Abschiedsbrief. »Das ist so ziemlich alles, was wir wissen, Mister Dillon«, schloß der Captain und fügte dann beiläufig, aber bedeutungsschwer hinzu: »Es sei denn, Sie möchten uns noch etwas sagen.«

Roy erwiderte, daß er das nicht könne, und das war die reine Wahrheit. Er hätte nur sagen können, welchen Verdacht er hegte, und derart belastende Verdächtigungen hätten nur ihm selbst schwer geschadet, ohne daß damit irgend etwas gegen Moira bewiesen wäre. Das brachte ihr vielleicht einige kleine Unannehmlichkeiten, mochte dazu führen, daß sie abgeholt und befragt würde, doch mehr wäre damit wohl nicht zu erreichen gewesen.

»Ich weiß nicht, was ich Ihnen erzählen könnte«, sagte er. »Ich hab die Vermutung gehabt, daß sie sich mit ziemlich schweren Jungs eingelassen hatte, aber ich bin sicher, daß Sie das inzwischen längst selbst schon wissen.«

»Ja.«

»Meinen Sie denn, daß es vielleicht doch kein Selbstmord gewesen sein könnte, daß jemand sie umgebracht hat?«

»Nein«, sagte der Captain zögernd und mit einem Stirnrunzeln. »Ich würde nicht sagen, daß ich das annehme. Nicht eigentlich. Nichts deutet auf einen Mord hin. Es sieht schon merkwürdig aus, daß sie den ganzen Weg von Los Angeles hierher gekommen ist, nur um sich umzubringen, und daß sie ihr Nachtzeug angelegt hat, bevor sie es getan hat. Aber, nun ja, Selbstmörder benehmen sich oft sehr seltsam.

Ich würde sagen, daß sie schwer verängstigt gewesen ist. So in Angst, umgebracht zu werden, daß sie den Verstand verloren hat.«

»Das klingt vernünftig.« Roy nickte. »Glauben Sie, daß ihr jemand zum Motel gefolgt ist? Ich meine, die Person, die ihr so große Angst eingejagt hat.«

»Möglich. Aber wissen Sie, der Laden liegt direkt an der Autobahn. Hier ist zu jeder Zeit ein einziges Kommen und Gehen. Falls die verdächtige Person darunter gewesen ist, wäre es dennoch praktisch unmöglich, sie festzunageln. Solange der – oder diejenige kein Geständnis ablegt, eine Morddrohung ausgesprochen zu haben, wüßte ich nicht, wie wir dieser Person etwas anhängen könnten, falls wir sie schnappen.«

Roy murmelte zustimmend. Jetzt gab es nur noch eins, was er sagen konnte. Einen weiteren winzigen Fingerzeig in Richtung Moira, den er dem Captain gefahrlos zuspielen konnte.

»Ich bin sicher, daß Sie das schon überprüft haben werden, Captain, aber wie steht's mit Fingerabdrücken? Können die denn nicht, äh –«

»Fingerabdrücke!« Der Officer lächelte trübe. »Fingerabdrücke, die gibt's nur in Kriminalromanen, Mister Dillon. Wenn Sie dieses Büro hier durchkämmen, würden Sie sich wahrscheinlich schwer tun, hier einen deutlichen Satz von meinen eigenen zu finden. Wahrscheinlich finden Sie Hunderte verschmierter, verwischter Abdrücke, und solange Sie nicht wissen, wann sie hinterlassen wurden, und nach wem Sie suchen, könnte ich mir nicht vorstellen, was zum Teufel Sie damit anfangen wollen. Abgesehen davon haben Kriminelle bei der Arbeit die unselige Angewohnheit, Handschuhe zu tragen, und viele der übelsten Typen sind bei der Polizei nicht einmal in der Kartei. Ihre Mutter zum Beispiel wurde noch nie eingelocht, und Fingerabdrücke von ihr gibt es nicht. Tut mir leid –« fügte er hastig hinzu, »ich wollte sie damit nicht als Kriminelle bezeichnen. Aber...«

»Ich versteh schon«, sagte Roy. »Das geht in Ordnung.«

»Nun, es gibt einige Dinge aus dem persönlichen Besitz Ihrer Mutter, auf die Sie vielleicht Anspruch erheben wollen. Ihr Ehering und so weiter. Wenn sie hier bitte diese Empfangsbescheinigung unterschreiben wollen...«

Roy unterschrieb, und ihm wurde ein dünner brauner Umschlag ausgehändigt. Er steckte ihn ein, die mitleiderregenden Überreste von Lillys schwerem und gehetztem Leben, und der Captain begleitete ihn zurück zum wartenden Polizeiwagen.

Das Bestattungsunternehmen lag in einer Seitenstraße, ein beschaulich eindrucksvolles Gebäude mit weißen Stukkaturen, die in der Nachmittagssonne matt glänzten. Doch drinnen war es fast erbärmlich kalt. Roy fröstelte leicht, als er den protzigen Innenraum betrat; der Manager des Etablissements, der offenbar auf sein Kommen vorbereitet worden war, tänzelte ihm mit beflissenem Mitgefühl entgegen.

»Mein Beileid, Mister Dillon, mein aufrichtiges Beileid. Ganz gleich, wie sehr wir uns innerlich auf solche tragischen Augenblicke vorbereiten –«

»Mir geht's gut, danke.« Roy befreite seinen Arm aus dem Griff des Mannes. »Ich möchte ihn sehen, den – meine Mutter, bitte.«

»Wollen Sie sich nicht besser erst einen Augenblick setzen? Oder vielleicht möchten Sie einen Drink?«

»Nein«, sagte Roy bestimmt, »das nicht.«

»Es wäre vielleicht zu Ihrem Besten, Mister Dillon. Es würde uns ein bißchen Zeit geben, um äh, äh . . . na ja, Sie verstehen schon, Sir, wegen der ungewöhnlichen finanziellen – äh – Vorbedingungen sind wir noch nicht imstande gewesen, äh, die kosmetischen Vorbereitungen zu treffen, wie wir das normalerweise tun. Die sterblichen Reste der geliebten Verstorbenen – das arme liebe Gesicht –«

Roy unterbrach ihn schroff. Er verstehe schon, sagte er, und im übrigen, so meinte er, und weidete sich daran, wie der Manager sich voll Unbehagen wand, wisse er sehr gut, was eine Kugel, abgefeuert im Mund einer Frau, mit ihrem Gesicht anrichten könnte.

»Ich möchte sie jetzt sehen. Sofort.«

»Wie Sie wünschen, Sir.« Der Mann gab sich einen Ruck. »Bitte, folgen Sie mir.«

Er ging ihm durch die Kapelle in einen weißgefliesten Raum vor.

Hier war die Kälte eisig. Eine Reihe von Metallfächern war in eine der frostig schimmernden Wände eingelassen. Er zog am Handgriff eines der Fächer, und auf Rollen glitt es sanft auf. Mit gequälter Miene trat er einen Schritt zurück, und Roy ging auf den Behälter zu und schaute hinein.

Er warf einen Blick hinein und schaute schnell wieder weg.

Er wollte sich schon abwenden, und dann, mühsam seine Überraschung verbergend, zwang er sich dazu, noch einen zweiten Blick auf die Frau in ihrem Sarg zu werfen.

Sie hatten etwa die gleiche Größe, die gleiche Tönung der Haut; sie hatten denselben feingliedrigen Knochenbau und ähnlich festes Gewebe. Aber die Hände, die Hand! Wo war die schlimme Verbrennung, die man ihr zugefügt hatte? Wo war die Narbe, die nach einer solchen Verbrennung zurückbleiben mußte?

Nun, sie verunzierte zweifellos die Hand jener Frau, die diese Frau hier getötet hatte. Die Frau, die Moira Langtry zu töten beabsichtigt hatte, hatte statt dessen Moira Langtry umgebracht.

23

Es war später Abend, als der staubige Cadillac die Innenstadt von Los Angeles erreichte; er hielt in einiger Entfernung vor dem *Grosvenor Charlton.* Schlaff vor Müdigkeit ließ sich die Fahrerin einen Augenblick über das Lenkrad fallen, erschöpft, ausgelaugt, leicht benommen von Schlaflosigkeit. Dann raffte sie sich wieder entschlossen auf, hob den Kopf, nahm die stark getönte Sonnenbrille ab und musterte sich kritisch im Spiegel.

Ihre Augen sahen angestrengt aus, blutunterlaufen, doch das machte nichts. Sie würden noch um einiges schlimmer aussehen, vermutete sie, bevor sie sicher aus diesem Schlamassel raus war. Die Gläser verbargen sie und halfen gleichzeitig dabei, ihr Gesicht zu tarnen. Mit Sonnenbrille und Schal, der fest um den Kopf geschlungen und unter dem Kinn zugebunden war, konnte man sie für Moira Langtry halten. Sie hatte das im Motel in Tucson vorgeführt, und sie konnte es wieder tun.

Sie rückte den Schal zurecht und zog ihn etwas tiefer in die Stirn. Dann schüttelte sie ihre Müdigkeit ganz ab, ließ sich nur von ihrem Willen bestimmen, stieg aus dem Auto und betrat das Hotel.

Der Portier begrüßte sie mit dem schüchternen, eifrigen Lächeln, das alten Menschen eigen ist. Er hörte ihre Bitte oder vielmehr ihren gebieterischen Befehl, und in sein Lächeln schlich sich ein stärkerer Ausdruck von Unsicherheit.

»Nun ja, äh, Mister Dillon ist nicht in der Stadt, Mrs. Langtry. Er ist heute morgen nach Tucson aufgebrochen und –«

»Das weiß ich schon. Aber muß in wenigen Minuten zurück sein. Ich bin hier mit ihm verabredet. Wenn Sie mir jetzt bitte freundlicherweise seinen Schlüssel geben wollen . . .«

»Aber – aber – möchten Sie nicht lieber hier unten auf ihn warten?«

»Nein, das möchte ich nicht.« Gebieterisch streckte sie ihm die Hand entgegen: »Den Schlüssel, bitte.«

Mit unsicherer Hand nahm er den Schlüssel vom Brett und reichte ihn ihr. Als er ihr nachblickte, während sie selbstbewußt auf den Aufzug zuschritt, dachte er ohne Bitterkeit, daß das schlimmste am Altwerden Unsicherheit und Ängstlichkeit seien. Der beflissene Eifer, der aus der Angst geboren war. Man erkannte halt einfach, daß man nicht mehr viel taugte – o ja, er wußte es, und er wußte auch, daß er nicht immer allzu intelligent daherredete und nicht mehr wirklich nett aussehen konnte, ganz gleich, wieviel Mühe er sich geben mochte. Obwohl er also in seinem tiefsten Inneren wußte, daß es unmöglich war, jemandem zu gefallen, kämpfte er verzweifelt darum, sich jedermann angenehm zu machen, und deshalb machte er Fehler, einen nach dem anderen, bis er sich schließlich selbst so wenig ertragen konnte, wie andere Menschen ihn noch ertrugen. Und dann starb er.

Aber vielleicht, dachte er hoffnungsvoll, war ja auch alles in Ordnung. Immerhin waren ja Mrs. Langtry und Mr. Dillon wirklich gute Freunde, und Besucher warteten auch schon manchmal in den Gästezimmern, wenn der Gast abwesend war.

Aber trotzdem . . .

Als sie Roys Zimmer betreten hatte, verschloß die Frau die Tür hinter sich und lehnte sich kurz, Atem holend, mit dem Rücken dagegen. Dann legte sie ihre Sonnenbrille und ihre modische, übergroße Handtasche auf dem Bett ab und wandte sich energisch den vier breitgerahmten Clownsbildern zu. Vom ersten Augenblick an, als sie sie gesehen hatte, war ihr Interesse geweckt worden – etwas, das ihr wie ein schreiender Mißton vorgekommen war; völlig unvereinbar mit dem, was sie vom Geschmack ihres Besitzers wußte. Sie konnten schwerlich als Dekoration dienen, also mußten sie einen anderen Zweck erfüllen, und ohne daß ihr die Symbolik in den vier wissend grinsenden Gesichtern: Clotho, Lachesis, Atropos und als viertes das von Roy Dillon als selbstgewählte Charaktermaske – aufgegangen wäre, hatte sie intuitiv erraten, worin ihr Zweck bestand.

Als sie jetzt den Karton, der die Rückwand der Rahmen bildete, herausnahm, erkannte sie, daß ihre Ahnung sie nicht getäuscht hatte.

Das Geld flatterte heraus, ein Schein nach dem anderen. Während sie es in ihre Handtasche stopfte, mußte sie ungewollt Bewunderung für Roy empfinden; er mußte schon sehr gut gewesen sein, um so viel anzuhäufen. Dann brachte sie dieses Gefühl energisch zum Verstummen, indem sie sich selbst einredete, daß der Diebstahl ihm nur gut tun konnte, da er für ihn ein Fingerzeig sein konnte, daß Verbrechen sich nicht auszahlte. Jetzt hatte sie ihre Aufgabe erledigt.

Trotz ihrer Größe quoll die Handtasche vom Umfang ihrer Beute fast über. Sie konnte kaum den Verschluß zuschnappen lassen und war sich auch nicht sicher, ob er nicht wieder aufgehen würde.

Sie wog sie stirnrunzelnd in der Hand. Sie schob sie sich unter den Arm und drapierte einen Zipfel ihres Umhangs darüber, dann musterte sie sich prüfend im Spiegel. Es sah gar nicht so schlecht aus, dachte sie. Nicht ganz so schlecht. Wenn das verdammte Ding nur nicht aufgehen würde, während sie durchs Foyer stolzierte. Sie überlegte sich, ob es ratsam wäre, etwas Geld zurückzulassen und entschied sich dann kurzerhand dagegen.

Und ob sie die Kohle brauchte! Jeden verdammten einzelnen Penny und noch einiges mehr!

Sie warf einen letzten flüchtigen Blick auf ihr Spiegelbild. Dann, die Handtasche fest unter den Arm gepreßt, ging sie hinüber zur Tür, schloß sie auf und öffnete sie. Entsetzt zog sie die Luft ein und prallte zurück.

»Hallo, Lilly!« sagte Roy Dillon.

24

Die wichtigsten Einzelheiten der Geschichte waren genau so, wie Roy es erwartet hatte . . .

Zuerst war der warnende Anruf aus Baltimore gekommen; dann als Reaktion darauf ihre kopflose, unbedachte Flucht. Sie war so schnell gerast wie es nur ging und so weit gefahren, wie sie nur konnte. Als sie dann völlig ausgepumpt gewesen war, hatte sie in der Raststätte bei Tucson halt gemacht.

Zur Anlage des Motels hatte eine Garage gehört, keine einzelnen Parkboxen, wie es ihr lieber gewesen wäre, und das hatte ihr ganz und gar nicht gefallen. Ja, selbstverständlich hatte sie ihre Tür abgeschlossen, aber das hatte womöglich wenig zu bedeuten. An Orten wie diesen, in Motels und Raststätten, gingen so viele Schlüssel verloren, daß dort oft Passepartouts verwendet wurden, mit denen verschiedene Türen aufgeschlossen werden konnten, und das war zweifellos auch hier der Fall gewesen.

Jedenfalls war sie zwei Stunden später hochgeschreckt, als sich zwei Hände um ihre Kehle klammerten. Hände, die jeden Hilfeschrei erstickten, den sie vielleicht ausgestoßen hätte, während sie langsam erdrosselt wurde. Sie konnte nicht sehen, wer es war; das war ihr auch gleichgültig. Sie hatte die Warnung erhalten, daß man sie töten würde, und jetzt war man dabei, sie umzubringen. Und das allein reichte ihr aus.

Sie zog die Pistole unter ihrem Kopfkissen vor. Blindlings hatte sie sie nach oben in das Gesicht ihres Angreifers gerammt, und dann den Abzug durchgezogen, und – und –

Lilly schauderte krampfartig und ihre Stimme brach. »Gott, Roy, du ahnst ja nicht, wie das gewesen ist. Was es heißt, jemanden zu töten. Immerzu hört man davon und liest darüber, a-a-aber – aber wenn man es dann selbst macht . . .

Lilly trug ihr Nachthemd, ein alter Trick derer, die nächtlich durch die Gänge streiften. Erwischte man sie dann in einem fremden Zimmer, konnten sie sich auf einen Irrtum berufen und behaupten, daß sie ihr eigenes Zimmer aus irgendeinem unschuldigen Anlaß hätten verlassen müssen und irgendwie die falsche Tür erwischt hätten.

In Moiras Tasche befand sich ein Schlüssel mit Anhänger – der Schlüssel zu einem der Nachbarzimmer. Es war auch ein Schlüssel, der Lilly sehr zupaß kam. Er legte ihr einen Plan nahe, den sie sofort faßte, und ohne weiteres Nachdenken wußte sie genau, was jetzt zu tun war.

Sie hatte Moira in ihr Bett gelegt. Ihre eigenen Fingerabdrücke wischte sie von der Pistole und brachte Moiras Abdrücke darauf an. Sie verbrachte dann die Nacht in Moiras Zimmer, und morgens hatte sie sich unter Moiras Namen abgemeldet und dabei die Kleider der toten Frau getragen.

Natürlich konnte sie nicht ihren eigenen Wagen nehmen. Das Auto und das darin versteckte Geld mußte nun als Moiras Eigentum von ihr abgeschrieben werden. Denn Moira war jetzt Lillian Dillon, und Lilly war Moira Langtry, und so würde es fortan auch weiter sein müssen.

»Was für ein Schlamassel, und alles wegen nichts, vermutlich. Ich stand mich mit Bobo immer gut, aber jetzt, nachdem das passiert ist . . .« Sie legte eine Pause ein, und ihre Miene hellte sich ein bißchen auf. »Na ja, vielleicht ist jetzt für mich immerhin die Zeit gekommen, einen Schlußstrich zu ziehen. Ich hab seit Jahren schon aus dem Geschäft aussteigen wollen, jetzt bin ich draußen. Ich kann einen ganz neuen Anfang machen, und –«

»Den Anfang hast du ja schon gemacht«, sagte Roy, »aber so neu und frisch sieht er mir gar nicht aus.«

»Tut mir leid.« Lilly errötete schuldbewußt. »Ich fand es selbst gräßlich, dein Geld zu nehmen, aber –«

»Das muß dir nicht leid tun«, sagte Roy, »du wirst es nicht mitnehmen.«

Für einen langen Augenblick, eine Sekunde währende, wild entrückte Ewigkeit, saß Lilly da und starrte ihren Sohn an, schaute in Augen, die ihre eigenen Augen waren, begegnete einem Blick, der genauso flach, kalt und gleichmütig war wie ihr eigener. So große Ähnlichkeit, dachte sie, und derselbe Gedanke ging auch ihm durch den Kopf. Warum kann ich mich ihm nicht verständlich machen?

Leicht fahrig und zittrig, ihr Herz von eisiger Todesklälte umklammert, erhob sie sich und schleppte sich ins Badezimmer. Sie badete ihr Gesicht im Waschbecken, tupfte es sich mit einem Handtuch trocken und trank einen Schluck Wasser. Dann füllte sie nachdenklich das Glas nach und brachte es ihrem Sohn. »Oh, ich danke dir, Lilly«, sagte er, ganz gerührt und entwaffnet von dieser fürsorglichen Geste, und Lilly wiederholte im stillen immer wieder: *»Er will's nicht anders! Ich hab ihm geholfen, als er in der Klemme steckte, und falls er jetzt versucht, mich hängenzulassen, nun, dann hat er es eben nicht besser verdient!«*

»Ich muß die Kohle unbedingt haben, Roy«, sagte sie. »Sie hatte ein Sparbuch in ihrer Handtasche, aber das hilft mir nicht weiter. Ich kann nicht riskieren, davon was abzuheben. Alles, was sie bei sich hatte, waren ein paar lumpige hundert Dollar, und was zum Teufel soll ich wohl damit anfangen?«

Roy meinte, daß sie damit doch schon einiges anfangen könnte: Mit ein paar Hundert könnte sie bis nach San Francisco kommen oder in eine andere, nicht allzu ferne Stadt. Ihr bliebe dann ein Monat, den sie davon in aller Ruhe leben könnte, während sie sich auf Arbeitssuche begab.

»Eine Arbeit«, keuchte Lilly. »Ich bin fast vierzig Jahre alt, und ich habe in meinem ganzen Leben noch keinen ordentlichen Job gehabt, der nicht ungesetzlich gewesen wäre.«

»Du kannst es schaffen«, sagte Roy. »Du bist clever und attraktiv. Es gibt eine Unmenge Jobs, die du tun könntest. Laß den Caddy irgendwo verschwinden. Setz ihn am besten irgendwo auf Grund. Ein Cad würde nicht zu deiner künftigen Lebensweise passen, und –«

»Erspar mir den Mist!« Lilly brachte ihn mit einer wütenden, schneidenden Geste zum Schweigen. »Du sitzt da und sagst mir, was ich tun soll – gerade du, ein so krummer Hund, daß du Suppe eigentlich mit einem Korkenzieher essen müßtest –!«

»Ich muß dir das wohl nicht eigens erkären! Du solltest selbst in der Lage sein, das einzusehen.« Beschwörend lehnte sich Roy vor. »Ein ordentlicher Job und ein ruhiges Leben, das ist für dich das einzig Wahre, Lilly! Fang nur wieder an, dich auf dem Rennplatz zu zeigen oder da, wo die heißen Sachen laufen, und schon hast du Bobos Schläger am Hals.«

»Das weiß ich doch selbst, verdammt! Ich weiß, daß ich mich bedeckt halten muß. Und das werd' ich auch tun. Aber das andere –«

»Das ist ein guter Rat, Lilly. Ich befolge ihn auch selbst.«

»Na klar machst du das! Ich sehe schon, wie du mit dem Abzokken aufhörst.«

»Was ist daran so komisch? Es ist doch genau das, was du gewollt hast. Du hast mich doch immer wieder gedrängt.«

»Okay«, sagte Lilly, »du bist also jetzt brav und bieder. Du brauchst also das Geld eigentlich nicht mehr, oder? Du brauchst es nicht und mußt es nicht unbedingt haben, Warum, Teufel noch mal, überläßt du es dann eigentlich nicht mir?«

Roy seufzte; versuchte zu erklären, warum: Ihr auf möglichst schmackhafte Weise die schwerste aller Zumutungen nahezubringen; was heißen soll, daß die schmerzvollsten Dinge, die man einem Menschen zufügt, doch eigentlich nur zu seinem eigenen Besten sind. Und doch lauerte, während er mit ihr sprach und er ihre Verzweiflung sah, uneingestanden im hintersten Winkel seiner Gedanken eine fast sadistische Genugtuung. *Sie reichte vielleicht weit zurück bis in seine Kindheit, wurzelte in ihrer dunklen Tiefe, in seiner fernen Vergangenheit, als er Bedürfnisse und Wünsche als schmerzhaften Mangel empfunden hatte und abgewiesen worden war, weil solche Versagung »nur zu seinem Besten« wäre.* Aber jetzt war er an der Reihe! Jetzt konnte er das Richtige tun – doch, ja, es war richtig –, indem er einfach nichts tat. *Jetzt, jetzt, jetzt brachte der Zuhälter seine Nutte auf Vordermann, hörte sich ihre Bitten an und holte zum nächsten Schlag aus! Jetzt, jetzt, jetzt war er der kluge und starke Ehemann, der sein leichtlebiges Frauchen unter die Fuchtel nahm! Jetzt, jetzt, jetzt nahm sein Unbewußtes Kenntnis von dem Band, das zwischen ihnen bestand, dem wilden, geilen, verbotenen und bis auf den heutigen Tag verleugneten Band. Er mußte sie also schützen, sie vor der Gefahr bewahren, in die das Geld sie unweigerlich treiben würde. Sie mußte verfügbar bleiben . . .*

»Also sieh doch mal, Lilly«, sagte er einschmeichelnd, »dieses

Geld reicht doch auch nicht ewig; allenfalls sieben oder acht Jahre. Und was machst du danach?«

»Nun ... mir würde schon etwas einfallen. Mach dir darüber nur keine Gedanken.«

Roy nickte bedächtig. »Ja«, sagte er, »dir würde schon was einfallen, die nächste krumme Tour, der nächste Bobo Justus, der dich herumstößt und dir Löcher in die Hand brennt. Darauf wird es wohl hinauslaufen, Lilly; darauf oder auf Schlimmeres. Wenn du dich jetzt nicht ändern kannst, wo du noch relativ jung bist, wie könntest du es dann erst, wenn du auf die Fünfzig zugehst?«

Fünfzig? Das hatte ganz den Klang nach Verfall und Niedergang, den Geruch nach Hexenküche und das mausige Aussehen eines klapperdürren Todes ... Und Carol? Ach ja, Carol! Ein liebenswertes, ein begehrenswertes Mädchen. Ja, vielleicht abgesehen von ihrer noch uneingestandenen Bindung ... DAS Mädchen überhaupt! Doch wie es jetzt stand, war sie nur ein Zeitvertreib, ein Bauer im Spiel des Lebens, des Todes – und der Liebe – zwischen Roy und Lillian Dillon. Also –

»So ist es also, Lill«, sagte Roy, »der Grund, warum ich dir das Geld nicht geben kann. Ich meine, äh ...«

Seine Stimme versagte, seine Augen wichen ihrem Blick aus.

Kurze Zeit später nickte Lilly vor sich hin. »Verstehe. Ich weiß, was du meinst«, sagte sie. »Ich glaube, daß ich dich verstehe.«

»Na ja –« Er gestikulierte mit Händen, die plötzlich unbeholfen herumruderten. »Das ist doch wohl einfach genug.«

»Ja«, sagte Lilly, »es ist einfach genug. Sehr einfach, und dann ist da auch noch etwas anderes –«

In ihre Augen trat ein merkwürdiger Glanz. Ihr Gesicht spannte sich fremd und unheimlich. Die Stimme klang gedämpft und heiser. Witternd, beobachtend, abschätzend, schlug sie langsam ein Bein über das anderes.

»Wir sind Kriminelle, Roy. Machen wir uns nichts vor ...«

»Wir müssen's ja nicht auf ewig bleiben, Lill! Für mich fängt ein neues Kapitel an. Das kannst du doch auch, Lill.«

»Aber wir haben immer eins gehabt: Klasse. Unser Privatleben blieb davon immer ziemlich unberührt. Es gab gewisse Dinge, die wir nicht tun würden ...«

»Ich weiß. Es gibt also keinerlei Schwierigkeiten! Ich kann – wir können –«

Das Bein wippte sacht auf und ab; war auf ihn gerichtet, sprach zu ihm, hielt ihn hypnotisch fest.

»Roy . . . was wäre, wenn ich dir sage, daß ich in Wirklichkeit gar nicht deine Mutter bin, daß wir nicht miteinander verwandt sind?«

»Wie?« Er fuhr verschreckt hoch. »Was denn, ich –«

»Das gefiele dir doch, oder? Natürlich würde es das! Komm, erzähl mir nichts! Nun Roy, warum gefiele dir das?«

Er schluckte angestrengt und versuchte ein überlegenes Lachen. Alles entglitt seinen Händen und ging in ihre Hände über. Sie übernahm die Führung. Das plötzliche Bewußtwerden seiner Gefühle, das schockartige Verstehen der eigenen Motive, der ganze Schrekken und die Lust und das Verlangen hielten ihn gefangen und raubten ihm die Sprache.

»Roy . . .« Sie hauchte seinen Namen so sanft, daß er sie kaum verstehen konnte.

»J-j-ja?« *Er schluckte schwer.* »Ja?«

»Ich will das Geld, Roy! Ich muß es haben! Was muß ich tun, damit ich es bekomme?«

»Lilly«, sagte er, oder versuchte er zu sagen, und vielleicht verriet er ihr damit auch etwas von dem, was er ihr eigentlich sagen wollte – »Lilly, du kannst nicht weitermachen wie bisher! Das weißt du; du weißt, sie werden dich schnappen, dich umlegen. Du weißt, daß ich nur versuche, dir zu helfen. Wenn du mir nicht so viel bedeuten würdest, würde ich dir das ganze verdammte Geld doch geben! Aber ich muß dich einfach bremsen! Ich – ich –«

»Vielleicht –«, sie schien volles Verständnis für ihn zu haben. »Das heißt wohl, daß du es mir eigentlich nicht geben willst, Roy? Du willst nicht, ja? Oder vielleicht doch? Kann ich dich nicht umstimmen? Was kann ich tun, damit du es mir gibst?«

Und wie sollte er sich ihr verständlich machen? Wie das Unaussprechliche aussprechen? Und dann, als sie aufstand und sich mit der verführerischen Grazie auf ihn zu bewegte, mit der Moira sich bewegt hatte – *Moira, wieder eine ältere Frau, die eigentlich Lilly gewesen war . . .* – versuchte er, es ihr zu sagen. – Es war verworren genug; jedenfalls reichte es Lilly.

»Warum trinkst du dein Wasser nicht, Schätzchen?« sagte sie. Dankbar für den kurzen Aufschub, der ihm gewährt worden war, hob er sein Glas, und Lilly, die den Griff ihrer Handtasche gepackt hielt, schwang sie mit voller Wucht gegen ihn.

Mein eigener Fehler, dachte sie; die Art, wie er bei mir groß geworden ist, sein Alter, mein Alter, die Kabbeleien und das Gezänk, als wäre er mein Bruder; mein Fehler, mein Produkt. Aber was kann ich, verdammt noch mal, jetzt noch daran ändern? Die Handtasche prallte gegen das Glas, das zersplitterte. Die Handtasche platzte auf, und das Geld ergoß sich wie ein grüner Sturzbach über den Fußboden. Ein Sturzbach, der mit Tupfern von Rot gesprenkelt und dann vom Rot überschwemmt war. Lilly starrte voll Entsetzen darauf. Sie sah die schäumende Wunde am Hals ihres Sohnes. Er stemmte sich aus seinem Stuhl hoch, hielt sich klammernd daran fest, und häßliche Glassplitter lösten sich von seinen Fingern. Zwischen Blutblasen, die vor seinem Mund schäumten, sagte er: »Lill, ich – w-warum?« Und dann knickten die Beine unter ihm ein, und er kippte vornüber und stürzte hinunter auf den Teppich aus kaum gebrauchten, blutbespritzten Banknoten.

Es war so schnell ausgestanden, zu Ende, bevor sie noch um Vergebung bitten oder etwas erklären konnte – sofern es für sie überhaupt etwas zu entschuldigen gab oder falls sie irgendwelche Erklärungen zu geben gehabt hätte.

Fast mechanisch häufte sie das fleckenlose Geld zu einem Stapel zusammen. Sie verteilte die Scheine in einem Handtuch, das sie sich aus dem Bad holte, stopfte es in ihr Kleid und warf einen letzten, prüfenden Blick in die Runde.

Es wirkte alles sehr ordentlich. Ihr Sohn war von Moira umgebracht worden, einer Frau, die nicht existierte. Gewiß waren ihre Fingerabdrücke über dem ganzen Raum verteilt, aber das war eigentlich völlig belanglos. Schließlich war sie eine Besucherin gewesen, die vor Roys Tod in seinem Zimmer gewesen war, und, genaugenommen, war Lilly Dillon ja offiziell längst tot.

Vielleicht bin ich das ja auch schon, dachte sie. O Gott, vielleicht wünsche ich mir, es wäre so.

Krampfhaft legte sie die Arme um sich, und sie ließ ihre Blicke schweifen, bis sie sich an ihrem Sohn festmachten. Plötzlich schüttelte sie ein verzweifelter Seufzer, und sie fing hemmungslos an zu weinen.

Das ging vorüber.

Sie lachte auf, warf dem Ding auf dem Fußboden einen fast höhnischen Blick zu und sagte: *»Was ist, Jungchen, es ist doch nur die eine Kehle, oder?«*

Dann ging sie aus dem Zimmer, verließ das Hotel und fuhr ins Stadtzentrum von Los Angeles.

Jim Thompson

Bad Boy

Eine amerikanische Jugend

Ullstein Buch 36539

Der amerikanische Krimi- und Drehbuchautor Jim Thompson erzählt hier von seiner Jugend in der texanischen Provinz. Zerrüttete Familienverhältnisse, Glücksspiel, Alkoholismus und schließlich Kriminalität – der Autor gerät in die Fahndung des FBI, als er für Al Capone illegal Alkohol in einem Hotel verkauft – waren jene grundlegenden Erfahrungen, die Thompson als junger Mann machte. Und die er später auf so beeindruckende Weise in seinen knallharten Actionromanen – »Der Mörder in mir«, »Getaway« oder »Ein süßes Kind« – zu Literatur verarbeitete. »Bad Boy« ist eine Entdeckung – keineswegs nur für eingeschworene Jim-Thompson-Fans.

populäre Kultur